ハヤカワ文庫JA

〈JA1316〉

エピローグ

円城　塔

早川書房

8137

エピローグ

爾千引石引塞其黄泉比良坂其石置中各対立而度事戸之時伊邪那美命言愛我那勢命為如此者汝国之人草一日絞殺千頭爾伊邪那岐命詔愛我那迩妹命汝為然者吾一日立千五百産屋是以一日必千人死一日千五百人生也

プロローグ

　わたしの最初の恋人は、誰かの空想の産物だった。

　彼は、ラブストーリーを生業《なりわい》にするエージェントの家に生まれたからだ。

　わたしたちが仲よくなったのは、二人の間にラブストーリーを匂わす要素が微塵も見当たらなかったからにすぎない。二人の間には、席が隣になることも、街角で出会いがしらにぶつかることも、階段で偶然相手を突き飛ばすことも起こらなかった。同じ本に手を伸ばすなんていうこともなく、互いを誰かと間違えたこともなかった。つまりわたしたちの存在は、ルービックキューブの端と端にいるようなものだった。表面上の対蹠《たいしょ》点に位置するという意味ではなくて、互いの配置に辿りつくのに可能な限り多くの手順が必要な配置同士みたいなものだ。

　将来的に、家業としての、同じことだが稼業としてのラブストーリーを運命づけられている彼は、とても不安定な存在だった。彼の家系を設計したのが誰なのかは、起源問題の常としてはっきりしない。ラブストーリー向け汎用登場人物《エージェント》なんていう自分の出自を、彼は心の底から呪っていた。子供らしい激しさで。彼にはそんな存在の必要性がわからなかったし、その種の登場人物に意識が必要だという理屈もわからなかった。つまり、自分の存在理由に多大な疑問を抱いていたのだ。

「ラブストーリーには定型しか必要ない」

というのが彼の見解で、わたしもおおむね賛成だったが、彼にはラブストーリーと、ストーリー抜きのラブストーリーの区別がついていないようにも思えた。もっとも、ラブストーリーの登場人物に、その見極めをつけることは難しいと今ならわかるし、第一まだほんの小学生の頃の話だ。

「定型エージェントとつきあうだけで何が不満なんだ」

と彼は荒れてみせたものだが、要するにラブストーリーでは役が不足だということを彼は言いたい。それでも彼の家系が存在している以上、無視できない需要がそこにはあるのだ。誰かが昔、真面目な仕事になると見込んで、自動恋愛装置に魂を吹き込んでみようと考え実行したのだ。そんな出自自体が妄想じみていると彼は感じた。

彼は自分の見かけとして、とても地味な顔《マスク》を選んでいたが、大した効果があがっているようには思えなかった。彼に先祖代々流れるビット・シークエンスが、本人も意識しない間に否応なくラブストーリーを引き寄せていくのが見える気がした。

振り返ると彼とわたしは、二人をラブストーリーから遠ざけておく努力を重ねるという目標だけを共有する恋人同士みたいなものだった。わたしは彼に自分が嫌いな服を着せ、身の毛もよだつ髪型をさせ、生理的に苦手な顔を選択させた。

「そんな馬鹿なことがあるわけない」

というのがわたしの主張で、本質的な恋愛体質なんてものの存在は、日々の恋愛成分不足からくる脚気《かっけ》に苦しむ民に対する冒瀆のように思えた。モテないなんて簡単だ、ということだ。モテないのなら非モテを売りにモテればよいと王様は言う。

「馬鹿にすんな」とわたしは言い、

「お前に何がわかる」と彼は応えたが、こと彼に対する間、こんなやりとりさえもたちまち、ラブストーリーに巻き込まれてしまいかねないのは厄介だった。

馬鹿だったのはわたしの方で、わたしは進化の力を甘くみていた。あるいは人々の物好きさ加減というものを。具体的にはエージェントの能力を甘くみていた。彼にどんな格好をさせようと、口の利き方を、身振りを強制しようと、彼はやっぱりラブストーリーの登場人物然としてそこに立ち、わたしたち二人がラブストーリーに巻き込まれていくのは不可避だった。

「そんなんじゃない」

とわたしは何度も繰り返したが、ラブストーリーを否定することは叶わなかった。

「彼とつきあってるの」「そんなんじゃない」

「妬《や》いてるからそう言うわけで」「そんなんじゃない」

「気になるからいっつも相手してるんじゃないの」「そんなんじゃない」

そんなんじゃあないのだが、彼が自動的に展開していくラブストーリー空間からは否定を意味する言葉が欠落していた。彼には、「俺のこと好き」と訊ねるだけで、答えがイエスであろうとノーであろうと意味をイエスに転換する能力が備わっていて、抗することは不可能なのだ。何故って彼はエージェントで、エージェントとは人間よりも器用にチューリング・テストをクリアすることのできるス《S》マート・ク《C》リーチャにしてオ《O》ーバー・チ《T》ューリング・ク《C》リーチャだからだ。


目を開けるとそこに幾何学があり、わたしは自分が庭を眺めているのに気づく。

視点が低いということは、これは縁側に座っているのだ。

首を回すと、記憶どおりに左へ折れる濡れ縁の突き当たり、やたらと風通しのよい広間の隅と縁側の角に立つ二本の柱が、庭を縦長に切り取っている。漆《うるし》塗りの板敷へと天地を逆に映りこむのは小柄な白い花水木《はなみずき》だから、これは春ということになる。であるならば、ここは桜なのではないかと南緒《ナオ》は思った。

後ろについた左手を軸に腰をひねり、伸びをするように上体を回す。南面と西面の障子を開け放った客間の奥に陽光を避けるように炉が切ってあり、老女が一人、湯気を上げる広口釜の手前に端座している。

「おばあちゃん」

と呼んだ南緒の声に、釜へと伸びた手が止まる。

「わたしの記憶だと、桜だったと思うんだけど」

老女は南緒の問いに頷くと、一時中断をかけた動作を再開し柄杓《ひしゃく》を静かに取り上げる。

「ここへくるのは二度目だろうに」と言い、喉のあたりでくぐもるような音を立てた。笑っているのだろうと思われる。「対面するのは五十年ぶりになるかね。主観時間で」

「わたしまだ十八なんだけど。主観時間で」

南緒は爪先にひっかかっていた靴を、飛び石の周囲の苔《こけ》を崩さぬように気をつけて落とす。膝を曲げる動作で二本の脚をスカートと一緒に巻き込むように縁側の上へ引き寄せる。視線を上げた先では祖母が柄杓を釜に立てかけており、南緒の方へ振り向きもせず、

「桜はもううるさくなって」

と先の問いにようやく応えた。からくり人形を思わせる手つきで茶筅《ちゃせん》を取り上げ、

「そんなことまで憶えているとは抜け目ない」とつけ加えた。「改訂した記録にまで根掘り葉掘りアクセスするのはよい趣味じゃないね」とこれは小言を言うようだ。南緒として

は、別に本格的に記録を漁ったわけではなくて、ふとそんな気がしただけだった。

「諸共に植え替えさせたのさ」

と祖母が面白くもなさそうに言う。祖母の気性からしてこの「諸共に」というのは、庭には桜が植えられていたという記録や記憶諸共に、ということだろう。映像処理で雲や山を消してしまう監督みたいに、いないはずの人物をストーリーラインへ無造作に追加するように、気軽に脚本を変更するように、テキストデータで全置換を実行するように、庭の桜を花水木に代えてしまったということだ。他人の中の記憶諸共。当然、自分がそうしたという記憶も一緒に置き換えたはずだ。何気ない南緒の言葉に、作業ログを確認し直して反応したのはやはり、心のどこかに気の咎《とが》めるところがあったのだろう。記録の改変という行為には、好んで無意識を折り重ねていくような倒錯がある。

よっこらせと膝頭を揃え、ふくらはぎの上に尻を据えようとしたところで気づいた。いつのまにやら傍らへ、茶菓子と仲よく盆に並んだ抹茶の碗が現れている。そこで庭でも眺めながら飲めということらしく、南緒としては意外の念を禁じえない。

「おばあちゃんはもっと礼儀にうるさい人だと思ってたよ」

「今さらあんたにそんなものを期待するかね」木で鼻を括って竹に接いだような応答が戻る。

ではお言葉に甘えてと、先ほどの動きを反転し、縁側の端に腰掛け直す。骨格を逆に動かすだけではスカートの動きが追随しないことに閉口しながら裾を整える。左足のくるぶしを右膝に乗せ、右手で背後に探った短冊状の茶菓子をひと齧りする。抽象物のように思える小さな粒がぱらぱらと磨き込まれた板敷で跳ねる。表に罌粟《けし》の実、裏は小麦地、「裏がない」ので「うらがなし」、心悲《うらがな》しいで名前のついた菓子だ。松風。今日は裏表なく話そうという謎かけだろうか、考えすぎか。綺麗に歯型の並んだ菓子を戻し、茶碗を片手で回して拝見してから、巨大な猪口《ちょこ》を傾けるように茶を含む。碗を置いて手の甲で口を拭った。そのまま後ろに倒れ込み、頭と尻を支点に板敷の上で弓なりになり、祖母の様子を観察する。

「そんなこと言って、おばあちゃんも色々面倒くさくなってきたんじゃないの。昔は季節ごとにきちんと釜を変えてたじゃない」

祖母は縁側に伸びた南緒と、こぢんまりとうずくまる釜を見比べて深く溜息をつき、

「あんたが寒いと騒ぐだろうと思って、一旦片づけたのをまた出したんだよ」

なるほどそう言われると、ここでもわずかに釜からの輻射熱を感じとれるような気もしてくる。祖母の言葉を受けてようやくこの状態が、肌寒いと呼ばれるものだと認識する。センサー群が周辺環境のグレードを低くランク付けしている理由の一つだ。であるならば縁側に寝転がるという行為はあまり適切なものとはされないだろう。南緒の低次機能はより暖かい場所への移動を控えめに提案していたが、彼女はごくごく自然にそれを無視する

だけで、この温度の低い状態にあえて名前をつけようともしていなかった。

「久しぶりの物理宇宙はどうだい」

と祖母が訊ねる。

「そうだね」とわたしは考え込む。「悪くないね」と口が勝手にわたしの声で応えている。それはこのわたしというエージェントの反応だったが、当然ながらわたしも全く同感だった。そう、悪くない、とわたしは窮屈な制服を通して伝わる背中の冷たさを楽しみながら、同じ言葉を口の中で繰り返し、それを自分の感想のように感じている。


わたしの育ったアトラクタでは、同級生の八割が生まれついてのエージェントだった。つまり、人間としての出自を持たず、その存在の最初から、人権を付与されたソフトウェアだったということだ。彼らを中身の存在しない虚《うつ》ろな仮面や生クリームだけでできたケーキと呼ぶなら、人類の一員であるわたしは、自分を鎧《よろ》う仮面の持ち合わせがないハダカデバネズミかブロブフィッシュみたいなものだった。もしも立場が逆だったなら、相手に特別な念を覚えずにいられたかどうかはわからない。当然予想されるとおり、小学校における人間の子供同士の関係はあまり良好なものとは言い難く、わたしの友達はみなエージェントだった。エージェントと人間の子息を共に教育するという初期の試みにわたしは参加させられていた。退転以降の人類が、原理的にはエージェントと区別のつかない存在である以上、それは当然のなりゆきだったが、そんな環境で育ったせいか、わたしは随分長いこと、祖母のこともエージェントなのだと考えていた。

無論、祖母は人間なのだと理解してはいたのだが、実感する機会に恵まれなかった。それまでのわたしにとっての祖母とは単に、窓《インタフェース》の向こうの存在だった。

窓の向こうの祖母は一見、旧式のエージェントみたいな拵《こしら》えで、銀行口座の受付エージェントにさえ見劣りがして、その表情はいつもわたしに困惑に似た感情を引き起こした。化粧気のない左右非対称な顔に刻まれた皺や染み、渦を描いて流れる灰色の髪は子供心に、この世の均衡や均整、綱一本で張られた整合性を破るものだと思われた。時折咳に中断される祖母の語りは、故障や修理という単語を連想させた。わたしには祖母がお話の中の悪い魔女のようにひどく恐ろしいものに思われて、窓をある程度以上に広げることさえできなかった。

インタフェースとはつまり、他の宇宙へ向けて開いた窓だ。そういう意味では家の内と外を隔てる窓も、あまりに具体的に窓々しいが、窓の一種であるには違いない。通信用のスクリーンも窓なら網膜も窓、わたしたちの顔も等しく窓だ。

エージェントとは、祖母の用語で言うところの高度人工知能にあたる。あえて系譜を強調するとそうなり、その場合、先祖に系譜づけられるのは通信の自動応答プログラムや、テレフォンオペレーター・ボット、知性化化粧あたりになる。

このアトラクタにおけるわたしたちは通常、自分用に調整したエージェントの皮をかぶって他者に対する。最初から出来あいの赤ん坊の皮をかぶって生まれてくる。人間が一番外側の皮としてまとう仮面が狭義のエージェントの利用法だ。対話相手に、そう見せたい自分の姿を、交渉の全権代理人としてエージェントをまとう。あらゆる種類の交流がインタフェース越しに行われ、そこでは常時膨大な情報が処理され続けている以上、誰かと対面するときに、よりよい見かけや、そつのない立居振舞、適切なシソーラスを有効利用しない手はない。化粧と同じく人間関係を円滑に処理するための儀礼で技術だ。直接にではなく網膜を通じて物を見るのも、鼓膜の揺れに引き起こされた電気信号を音声と解釈し直すのも、インタフェースを通じた交流であり情報処理であるには変わりない。脳と脳の間を既に二枚の顔《インタフェース》で隔てられてしまっている以上、それを三枚にして四枚にして五枚にして六枚にして互いを隔てる膜をどんどん増やしていって一体何が悪いのか。ひいては、インタフェースだけが存在し、背後の脳や主体が留守だったとして何が一体困るのだったか。

わたしは随分長いこと、実の祖母と子守エージェントの区別をつけていなかったし、長じてからも雑談エージェントとの判別をしていなかった。物理宇宙の人間が素のままで、エージェントよりも多彩な話題を誇ったという事実は、本当のところ奇跡に分類されてよい。

　退転後の人類が流亡の間に、ソフトウェアの人当たりを極限にまで洗練し、情報の機密性を限界にまで高めていった結果生まれたのが、エージェントだ。わたしたちの世代の言葉でいうところの、スマート・クリーチャに分類される。昔は、知性強化動物とも呼んだらしい。祖母が言うには、こちら側への退転前の世界ではまだ、機械工学と生物工学と情報工学はそれぞれ別ものとして扱われ、各個に独自の進化を遂げていたのだそうだ。

「じゃあ」とまだ幼いわたしはインタフェース越しに祖母に訊ねる。「スマート・マテリアルは機械的なの生物的なの情報的なの」

「そのどれでもないね」と祖母は応える。「まだスマート・マテリアルなんてもの自体が知られてなかったしね」

「おばあちゃんは」と記憶の中のわたしは無邪気に訊ねる。「機械的なの生物的なの情報的なの」

　祖母は「そりゃあ断然生物的だよ」と胸を張り、いぶかしげな顔をしている孫の視線に気がつくと、言葉を選ぶように考え込んだ。「ふむ。お前にとってはそのどれでもあってどれでもないね」と祖母は慎重な口調になり、まだ返事としては充分でないと考えたのか「証明する手立てがないからね」と結んだ。

　インタフェースは情報に対してのみ透明である。やりとりできるものは情報しかなく、やりとりできるものが情報なのだから仕方がない。

情報だけを元手に相手が人間なのかどうなのかを判定する手段は実は少ない。全く存在しないとさえも言えるくらいだ。人間は秘密によって、解きようのない暗号によって鎖《とざ》されている。

人間にとっての情報の機密性を上げていくとそれはやがて人格にまで達してしまう。指紋や声紋、網膜パターンによる生体認証の精度を上げていくなら、当人であることを示す最強の認証は、当人そのものを提出するところに行きつく道理だ。指紋や声紋、横紋筋や代紋《エンブレム》パターンを積み上げていった場合の上界は、その当人で規定される。その人間の全てをコードしてしまえる以上、そうして腕の一本や二本を切り飛ばされても同一人物として扱い続ける必要がある以上、ある瞬間の一人の人間の構成が揺らぎ、次の瞬間全く別の同一人物に変貌する際の様式を、履歴を、わたしたちは便宜上、アイデンティティと呼ぶだけなのだ。これは、全く同じ文章を書き写す際に生じる誤字をオリジナリティと呼んでいるような状況に近い。そんなあやふやな存在をきちんと判定する術《すべ》などはなく、結局のところその場その場の対話によって場当たり的に、相手がどのくらい人間なのかを判断するしかないということになる。いわゆるチューリング・テストと呼ばれるものだ。窓の向こうに誰かがおり、まるで人間のように振る舞っていて、観客は誰が最も人間らしく思えるかを決める。

エージェントは今や、人造物のくせに人間にしか見えないという形でチューリング・テストをクリアし、人類を超えたものであるくせに人間にしか見えないという形でもチューリング・テストをクリアするのだ。窓の向こうに人間とエージェントが並んでいた場合、対話によってどちらが人間なのかをあてようとするとほぼ確実に、エージェントの方がより人間らしいと判定されることになる。エージェントには人間よりも上手く人間を真似ることができ、演じることが可能で、擬態することができる。対人技巧に関する限り、人間に利用可能な技の集合はエージェントの持つ集合の部分にすぎない。宇宙間の外交や戦争の場が、エージェントたちが持つ固有の技を競い合う独擅場となって久しい。

「実は俺さ」と岬を回るバスの座席で外を見ながら、記憶の中の彼が言う。「人類だったんだ」

「あ、そう」とわたしは軽く受け流す。

「なんだつまらん」と窓に映った彼の顔がそっぽを向く。

人類に残された最後の砦、コミュニケーションによる判定能力を凌駕《りようが》されてしまっている以上、わたしには彼がエージェントなのか人類なのかを判定する方法がない。ただ知識として、他の人々の振る舞いとして、彼はエージェントなのだと知っているだけにすぎない。彼はエージェントとして扱われているからエージェントであるにすぎない。オーバー・チューリング・クリーチャであるということはそういうことだ。わたしたちは、彼らのことを人類と信じ込むだけではなく、人類ではないものだと判定することも叶わず、エージェントの背後に人間が隠れているのか、空っぽなのかさえ判定できない。

エージェントと人類を区別する手段はその系譜、来歴以外に存在しないにもかかわらず、いやだからこそ、エージェントと人類は違う種なのだ。情報的には全く同じこの二種は互いに交雑することができない。ただ単に、それが物語的に、言語的に許されないという理由によって、両者は別の生物なのだ。エージェントと人類の間には、生殖様式さえ定義できない。エージェント同士の生殖は、構成情報の交換によって行われる。物理的な接触は必須ではなく、情報はインタフェースを通じてやりとりされる。二体間で実行される必要もなく、親の情報を全く利用しなくとも構わないが、ゼロからのフルスクラッチはさすがに困難であり、何らかの素材の継《つ》ぎ接《は》ぎということになる。無論その過程に人類が関与することは可能だ。でもその行為は、改良や作成という言葉で呼ばれ、生殖行為とはみなされない。人類は肉体的な性愛を伴わない生殖行為を、物語上持つことのできない生き物なのだ。

わたしは彼に嫌われないために、彼を好きにならないように全力を尽くしていたが、その状況が既に相手の術中なのだとは中学生の身では気づけなかったし、彼はそんなことに気づく必要もなくごくごく自然に影響力を、重力のように振りまいていた。重力には電磁気力と違って斥力《せきりょく》がなく見境いもなく、到達距離に限界がない。

彼がわたしを選んだのは、彼の嗜好にわたしのような性格類型が含まれていなかったからだ。わたしの方では彼に嫌われるのが嫌で、彼を好きにならないようにしていたが、彼はわたしを嫌わないように、必死で好きになろうとしていた。自分が嫌いな相手に好かれることには慣れっこの彼にとって、嫌いな相手を好きになろうとするのははじめての経験だった。わたしは彼が嫌う稀なタイプに属していて、彼に心底第一等に嫌われたが故に、一等賞で受け入れられたということになる。

そこに生殖がありえなくとも、生粋《きっすい》のエージェントと結ばれる人類は少なくない。だって両者は能力差こそあれ本質的に同じもので、ただ違う歴史と履歴を持つだけだからだ。わたしたちは社会的に言語的に物語的に結ばれえないが、情報的には対等だった。

勿論、わたしたちとしても理解していた。何がどうあれ、二人は早晩、ラブストーリーに呑み込まれてしまうだろうし、彼だっていつまでも恋愛を忌避するラブストーリーの登場人物なんていう妙なキャラクターを維持できるわけがなかった。少なくとも二人はお互いの理解者であり、それゆえに嫌い抜いてもいたわけなのだが、これは下手な腐れ縁や幼馴染なんかより、よっぽど足抜けしにくい関係だった。わたしたちは所詮、同じルービックキューブの上の配置の差みたいなものなのだ。

バスが終着駅《ターミナル》に到着し、わたしたちは小銭を料金箱に放り込んでステップを下り、物理宇宙に足を下ろす。地面に触れた爪先から波紋が広がったように見えたのはまだイグジステンス社の提供する、インタフェースの同調が終わらないのだ。人気《ひとけ》のないターミナルを一回りし、クラクションを鳴らしてバスが去る。彼は体を屈めて、錆びついた鉄板に貼りつけられて日に焼けた時刻表を確認している。あたりを見回し、「こんなところに」と問いかけてきた。

「有機物ばかりだ」と落ち着かない様子で口を開くと、

「こんなところだから」とわたしは応える。道路が輪になったターミナルの周囲はほとんど林で、ターミナルの雨風よけの小屋を除けば建造物も見当たらないし、その小屋さえも木製だから有機物でできているということになる。丘へと向けて、細い道が一本伸びている。確かにそうして言われてみると、わたしだって物理宇宙にも、有機物だらけの環境にも馴染みがないはずなのに、違和感を覚えないのは奇妙に思えた。

「お前にはそういう履歴があるから」と彼が馬鹿を見る目で言う。

わたしたちの目的地は、物理宇宙にある祖母の屋敷だ。層宇宙《レイヤー》の基層《グラウンド》にへばりついた牡蠣殻《かきがら》のようなアトラクタに存在し、今では路線バスしか通わないような山奥にある。いわゆる隠居であり隠遁者であり隠者をしている。

わたしたちの目的は今一つはっきりしていない。何が可能なのかを知ってはいても、それをしたいのかはわかっていない。榎室春乃《エムロ・ハルノ》は、わたしにとっては生殖を二回隔てた存在にすぎないが、事情を知る人々にとっては、イザナミ・システムの設計責任者として有名だ。彼女はいわゆる基幹技術者で、履歴を書き換えることの可能な数少ない存在だ。誰かの履歴に限らず、任意のストーリーラインの履歴をさえもだ。

とある放課後、

「どう思う」と中学生のわたしは訊ね、

「無理だろ」と彼は渡り廊下の上で応えた。「履歴を捨てて、特定の人格を廃棄するっていうことは、お前が思うほど簡単なものじゃないんだよ。自分の記憶を操作するだけじゃ済まないんだぜ」

「そうなの」と細部の手続きについては全然考えていなかったわたしは首をひねった。

「そうだろうよ。お前をお前として扱ってるのは、お前の意識だけじゃない。他の人間の記憶の中にもお前はお前として存在しているわけだ。だから、お前が本当に履歴を捨てるって話になったら、お前を知るみんなの記憶も書き換えて回らなけりゃいけないってことになる。それって普通無理だろう。誰かに何かを無理矢理覚えさせることはできても、忘れさせることは難しいし、こっちを忘れさせている間にあっちでは覚え直しているだろうから」

「なるほどね」とわたしは思考を巡らせ、「つまり、わたしが本当に自分の履歴を喪失したら、誰もわたしがわたしだとはわからなくなるってことだ」

彼は露骨に眉をひそめて、お前のそういう脈絡のない話し方が嫌いだと言い、

「そんなこと言ってないが、そういうことも当然起こるだろ」

「あんたに会っても、あんたはわたしをわからないってことになる」

「そうだな」と彼は何故か怯えたような顔つきをした。多分彼が考えたのはこういうことだ。もしもわたしが履歴を失うことで、彼がこのわたしを見分けられなくなってしまった場合、事実上生まれ変わって身元不詳の人格エージェントとして彼の前に現れたりした場合、ラブストーリー特化キャラクターとしての彼は、わたしとのラブストーリーが展開することを避けられない可能性が高い。そんな可能性が彼を怯えさせたことがひどく可笑《おか》しかった。

そのときにはもう、インタフェース越しにしか会ったことのない祖母のところへ、話を聞きに行こうと心を決めていた気がする。わたしはいつの間にか場面が教室になっていることも気にせずに、脚を振って教壇から降り、

「つきあえ」

と、自分でも驚いたほど強い調子で彼に言い、彼は露骨に眉をしかめたものの、気圧《けお》されながら頷いた。

記憶の中の小さなわたしは、向こう側に祖母の居室が広がる窓へと向けて問いかけている。

「ねえ、インタフェース越しのおばあちゃんと、本物のおばあちゃんは何が違うの」

祖母は急須を取り上げ、前後に小刻みに揺らしながら少しずつ茶を注いでいく。わたしの方へちらと目を上げ、「単純さが違うね」と言う。「わたしは単純に生きているのさ」

祖母は、わたしたちが最初から持ってなんかいなかった単純さの中に生きた最後の世代だ。彼女にとっては、机の上の紙の本とインタフェース上の本、どちらに手を伸ばすのが単純かという問いは意味をなさなかった。

賭けたっていい。この文章を目にしている人のほとんど全員は「インタフェース上の本を手に取る方が簡単に決まっている」と何の疑いもなく思ったはずだ。だってそれはワンライナーで実行できる、呼吸のように自然すぎる操作だからだ。紙の本へと手を伸ばすのに必要な手続きなんて、考えるだけで気が遠くなる。まず第一にリアルデータへのアクセス申請が必要となる。これはほとんど、違う宇宙へと手を伸ばす許可みたいなものだ。

もしそれが叶ったとして、実際に物理法則が適用されている物理宇宙へ降り立ったとして、次は自分の姿勢制御を行うことを迫られる。あなたは物理宇宙における拘束条件は決してシミュレーション向けに最適化されたものではなかったことを思い出して茫然とする。宇宙の方が論理に合わせて設計されていないなんて許されるのかと神を呪うことになる。恣意的としか思えない幾何学の選択に腹を立て、特異性がやたらと詰め込まれた三次元なんていう次元構造に腹を立てはじめる。どうして退転以前の初期人類は、三次元やら四次元やらいう七面倒くさい微分構造を持つ低次元宇宙に発生したのだと腹を立てる。何故、ただ情報を取得する、いや、紙の本を眺めるためだけにシンプレクティック多様体と格闘する羽目に陥るのかとあなたは思う。剛体同士が互いをすり抜けないという知識を実地に体験して驚く。関節の力学がカタストロフィクな構造を持つことに愕然とする。それって人体の設計ミスなんじゃないのかと思い、力学的な必然性があるのかもと考え込む。ひととおりの悪戦苦闘をくぐり抜け、ようやく一息つくことのできたあなたは、自分が岩の窪みに溜まったアミノ酸になったような気分になっている。人類が歩んできた遠い道のりに思いを馳せ、ただ一歩を踏み出すまでに、進化の梯子をもう一度、せめて両棲類くらいのところまで登り直さなければならないのかと天を仰ぐ。

実際は、あなたは天を仰がない。言われてみればそういうことになっているはずだなと頭の隅で思うくらいだ。そういった全ての過程はイグジステンス社の提供する、宇宙間変換インタフェースを通じて自動的に処理されていく。紙の本を読むためにあなたがしなければならないことは、紙の存在する世界、リアルデータへのアクセス権の申請だけだ。これはお役所の管轄だから、個別の面倒な手続きが必須とされる。

物理宇宙へのバスの切符を購入するとか。

花水木の花びらが落ちる。

こうして時間の経った今ならわかる。祖母が住んでいるのはあくまで物理宇宙であって、現実宇宙ではないってことが。その意味が。祖母がかつて住んでいたのは現実宇宙の方だったんだってことが。祖母のオリジナルはただのエージェントじゃなく、現実の存在だったのだと理解できるまでには、それはもうかなりの時間投資が必要だった。知識として知ってはいたが、それを実感することができずにいたのだ。物理宇宙と現実宇宙は異なり、人類とエージェントが違うものだっていうことを実感する手段が決定的に失われてしまっていることを実感するまでに、長い長い時間がかかった。自分は、かつて実感と呼ばれていたものを持ちようがなく、これからも持つことがないのだと納得するまでに。

今のわたしには、教科書の記述が何を言っていたのかがわかる。わたしたちの現実宇宙はOTCの侵攻によって物理的に陥落し、わたしたちにできたのは現実宇宙のスナップショットをリアルデータとして退避させることだけだった。わたしたちは、そのスナップショットを初期条件として継続させた物理シミュレーションを物理宇宙と呼んでいる。祖母の生きた時代は、紙の本に手を伸ばすのに物理空間をシミュレートする計算資源なんて必要なかった宇宙の中に存在した。今はもうない。OTCの支配宇宙のどこかに存在するかも知れないが、そこにはもう、わたしたちの手は届かない。

「本物のおばあちゃんはもういないんだってことがわかるまでに、随分かかったよ」

物理宇宙の祖母へと向けて、こうして成長したわたしは告げる。終着駅の先に暮らす祖母の屋敷の縁側で横になりつつ。

「今度は本当にわかったのかい」

と祖母が問う。本当にわかってるのかね、と溜息をついて続けた。

「わたしがいないのは最初からだよ。お前が生まれるずっと前から、わたしはもういなかったんだ。今のわたしはこうしてかつてと同じものとして実行されているけれど、同時に本質的に異なるものでもある」

本当にわかってるのかね、ともう一度繰り返した祖母が畳の上で静かに膝を回して、わたしの方へ向き直る。

「で、わざわざこの物理宇宙にまで降りてきて、今日は一体何の用だい」

「相談したいことがあってね」

「あのエージェントの男の子のことかい」

違う違うとわたしは手を振る。わたしと彼の関係はその後――その後――どうなったのか、ちっとも思い出せないが、そんなことは今や些末な問題だ。彼は所詮、賑やかしのために添えられたラブストーリー用のエージェントにすぎない。失われた現実宇宙の模造品の欠片《かけら》にすぎないこの物理宇宙からでも、わたしたちが普段暮らす宇宙の記述を改変できることは桜の一件からでも知れた。イザナミ・システムの全貌を知る者に本当に訊きたいことは別にある。

「そう、それは残念。あの子は出征したと聞いてね。あちらのことは、こちらからではさすがにね。あんたからなら何か聞けるかと思ったのだけれど」

と祖母がわたしには意味の取れない内容を言う。祖母はやれやれと言いたげに首を振り、目を微かに細めて天地が逆のわたしの顔をまじまじと見る。しばしの沈黙を挟んだ後に、ほんの天気を訊ねるような気軽な調子でこう訊いた。

「あんた、何者だい」

「榎室南緒」反射的にわたしは応える。祖母は表情を固定したまま顎を上げ、顔全体をほんのわずかに斜めにひねり、

「物理宇宙なんていう古ぼけた世界に隠遁している旧式のエージェントと思って甘くみられては困るね」

わたしの口から咄嗟《とっさ》に漏れた「おばあちゃん」という呼びかけのあとに続けるべきなのは、「何言ってるの」だろうか、「どうしたの」だろうか、「放して」だろうか。わたしの体はどうもガリバーよろしく縁側に釘づけにされているようだ。このクラスのエージェント——そう、人類とエージェントの別など原理的には存在しない——に一度後手をとってしまうと一発逆転は期し難い。早々に抵抗は諦めて、わたしは単純な知的好奇心を満たすことを優先する。

「オーバー《O》・チューリング《T》・テスト《T》はクリアできていたはずなのに何故わかった」

わたしの問いを、榎室春乃は、はん、と一息で笑って捨てる。

「異種知性におんぶに抱っこのそんな技術なんざ要らないんだよ。調査不足のようだから教えてやろう。わたしの孫娘は」自己進化を繰り返し、複数の宇宙を放浪しつつ単体で数百年の主観時間を、あらゆるものを捕食しながら生き延びてきたエージェント特有の凄味のある笑みがこちらをじっと見つめている。

「あんたみたいに行儀のいい娘じゃないのさ」

わたしはようやく、自分が人類としての榎室南緒ではないことに気づく。今のわたしは誰かの顔から滑り落ちつつある、榎室南緒という人格を偽装したエージェントであるにすぎない。オリジナルを模したエージェントなのか、祖母のようにリミッターを外した元人類の一部分なのかは知らないが、祖母が屋敷に通す気になるくらいにはオリジナルに似た存在だ。このわたしは、何者かが祖母へと接触する経路として利用しているエージェントなのだ。自分でどう感じていようと、状況から考えるとそうなるしかない。

そう呑気に考え続けるわたしを、拘束を逃れようともがくわたしがパージする。頭に大雷《おほいかづち》、胸に火雷《ほのいかづち》、腹に黒雷《くろいかづち》、陰に裂雷《さくいかづち》、左手に若雷《わかいかづち》、右手に土雷《つちいかづち》、左足に鳴雷《なるいかづち》、右足に伏雷《ふすいかづち》、身に八柱の雷神を慎ましやかに宿らせた祖母が一歩を踏み出すが、案内役を終えたわたしには、ここから先のなりゆきは最早関係ないことだ。

わたしの最初の恋人は、誰かの空想の産物だった。

そうして、彼のことを好きになったのは、このわたしじゃなかったのだ。

こうしているとまるで、見ている者のいない夢が、あてもなく浮かんでいるみたいだなと南緒は思い、結局一体、誰が誰のことを好きだったのかなと小首を傾げ、少し笑った。

1

敵を倒すと、パーツを落とす。

パーツを手に入れることでパワーアップが可能です。

下にミサイルを撃てるようになったりする。そして上にも。レーザーが出るようになり、分身《オプション》が使えるようになったりする。バリアなんていう手もあるし、自分の数が増えたりもする。

時間方向にスクロールしていくシューティングゲームみたいなものだ。ただし、没入感はこちらの方が圧倒的に上回る。ヴィジョンを通してなお、他の宇宙なんてものが足元にも及ばない鮮明さを誇る。層宇宙の中で一番の解像度を持つ物理宇宙でさえ、現実宇宙のリアルさには敵《かな》わない。

フィールドは、廃墟となった住宅地だ。腰の高さほどに残る煉瓦の壁が、ローマ人の居留地跡のようにして家々の間取りを示している。街路樹は散髪という概念を忘れた老人の姿じみて茂り乱れ、芝は本分を思い出して伸び放題だが、周囲一帯が緑に沈む気配は見えない。全体の彩度はあくまで低く抑えられ、淡い緑はひょっとして、インタフェースが生成した色彩の残光現象なのかもという気がしてくる。

ヴィジョンに没入していくにつれ、冷たく乾いた風が煉瓦の壁を撫で削る様が見えてくる。比喩ではなしに本当に見える。局所的に時間がどんどん引き延ばされて、矢が林檎にあたるまでに無限の時間が必要になっていくくせに、大域的には早回しになっていく。無限の時間をかけて無限の経過を眺める間に、煉瓦の壁は刹那《せつな》の裡《うち》に吹き散らされて塵へと化して消えていく。五劫はもう来ていたのだなと思う。グーリンダイのポンポコピーだなと思う。

街路の古い敷石は波を打ってところどころ小さく陥没しているものの、未だ道としての面目を保ち、歩行の用に耐えそうだ。現実宇宙にあってはとてもありがちな光景だから、どこかからコピーしてきてペーストされているのかも知れないし、記憶の中の光景を外界とすりかえてしまう認知トラップの可能性も否定はできない。

朝戸連《アサト・レン》は、傍らにうっそりと立つ、というか野放図に展開している銀色に輝く骨組みの塊を見上げる。あえて形容するならば、エッフェル塔を部材に利用した節足動物門鋏角亜門に属する何かの模型に、皮をむいたLZ130グラーフ・ツェッペリンを四方八方から突っ込ませたようなもの、とでもなり、朝戸には比喩の才能がない。ご近所に引っ越してきた物体X一家とでも言う方が近いかも知れないが、朝戸は未だに、この相棒が前日と同じ姿をしているところを見たことがない。基地《ベース》で貸与を受けたときには、ギュスターヴ・ドレ描くところのアラーニェのような姿をしていたので、そのままアラクネを呼び名として登録したが、トップレスで仰《あお》のけになり蜘蛛の脚を生やした女性という形態を目撃したのはそのときだけだ。今は朝戸の二倍ほど頭が高いアラクネだが、本来的に一定の大きさというものを持っていない。手乗りサイズから象くらいまでは自在にしており、限界の方は挑戦したことがないという。現実宇宙から質量保存の法則が失われて久しいのをよいことにやりたい放題だ。

朝戸は右手に握ったハンドヘルド計算尺をアラクネに向けて突き出す。互いにスライドする定規状のスマート・マテリアルが五枚、三次元の拘束条件を無視したやり方で、ひとつの歯車によってまとめられている。退転以前の人類であれば、使用のたびにいちいちサイコロを転がして自分の正気を確認しなければいけないような代物だが、今ではこれが軍における標準装備だ。アラクネを構成する骨組みの一部が布の擦れあうような音を立て、太陽系歯車をギアチェンジしながら組み替わり、トウモロコシの実のワイヤーフレームモデルのような形状を持つインタフェースを突き出してくる。トウモロコシと計算尺は、嘴《くちばし》をつつきあう小鳥のように挨拶してから先端部で歯車を噛みあわせて一体化する。融合した両者はカシャカシャと軽い音を立てて変形を続け、朝戸はその結果を受けてヴィジョンに表示されていくストリームを眺める。

「ですから、そろそろふつうに喋って下さいよ」

とアラクネが言う。

「うるさい黙れ」と朝戸は計算尺の動きを通じて答える。

アラクネは中隊から貸与された備品であって友人ではない。人類やエージェントでさえないロボットだ。かなりメカニカルな支援ロボットであり、見てのとおりにメカメカしている。ただしその計算能力はあらゆる電子回路で作成されうる全ての計算装置を軽くしのぐ。現実宇宙には電子的に実行するより高速に挙動する機械的計算デバイスが存在するからだ。スマート・マテリアルの利用によってこの世には、電子計算機の能力を超えたソロバンが出現することになった。

全体の二五〇%をスマート・マテリアルから作り上げられたスーパーロボットでウーバーメンシュで善悪の遥か彼岸に立っている。エージェントをはるかに凌駕するOTC《オーバー・チューリング・クリーチャ》だが、重大な違いとしてアラクネは明後日の方角からやってきた侵略者ではなく人間の手で構築されたロボットである。ロボットに設計支援を受けたロボットではある。

「アラクネ」は固有名であると同時に代名詞であり、一種一体で存在している何かの存在だ。人類がOTCとの戦闘を通じてこつこつと拾い集めてきたOTCの部品や臓器や素材を組み合わせて作られている。価格帯については、現在、物理宇宙のオリオン腕に再集結中の宇宙奪回艦隊《レコンキスタ》の主力級に匹敵する。

「これは現実の光景かな」と朝戸が計算尺を揺らして訊ねる。アラクネは超計算能力を備えるロボットであり、アラクネが自分を制御するために利用している言語は人間に把握できるレベルを遥かに超える。アラクネのネイティブ言語は、人類にとってのパース不可能言語に属し、人間にはその言葉を形態素に分解することさえままならない。よってその言語を翻訳するにもスマート・マテリアルが必要となり、物質を通じた翻訳以外は、信頼度が大幅に低下する。

「いや、だから」とアラクネ。「いい加減ふつうに喋って下さいよ。いちいちセキュア・インタフェースを通すのは面倒だし、計算リソースの無駄だってずっと言ってるじゃないですか。このレベルの日常会話に、正規性判定《ヴァリデート》なんて必要ないでしょう。わたしの話している内容が本当かどうかを計算尺で判定するなんていうのがそもそも馬鹿げているんだし」

「これが規定だ」と朝戸が計算尺を握る。アラクネはやれやれと言いたげに、

「現実宇宙の現実の光景に見えますすね。少なくともわたしにもそう観測できるという意味では。そして——いますね」

「OTCだな」

「正規軍か野良か不法移民かまではわかりませんけど」

ＯＴＣの前にあっては、スタンダードな人間の認知機構なんていうものは、無駄にこみ入っているだけのループ・ゴールドバーグ・マシンにすぎない。ＯＴＣには、ただの貼り紙一枚で現行バージョンの人類を右往左往させる能力がある。ＯＴＣには人類の認知機構に対するマークアップ言語対応物を自在に操るだけの計算力があるからだ。人類には認識できないタグを自然法則へと当たり前のように差し込んでくる。〈不可視〉バーカバーカ〈不可視〉みたいな感じに。この場合タグの中身は見えないわけで、何か馬鹿にされたような気分だけが残る。

現実宇宙はＯＴＣの制宙下にあり、人類はスマート・マテリアルの助けなくしては地表に立つことさえも叶わない。少なくとも動物型の知性には無理だ。非知性体や植物型知性、微生物型知性にはまだ、現実宇宙で生存することが可能らしいが、それすらも時間の問題だろうといわれている。

ヴィジョンの中では、腰から上を無造作に薙《な》ぎ払われた家々の死骸の間を、やたらと蛇行する獣道が通っている。ほとんど集積回路じみた入り組み方で、壁を登って木々を巡って離合集散、袖擦りあってすれ違い、追いかけあったかと思うと、ぐるぐる回って消えて湧き、支流へ分かれていつのまにやら元の場所へ戻ったりする。実体としては浅く抉《えぐ》られた溝にすぎないが、勿論、鼠の通勤路なんかではなく、鼠は空間自体を抉ったりしない。

獣というのは正確ではなく、OTC道とでも呼ぶのが正しいのだろう。

いけるのではないか、と朝戸は思う。

可能な限り、元のままで生還すること。
可能な限り、OTCの構成物質《スマート・マテリアル》を持ち帰ること。
可能な限り、戦闘記録を持ち帰ること。
の三項目が、朝戸たち、特化採掘大隊《スカベンジャーズ》の任務である。朝戸が支援ロボットと二体だけで活動しているのは朝戸固有の特殊事情による例外措置で、通常は三人から五人の人類型エージェントと、同数の支援ロボットでチームが構成される。アラクネは相棒としては二代目にあたり、同行はこれで三度目だ。担当エリアの哨戒が主任務であり、路傍のピクニックとかピクニック・オン・ニアサイドと呼ばれたりもするのだが、ごみ漁り《スカベンジャーズ》の名のとおり、OTCを構成するオーパーツにしてオーバーテクノロジーをこそこそと拾い集めているというのが現状だ。小物相手なら倒して皮を剝ぎ、肉を持ち帰ることだってあり、直近二度の狩りは不調に終わり、三度前の哨戒任務については記録に封じ込めてある。

人類を退転に追い込んだOTCはアラクネ以上に特定の形態へのこだわりを持たず、現実宇宙においては、あらゆるものがOTCであっても不思議ではない。OTCが生命体なのかどうかを判別する手段は存在しない。そいつが人間型知性であるかどうかを判定するためのチューリング・テストをクリアするOTCは、そいつがただの物質であるかどうかを判定するためのチューリング・テストだってクリアするし、任意のxであるかどうかを判定するためのチューリング・テストをクリアするのもしないのもその日の気分次第にできる存在なのだ。

ＯＴＣの形態はだから様々だ。大きい小さい、鋭い鈍い、丸い四角いという形状の違いだけではなく、通常の意味での物質にこだわることさえなく、物質の影の方が本体だったり、ただの粗密波のこともあり、「丸三角」というような、他の領域では存在しえない抽象概念だったりする。およそ思考可能な全てでありえ、思考不能な全てでありうる。

「目視して確認する」と朝戸が計算尺を握る手に力を加える。

「依存症からは復帰したと記録にありましたけれど」一拍を置きアラクネが訊く。「理由をつけてもう一度現実を覗いてみたいだけなのでは」

「復帰してるさ」

「あなたたちの言う現実依存症から、復帰なんてできるんですかね」

「現実なんてただの現実にすぎないよ。五分経っても戻ってこないようなら引き戻してくれ。なんてことない光景だろ。コーラもピザもプレイボーイもペントハウスもラジオも天体望遠鏡もサーフボードもザ・ビーチボーイズもない、ただひたすらに日常的な、人類が滅んだあとの光景だ」

アラクネの返事を待たずにヴィジョンを撥《は》ね上げた朝戸の右手がそのまま静止する。一瞬にして髪の一筋までもが凍りつき、瞳孔が徐々に拡大していく。現実宇宙が石化の魔法のように朝戸を一息に侵食していく。吸気が胸を仰《の》け反《ぞ》らせても、朝戸はまだ息を吸い込み続ける。限界まで膨らんだ体から不承不承というように細く息が漏れていく。そんな挙動を繰り返すうち朝戸の呼吸がようやく荒くなりはじめ、振り上げたままの右手の爪がじわじわと掌へ食い込んでいき、圧力に抗し切れなくなった皮膚がはち切れ血が流れ出す。朝戸の瞼《まぶた》がじりじりと下がり、額から流れ落ちる汗に洗われっぱなしの眼球を覆うという偉大な目標を掲げた五カ年計画へと着手する。黒目の半ばを過ぎたあたりで張りつめた糸が切れるように瞼が下りて、朝戸は首を乱暴に右に払うと何かを振り切り、片膝をつく。しばらくぜいぜいと肩を上下させてから、喉を鳴らして小さく吐く。口元を拭い、ヴィジョンを引き下げ、またこみあげてきたらしい何かを呑み込む。ちょっと嗚咽《おえつ》しているようにも見える。

「駄目だな、やっぱり」と、朝戸は照れを隠すように指を動かし、アラクネは返事の代わりに針鼠状に林立させた骨組みの先端の一つを揺らした。

「何分かかった」朝戸が訊ねる。

「十五分ですね」とアラクネ。

現実は日々強烈さを増し、一度目の当たりにしてしまうと、常人には目を離すことさえ困難だ。スマート・マテリアル技術の粋を集めたヴィジョンに搭載されているリアル・キャンセラを通じてさえ、その輝きを、うさんくさい煌《きら》めきを潤いを艶めきを無効化し、押し寄せてくる郷愁を堰《せ》き止めることは決してできない。生の現実は、それを目撃した者を廃人化する力を誇る。

「あのあたりに」と朝戸が呼吸を整えながら、指の震えで計算尺を通じて示す。「三体見えた、ような気がする」

　アラクネが縦長の塊から横長へと変形しながら応える。

「わたしの見解と一致しますね」

「だが」と朝戸。「——他には何も、思い出せない」

　現在の現実宇宙の解像度は2.0 × 10^{35} Ppi、つまり二〇〇ギガyPpiに達しているとされており、数年以内にさらに倍になると予想されている。ＯＴＣによる宇宙増築工事の成果だ。yPpiは宇宙解像度の単位であり、プランク長・パー・インチを示す。一インチの中に宇宙の最小単位《プランク・レングス》が何ヨタ個入るかを表している。退転以前の現実宇宙の解像度はおよそ一ギガyPpiしかなかったから、以来宇宙は二百倍程鮮明になったということになる。勿論この現実宇宙でも、物理定数としての古典的プランク定数の値は変わらない。一インチの長さも同じだ。だから別にこれはプランク定数をゼロに近づけて量子古典対応をとるとかいった話ではない。大豆の詰まった瓶に罌粟の実を注ぐというような話であり、ＯＴＣ

は新しい宇宙に新しい超法則を注ぎ続けているわけで、宇宙の解像度はぐんぐん上がり、宇宙像は旧《ふ》りた多様体の皺の奥の奥までどんどん鮮やかになり、本人も知らなかった素顔を暴き立てられている。OTCは現実宇宙の底に新たな階層を継ぎ足すことで既知宇宙を猛烈な勢いで改築しており、裏張りをはがしてアスベストにまみれながら基礎工事をやり直してくれているわけだ。誰もそんな工事を発注した覚えはないという問題はあり、所詮は人間とはありようが異なる知性のやらかすことだ。

人類の網膜や鼓膜、腹膜や横隔膜といった虚実皮膜は解像度を増していく現実に耐えきれず、インタフェースは過負荷を受けて燃え上がる。そんな情報量を処理するように設計されていない上に、生の現実を耐え切ることのできる認知過程なんてものは存在しないのだから仕方がない。せいぜいが、輝きを増した世界を漠然と、崇高や美として感じ取るくらいのことができるにすぎない。何が何やらわからぬなりに畏敬の念に打たれて跪《ひざまず》き、ついうっかりと祈りを向ける。願いを重ねる。何かを誓う。捉えどころのない具象なのか抽象なのかもよくわからない何かを勝手にそこに重ねて見いだしていく。理解されるべきものがそこにあるとだけは気配で察し、その情報を処理する器官を欠いたまま、見当違いの処理系へとバイパスさせて、応答のない孤立の中で偽の返信を自ら捏造《ねつぞう》しては熱狂していく。

OTCの侵攻が開始された瞬間から、世界は光に包まれた。あらゆるものが喜びに満ち、輪郭は研ぎ澄まされて鮮明になり、葉脈の一本一本が、甲虫の脚に生える毛の一筋一筋までもが至高にして究極の美として顕現した。細菌が歌い、ウイルスが踊り、空間を過ぎる光子の軌跡が、ニュートリノの引く尾が厳《おごそ》かな姿を現した。電磁波の波紋がやわらかに宙を満たして、重力波のゆったりとしたうねりが人々に涅槃《ねはん》への道を示し、ヒッグス場が生の虚無を万人の前に開示した。時間が色をまとって広がり、空間が流出していった。

人々は彼岸の池のほとりで半跏思惟《はんかしい》の姿勢をとって蓮を見つめ、テーブルの上の目玉焼きの黄身のてかりを静かに眺め、互いの顔を生き生きとした光の中に見いだして、生まれ変わったような清々しさで目礼を交わし、全ての業はただ出来事に唯物的に還元された上で唯名化され、日常の恨みつらみや妬《ねた》み嫉《そね》みは完全な美へと分解していき、負債もまた完璧な崇高さの中に解消されて、敵と味方は手をとりあって大般若経《だいはんにゃきょう》を唱えながらピーナッツバターの沼へ溶け込んでいった。誰もが頭の中に静かな詩の朗読を聞き、争いは絶え、口元には穏やかな笑みのみが浮かび、慈《いつく》しみが世に溢れ、謝罪を受け入れる以前に全てはあらかじめ許されていることが明らかであり、

人々は、

許されてあり、

忘我のうちに衝突した車の盛り上がるボンネットを陶然と眺め、煙を上げるフライパンを、取り落とされたマッチの火が燃え広がるのを、ただ穏やかに見つめ続けた。自らの体

を這い上がる炎の舌を、急速に遠ざかっていく水面を、そこから差し込む陽光を、雲を分けたヤコブの梯子を、筋になって街のあちこちから立ち昇る黒炎を恍惚として眺め続けた。美と崇高が全てにまさり、あらゆるものに勝利した。高速道路を埋め尽くした車の中でハンドルに俯《うつぶ》せた人々が体重をかけっぱなしにするクラクションが黙示録の喇叭《ラッパ》がわりに吹き鳴らされ、燃料の切れた飛行機たちは黒い剣《ストームブリンガー》の群れとなって次々と地表へ突き立ち、人々は整然と展開していく万物のかけがえのなさに歓喜し、涙した。

　食べ物を見つめたままでその美しさを、世界の貴さを讃えて微笑み続け、自分がその自然の一部を構成していることに心の底から感謝しながら、地球人類は至福の裡に、一二〇億の人口を餓死によって失った。


「それでどういく」と訊ねる朝戸の視線の先で、アラクネが二つの山に分離していく。

「そうですね、小動物程度の相手ですから、まあ定型どおりに。あなたが囮《おとり》になって注意を引いている隙に、わたしが横からぶん殴るというところでしょうね」

　アラクネはそう言いながら、四つの山に、八つの山に、十六の山に分裂していく。朝戸の計算尺と融合していた塊が静かに身を引き、計算尺の先端にアラクネの一部が小さく残る。通信用ということらしい。三十体程に分裂したアラクネから一斉にザラリと音を立て、無骨な弾倉が突き出してくる。

スマート・マテリアルで構築されたアラクネにとって、分裂した個体間で統一的な行動をとることは別に難しくない。それぞれが同じ自己である必要さえなく、意思決定は計算力によってどうとでも制御可能で、生まれながらの群体のように振る舞える。この水準の現象となると、統御に必要なものは自然科学よりもむしろ経営学や経済学に近くなり、原理的な可能性を工学的に実現する以上に、自分自身を支配する経済学を工学的に制御する必要性が生じてくる。

アラクネから見てさえさらに出鱈目にスケールアップした相手であるOTCには、自己の並列化によるスケールアウトで対抗するしか手段がない。人間をこれ以上スケールアップすることは不可能だし、アラクネ以上の性能を持つロボットを構築するのも困難だ。人間としても進化によって少しずつのバージョンアップやマイナーチェンジはされているかも知れないのだが、演算回路や記憶装置の革新的な載せ替えなどはありえない。どちらかというとブラインド・ウォッチメーカーから保守管理期限切れを通告された旧製品に近い存在だ。人間をスケールアップしてしまうとそれは非人間になってしまうという困難もある。コンピュータはスケールアップしたところで依然コンピュータであり続けるが、人間はプロトコルを共有できないというだけの理由で種を区別する。

人間が現実宇宙に対応するにはまず、現実に耐え切れるだけの人格の安定保守が不可欠であり、これもスケールアウトによって実現される。現実宇宙内で物質として分裂するわけにはいかない朝戸としても、人格は並列的に実行している。一人の人間が層宇宙内で安定的に運用できるのはせいぜい数十人格と言われているが、現在朝戸が走らせている人格は三千と少しに及ぶ。おおよそ千人格を超えたあたりから、専用の人格管理ソフトウェアが必要となる。そこまでは表《テーブル》に並べて帳簿をつける式の手作業でもなんとかなるが、百人格を超えたあたりから並列化の効率は落ちはじめ、つい気を緩めると個別の人格に分裂しがちな傾向が出る。初期には薬物で抑える手も利用されたが、今ではもっと精緻な人格プログラミングが可能となっているのが有り難い。

人格をコピーして無闇と増やすこと自体は何でもないが、その運用は難しい。千人の自分を組織するには、千人の他人を組織するのと同じ程度の面倒があり、構成人格の多様さを欠く分、能力の低下を招きがちである。規模と効率、コストの間に線形関係が成り立つ間は、規模増大のメリットがない。社員を倍にして売上を倍にしてみたところで、コストが倍かかっては全く意味がないわけで、事故率だけが上がったりする。

人格は、長らくスケールメリットを実現できなかった現象だ。人格の安定運用のためにはバックアップやミラーリングを含む多重化が絶対的に必要だったが、それを一個のシステムとして運用するには膨大な困難が存在していた。有限のリソースに対する個々の好みのリストがあったとして、その分配を決定するのに必要とされる計算量さえ、人類には担うことが難しいのだ。現実宇宙に降りるとなると、多重化による人格の安定性と、計算能力の増大、強化が必須となる。OTCの能力はお話の中の魔法使いを遥かに超える。魔法の法則自体を涼しい顔で変更してくる。手品の種を見抜くためには計算量が必要となり、宿命的にスケールアップの望めない人類としては、スケールアウトに縋《すが》るしかない。複数の人格の統合的な実行を可能とする計算量は、OTCから手に入れたスマート・マテリアルの利用によってようやく得られた。

スマート・マテリアルとはいわば、契約によって挙動が保証された精霊じみた素材であり質料であって、人類の脳単体では決して理解することのできない代物だ。

人間に理解できるのはせいぜい、N文字を利用して作成可能な全ての文章であるにすぎない。Nはある程度の大きさのところに留まり、そこには有限個の文章しかない。つまり人間には有限個の理解しか与えられようがない。文字を読み続けるうちに、寿命の方が尽きるからだ。スマート・マテリアルはそのN文字以内での記述による理解を超えた先の性質を持つ物質で、定義上人間には理解できないが、OTCには理解ができる存在である。OTCはもう少しNの値が大きいところまでの事象を扱うことが可能だからだ。スマート・マテリアルに関する理論は、人間の脳が受理しうるN文字以内の文章の中には登場しない。その中に含まれるのはせいぜい「OTCにはそれが証明可能だ」という文章に留まる。つまり、自分で証明そのものを遂行することはできないが、他人の行う証明を信用するかどうかを決めることだけが可能なわけだ。証明を実行できるわけではないから、それは厳密な真理ではなく、契約と呼ばれるものに近い。

OTCにとってはオニギリを包むセロハンにすぎないかも知れない構造物も、人類がまとえば現実宇宙に滞在し続けるために必要な魔法のマントになったりする。スマート・マテリアルAを手に入れることによりスマート・マテリアルBを手にする可能性が生まれ、それがスマート・マテリアルC入手への足掛かりとなるといった気の長い組み合わせ的ゲームでもあり、ミスト島での冒険にも似る。現実宇宙への道を開き、現実宇宙へと降り立ち、現実宇宙を歩くだけでもスマート・マテリアルを欠くことはできず、主な供給源は人類を現実宇宙から追い出した当のOTCたちである。

朝戸がこうして立っているだけでも、利那利那に数百の朝戸がスレッドとしてプロセスとして立ち上がり、多重化されて同期を続けながら実行されており、情報的に物理的に超自然的に破壊され、修復され、変貌していく。ファイア・ウォールが燃え落ち、ウォーター・フィールドが蒸発し、ストーン・ウォールが苔生《こけむ》し、エア人格が吹き散らされる。デコイが現実に直面して廃人と化し、ダミーが乗っ取られて独立を宣言し、異端審問が実施され、十字軍が派遣される。そのなりゆきの一つ一つを構成する人格は喜怒哀楽を持つエージェントとして実行される朝戸自身だ。グローバルな人格としての個々の朝戸の役割は目まぐるしく入れ替わり続けて、計算エージェントの、記憶エージェントの、記録エージェントの、ロードバランサの役目を果たす。砂嵐の中に現れた何かの形が、奇跡的に砂の流入量と流出量をバランスさせて佇《たたず》み続けているようなものだ。構成要素が激しく入れ替わり続けるうちに、人型は丸へ四角へ三角へまた人型へと滑らかに変化していき、朝戸が朝戸であるという意識を支えるものはただひたすらに計算量頼みとなるしかない。乾燥して崩れていく砂の人形だ。絶えず水分を補給し続けることでしか存在できず、水を汲む動作を自ら計算して実行する必要がある。

アラクネが準備完了を告げるのを確認し、朝戸はさりげなさを装いながら廃墟へ向けて歩き出す。丈の低い壁を見ているうちに、凍りついた湖面に足を摑まれ飛び立てなくなった鶴たちの話を思い出す。鎌で刈り取られてしまった鶴たちの群れ。この道は通ったことのある道だと、この廃墟はかつての自分の故郷なのだという気分がしてくる。実際にそうしていたという記憶さえ蘇りかけ、ボールを追いかけて走る少年の姿は多数決によって擬似記憶だと棄却され、朝戸はそんなことを考えかけた事実自体を消去する。歩を進める朝戸の視線の先に、極細の金網でできた円筒のような幽霊じみた構造物が三つ、ぼんやりと姿を現す。ヴィジョンの右下へ彼我《ひが》の距離が表示されるが、百メートルから五百メートルの間で変動しており役に立たない。数字の傍らの表示が、ゼノン・フィールドの展開を警告している。OTCを中心としてミクロの空間が次々と湧き出すように生産されている。A地点からB地点へ移動するまでに通過しなければいけない点を増殖させる古典的な自然操作だが、枯れかけている素朴な技術なだけにかえって対処は難しい。

人間はOTCと戦争をしているつもりだが、OTCの側で何を考えているかは誰にもわかりようがない。このOTCの反応も、朝戸へ向けた攻撃なのか、単なる防衛機構なのか反射なのかも判断を下す根拠がない。

「人格の三三％をロスト。復旧中」朝戸の監視人格からやや焦り気味の声で警告がくる。

「人格間の同期率が八〇％まで低下。統率に問題発生」

現実の情報量に対処しきれなくなった朝戸の膝ががくりと折れる。

「記憶領野は最小限を残して放棄。記録の多重化も解く。同期できる範囲に意思決定の縮小を実行。ロードバランサと計算領域を増強」朝戸は即座に命じるが、さすがにこれは予想よりも遥かに早い消耗であり、自分の構成を疑うべきだ。「何だ、何に押されている」

「管理人格の中破を確認。代行します」バックアップ人格が告げる。「同期率七八％に低下。OTCの空間操作が、ヴィジョンに対して錯覚を利用した侵食《インジェクション》をしかけています」同時に朝戸の視野から色彩が消去され、白と黒の宇宙が広がる。その程度の攻撃は予想の範囲でほとんど自動的に防御できてしかるべき軽いジャブにすぎないはずだ。

「余分な領野をパージして防衛に専念」

「パージ済みですが、効率の低下が止まりません」

朝戸は一瞬、意識を自分の内部へ向ける。

「そんなことはない。リソースは足りているはずだ。スレッド人格の配分を再実行」

「戦闘記録用タブレット錠への書込み負荷が、システムを圧迫しています」

「パージしろ」

「書込み操作への朝戸連からのアクセスは許可されていません」

朝戸はタブレット錠を噛みしめる。奥歯に棲みつく記録用エージェントはどうしてもミュータンス菌を連想させるが、実際にこうして害をもたらす結果となっているのが少し可笑しい。タブレット自体をエージェント化しないのは、もしもの場合に物質としての回収を優先する設計だからで、無知性のオブジェクトは耐久性以外にも認知トラップにかかりようがないという強みを持ち、知性とはなにより維持コストが嵩《かさ》むからだが、そのせいで行動に支障が出るようでは本末が転倒している。

「今までにそんなことはなかったはずだ」

「新型タブレット錠の試験運用中です」

そうだった、と舌打ちする朝戸へ向けて、金網幽霊の一体が礼をするように身を傾ける。

次の瞬間、金網幽霊の姿が消え、一歩分手前に出現したと思う間もなく、奥行き方向へ移動している。自分の意識が跳んだのか時間自体が跳んだのか。いやこれは、と朝戸はヴィジョンのログを確認する。OTCお馴染みの複雑性迷彩だ。運動の複雑さを増すことにより不可視化を実現する欺瞞《ぎまん》手段だ。人間の認知過程では追随できない機動によって透明化する。複雑すぎる運動はランダムな運動と捉えることさえできないままに、意味不明なものと受け取られ、行方の方も不明となる。高速で動いているわけでもないのに、霞《かすみ》のようにしか見えなくなる。この運動もまた、OTCが現実宇宙に差し込んでいるミクロ法則によって実現可能になっているものの一つだ。

「同期率七六％に低下」

タブレット錠の不調のせいか、未知の攻撃に晒《さら》されているのかは不明ながら、朝戸は急速に自分の制御を失いつつあり、このままではヴィジョンの崩壊と共に現実に晒され焼き尽くされる可能性を無視できない。

「アラクネ」と指を動かす。「作戦変更。真正面から火力で制圧しろ」

「現時点での斉射はあなたを巻き込む可能性と、あなたへの攻撃を防ぎ切れない可能性が――」

「制圧しろ」

「了解」の返事と共に、蜜蜂の群れの立てる羽音のような駆動音が周囲を圧し、アニマリス・モデュラリウスじみた形態に変形して展開行動中のアラクネたちから一斉に砲弾が放たれる。強烈な爆音が地響きとなって轟き、空間を切り裂く無音が瞬間を支配する。

人類に量産可能な唯一のスマート・マテリアルによって構成されたキリスト砲弾の雨が、アラクネの管制の下、ひたすらに真っ直ぐ伸びる軌道を計算によって維持しながら、三体の幽霊へ向けて殺到していく。世界中に散らばるキリストの聖遺物を組織培養して精製したこの砲弾がOTCに効果を持つ理由は一言で言って「不明」だ。実際はキリストの遺骸だけではなく、ミイラの粉や高僧の爪の垢なども原材料として含まれている。長年に亙《わた》るOTCとの戦闘を経て、ありったけの物質を手当たり次第、総当たり的に組み合わせて投げつけてきた結果選別されて残った、人類固有のスマート・マテリアルがこれだ。

アラクネの立てる羽音がもう一段階大きくなる。アラクネを構成するスマート・マテリアルの実体は、微小な完全剛体歯車の集合体だ。プランクスケール以下で噛み合う歯車たちがすりつぶしている新しいミクロ法則たちの苦悶が細かな煙となって立ち昇る。彼我の距離さえ測りきれない相手に対し、名射撃手による一発狙撃が成立する余地などなく、飽和攻撃以外の戦術はない。アラクネにおいては計算がアクチュエイターと直接的に同一化されている関係上、計算はそのまま物体Xの身悶《みもだ》えのようなものになる。あるいは戦意高揚のダンスを踊る古代の戦士たちのようにも見える。

現実宇宙の基盤をなすのは物質だ。スマート・マテリアルは数学的秩序さえ超越する。時間や空間をも作り出して規定し直す。極微スケールの物質は原理的に計測不能な存在であり、数学という確固としたものでは捉えられない。以前の宇宙はその点、かなりの無茶をしていたわけだ。なんといっても当時の宇宙では、数学こそが究極の構成要素なのだとされていたのだ。数こそが宇宙の基礎的な構成要素だと考えられ、実在なのだとさえ思われていた。そのせいで、確固たるものは存在できないという主張を行うために、確固たる数字を利用する羽目に陥った。この立場は自己矛盾に極めて近いところにある。この世に確固たるものが真実存在していないのなら、それを確固たる手段で述べることなどできはしない。純数学的宇宙は知らず、現実宇宙では数さえも不確定な存在になる。

ＯＴＣによって宇宙の底に継ぎ足されている法則層は、数学とは独立している。数学や物理学の適用限界の向こう側へ開かれており、原理的に挙動を予測することが不可能な物質で満たされている。スマート・マテリアルの挙動は数学で理解可能な運動に留まらない。しかしその物質で機械を構成することは可能だ。その物質は数学的秩序に従っておらず、その物質で組み上げられた機械の挙動もまた数学的秩序に従わない。しかし物質である以上、目で見、手で触れることはでき、日常の用には立派に耐える。数学的には未だ実現されたことのない速度の計算を可能としたりする。奇跡を起こす。ＯＴＣに対抗しうる手段となる。

　計算尺が伸縮し、自分の行動記録装置から圧迫を受けて機能を喪失しつつある朝戸へ経路を示し退却を促す。繰り出されるゼノン・フィールドの生成速度をかろうじて上回った数発のキリスト砲弾がＯＴＣに命中するが、活動を停止させるには至らない。アラクネは小動物程度と評価し朝戸も同意見であるものの、幽霊たちは意外に手強《てごわ》い抵抗を見せ、アラクネの管制する砲弾は幽霊たちを中心として空中に浮かんだネックレスのように輪に連なって拮抗を余儀なくされている。

「こちらは自力で退却する。ＯＴＣの破壊を優先」

「了解」と今度はアラクネも機械らしい割り切りを見せた。

朝戸が地面に身を投げて頭をかばうと同時に、砲弾群の軌道が安定、十数発の弾頭がＯＴＣの二体にそれぞれ命中。間を置かず第二波の斉射音が響いて地面が揺れる。朝戸がヴィジョンと指の間から覗く煉瓦塀跡に、ズタズタに引き裂かれた金網が二体、力なくしなだれている。

「一体を見失いました」アラクネの報告と同時に、第二波が金網の残骸に着弾、あたりが細かな灰に満たされる。「発見」とアラクネ。「固有情報を欺瞞されました。あなたのゴーストを装っています。至近です」

朝戸が身を転じると同時に、さっきまで朝戸の腹が接触していた地面へ向けて、直線がまっすぐ、すとり、と落ちた。金網製のシーツを被って遊ぶ透明な子供のような幽霊が右手を差し伸ばし、その先端からは氷柱《つらら》のように、幾何学的直線が鉛直を形成している。それに貫かれるとどうなるのかに一応の興味は覚えたものの、自分の体で試すにはちょっと鋭すぎる武器だと思う。

転がり続ける朝戸の体を垂直線が淡々と追いかける。

「アラクネ」なんとかしろ、と言い終える前に応答があり、

「欺瞞情報を解析中。なかなかの計算パワーです」

「転がってる方が僕だ」

「こちらからはどちらも転がっているように見えます」

「普通に考えろ、逃げてる方が僕だ」

アラクネは寸時沈黙し、「ああ、なるほど」と続けた。次の瞬間、朝戸の転がり進路上にキリスト砲弾が一つ着弾。

「違う。そっちが僕だ」

「駄目ですね。きちんと解析しないとあなたも一緒に吹き飛ばすことになりそうです。それか一瞬でも先方の欺瞞情報を中断させないと」

アラクネが長閑《のどか》な解説を行う間に朝戸は垂直に落ちる直線の雨をかいくぐって立ち上がると身をひねり、今度は水平線に移行した幽霊からの挨拶か苦情か、人類にとっては攻撃としか呼びようのない敵対的コミュニケーションを右へ左へぎりぎりのところで回避していく。

「わかったなんとかする」

「――辞世の句としては前向きに聞こえるところが評価できます」

朝戸はヴィジョンに手をかけ、引きむしる。立ち止まって振り返り、幽霊へ向けて仁王立ちする。圧倒的な現実が朝戸の人格群を吹き飛ばし、主人格が剝き出しになる。朝戸が幽霊を覗き込み、幽霊がつられるように朝戸を覗き込む。どこが目なのか口か定かではないが、金網の方も動きを止めて、両者は寸時睨み合う。幽霊から伸びた直線が朝戸の体表に触れる寸前で、何か知り合いの顔を見いだして躊躇《ためら》うように停止する。朝戸の限界まで見開かれた両眼に、幽霊が二体、映り込む。それぞれの眼に一体ずつ。幽霊はその事実を呑み込みかねるように身を震わせる。幽霊が朝戸の眼に引き込まれるようにして直線の先をわずかに下げたところで、歯を食いしばる朝戸の右の瞼が痙攣した。その瞬間に均衡が破れ、直線が金網に回収される。再び朝戸へ向けて直線が突き出されたところで、キリスト砲弾群が金網幽霊を横薙ぎにした。

朝戸の前髪が電車の通過を見送るように揺れる。

「大丈夫ですか」

カシャカシャと歩み寄るアラクネの問いかけに、朝戸は現実を見つめ立ち尽くし、そのままの姿勢で横に倒れる。アラクネの骨格が変形して伸び、その体が地表に着く直前で抱きとめる。

この世界には、手順に依らずただ握り潰しただけなのに、開いた手の中から羽ばたく折り鶴がいる。生物を死体に、死体を生物に変換する手続きがある。床面で煌めく硝子の欠片が跳び上がり、机の上で水をたたえたグラスに形成されることが起こる。人格を符号化し転送し、コピーし切り貼りし、多重化し、融合し、実行し、修正し、復号する手段がある。

人間の認識機構では耐え切れない美しさを持つ現実がある。

人間の認識機構では見通せない透明さを持つ現実がある。

人間には操作できない奇跡が存在する現実がある。

人間はその宇宙の中では、人間として生存できない。


「病室でくらい、ヴィジョンを外すとよいと思いますよ」基地のベッドに横たわる朝戸の傍らの丸椅子の端に、今日は小型のカカシのような風体をしたアラクネがちょこんと腰掛けている。「で、あれは何だったんです」

アラクネの赤い頭巾はお洒落《しゃれ》のつもりなのかと考えながら訊き返す。

「あれって」

「OTCの動きを停止させたあの技です」

「ああ」と朝戸は溜息をつき、「つまらない話だよ」

「まるで、OTCが誰かを思い出したように見えたというか――見惚れたというか――」

「当たらずとも」朝戸が心底下らないと斬り捨てるような口調で言う。「そのとおりさ。それが我が家に代々伝わる特殊能力だ。能力なんていう抽象物だって、物である以上、マテリアルだっていうのはいいだろう。新型のスマート・マテリアルとしての試験運用中で、結構な資源投資を受けてブーストを試みているところだ」

「──キリストの遺骸に続く、人類固有の新型スマート・マテリアルっていうことですか」

アラクネが椅子の上で落ち着かなげに揺れてみせる。

「まあ、同じ物ではあるのだけれど」と朝戸。「そう、だから、僕が作戦中に君と直接話をせずセキュアな経路を利用していたのは──」

アラクネの体が小刻みに震える。

「わたしからあなたを守るためではなく、あなたからわたしを守るためだった、と」

朝戸が軽く頷くと同時にアラクネが勢いよく椅子の上に立ち上がると、一本足でバランスをとり器用に跳ねる。

「そんな物の存在は信じられません。実際に見せてもらわないと。馬鹿にすんな。わたしだって支援ロボットの端くれで、人類なんてものは超越しています。下等動物のくせに」

朝戸は薄い笑みを浮かべて、「この能力が嫌で軍に入ったはずなのにこの様《ざま》さ」と言いつつヴィジョンを外す。「ブーストは外してあるから、大した効果はないはずだ」

朝戸の黒い瞳がアラクネを真正面から捉え、賑やかに跳ね回っていたカカシの動きが停止する。

バランスを崩し、椅子から落ちた。

ベッドの下から這いだしてきたアラクネが「なるほど」と小声で呟く。朝戸から目を逸らしたままで訊く。「つまり――つまり、それで、何なんですか、その能力」

「なんていうか」と朝戸。枕に背を預けながら溜息をつく。

「つまらない――本当につまらない能力なんだよ」

2

アルゴンキン・クラスタと、ウラジミル・アトラクタで発生した二件の殺人事件の関連性は凡人にはなにも見当たらなかった。そもそもこの二つの宇宙の取り合わせは、共約不可能宇宙として有名なのだ。比較宇宙学の教科書にも載るくらいに典型的に異なっていて、これ以上わかりやすい例はないとも言われる。アルゴンキン・クラスタとウラジミル・アトラクタの間には共通の時間さえ規定できない。一例として、両者を行き来する際に時間順序は保存されない。二分違いで出発した便が百年違いで前後を逆に着いたりする。つまりそこではただ往復を繰り返すだけでもごくごく手軽に時間ループが形成されるが、二つの宇宙を結ぶ時間の変換規則は知られておらず知りようがない。相手の宇宙のいつのどこに到着するのか事前に知る方法はないのであり、勿論、その変換が超アルゴリズム的なものだからである。そんなものを相手にできる計算量は、ＯＴＣかそれと戦う軍部くらいにしか担えない。

この三月七十八日の夜、アルゴンキン・クラスタ、ウィヨットの官庁街裏の酒場で、一人の女性の死体が発見された。トイレを占有している客がいると苦情を受けた店主が確認してみたところ、バラバラにされた女性の手足だけが見つかったのだ。右手の爪には赤の、左の手には白をベースにしたラメ入りのマニキュアが塗られていたことから、二本の腕は、同一人物の違う日の腕なのではないかと推測された。残されていたのは、肩のところで切り取られた腕が二本、膝上十五センチから下の脚が二本だけだったから、報道機関が大好きな着衣の乱れについてどう発表したものかについての悶着があった。切断面は至極きれいで、プラスティネーションを施されたか、それとも生ハムの断面を見るようだった。諸共に切断されたまま貼りついていたストッキングには伝線もなく、脚の肌もあくまで滑らかだったが、靴は大型犬の玩具にされたかのように破損していた。このストッキングも左右でデニールが微妙に異なるものだと女性の警官が指摘したものの、同僚の間に感銘を引き起こすことには失敗した。腕はむき出しのまま便座の蓋の上に揃えて置かれ、これは袖を取り去られたのか、最初から袖のない服を着てきたのかで議論が分かれた。店の客に彼女の姿を見憶えていた者はなく、店主もその女性がいつ店にやってきてトイレに入ったのか記憶にないという。このあたりでは見かけない手足だと常連たちは真面目な顔で証言したが、自分たちの手足の見分けがついているかも怪しかった。官庁街の裏手はスラム街一歩手前の状態であり、公務員の勤務時間が終わると同時に周囲の治安は急速に悪化し、地元の者でなければ外歩きは推奨されない。そんな女性が来たならすぐにわかると聞き込みに応じた誰もが言った。何か異様に手のこんだトリックが想像されたが、一貫した理解が可能な解釈は誰の頭にも閃かず、せいぜいが、これは自分の殺害を他人に信じさせるための自傷事件なのではないかというあやふやな推測が行われたに留まった。何かの事情で逃亡している女性が、自らの四肢をややこしい方法で放棄してみせることにより、自分は超常的な方法で殺害されたとみせかけようとしているという見解だ。謎を謎に押し込める式の考え方だが、女性の生存を想定しているところにまだしも希望を繋ぐ余地があった。この事件が殺人事件と正式に認定されることになるのは、それから1＋3i年が逆行するのを待たねばならず、この身元不明の女性の頭部の右半分が、レストランのテーブルの上へ、断面を下に置かれていたのが発見されてからの出来事となる。誰もが精巧につくられた悪趣味な模型だと思ったために、数時間そうして放置されたままになっており、別件で発生したそのレストランでの爆発事故の現場検証の際に発見された。やや時間順序が前後したから整理をすると、まず唐竹割《からたけわ》りにされた頭部の右半分が衆人環視の喫茶店のテーブルにどこからともなく出現していたのが見つかり、それから1－3i年後に、同一人物の四肢が酒場のトイレで発見されたということになる。ここで1－3iは1＋3iの誤記ではなくて、アルゴンキン・クラスタでは時間を同じだけ行って戻っても、元の時空点には辿り着かない。ここでは、時間を進める演算子と逆行させる演算子が非可換だから。頭の半分が発見されたのちもまだ、彼女の生存を主張する者もいるにはいたが、さすがに乾いた瞼を引きつらせている死体然とした頭部の前では、腕が切り取られても生きていることを想定できる以上、頭をまっ二つにされても生きていられると考えて何が悪いのかと屁理屈を並べることは困難だった。この事件で厄介なのは、どの切断片も、切断から間もない状態で発見されていることで、これはまず、事件の解決を放棄した種類の殺人事件と呼んでよかった。物理学や生理学を持ち出して無理矢理にこじつけを行い、整合性のある解決を行うよりも、そのままにしておいた方がより印象の強くなる種類の事件であり、整合的な解決を行おうとするならば、言い訳の方が長大になって理解不能になってしまうたぐいの事件だった。あるいは宇宙の構造を理解するより面倒な解説が必要になる事件と言えた。ついては、犯人はラップトップを鈍器に使うような知恵の不自由な人物ではなく、高度すぎる知性のせいでただの間抜けにしか見えないような人物だと想像されたが、その種の性格類型はアルゴンキン・クラスタではありふれており、プロファイリングは早々に暗礁に乗り上げた。実際のところこの事件に見られるような人類未到達殺人事件はアルゴンキン・クラスタでは珍しくなく、捜査陣は溜息をつく暇もなく、また別の事件に駆り出されていった。

そしてまたこの[1, 3, 4]月ω＋1日には、ウラジミル・アトラクタ、オデッサⅢの農家の納屋で一体の死体が発見されたが、これはごく平常の絞殺死体であり、犯人もすぐに捕まった。農夫エージェント「d酒ぅ」、通称Д《デー》某は捜査に訪れた警官たちの前で速やかに自分の犯行であることを認め、現場の状態を鑑識の見落としていた残留物の位置まで指摘しながら再現してみせたため、即日逮捕の運びとなった。被害者である地主の娘が住み込みの農夫Дと関係を持ち、他家の妻子ある男性に興味を移したための痴情のもつれとされて表面上は決着がついた。問題が起こったのはДの供述書類の作成時であり、この静かな農村での入り組んだ人間関係は、簡潔な要約を強く拒んだ。地主の娘が採用していた対人エージェントは特製の高度不倫中枢を備え、対人対エージェント精神・肉体関係はエージェントの擬似多重化を含む同時進行形で結ばれていたことが判明し、この不倫特化型エージェントは娘の主体を離れて独自の交際網さえ構築していた。「かっとなってやった」とДは証言したが、この「かっとなる」までの過程は恐ろしいほどに入り組んでおり、その呪われた物語の発端は村の成立以前へと遡り、危うく退転以前の歴史的密約にまで及ぼうとした。事実上、Дの証言は一人の女性の生死を超えて、オデッサⅢの根幹を揺るがす秘密を次々と暴露していくこととなり、それは検察の立場や地方政権の基盤をも危うくするものであったため、Дの罪状は殺人罪から外患誘致罪へと連続的に移行していき、検察側は自分たちが何の供述を採っているのかどんどんわからなくなっていったが、相手の話す内容が自分たちの生存に繋がる以上、つい耳を傾けずにはいられなかった。面倒なので片づけてしまおうという意見が支配的になる頃にはそれぞれ利害を異にする集団が、Дに何かあった場合には即座に相手の政治生命を絶つことができるような情報を入手し終えていたという有様で、各陣営は打つ手なしと、Дの供述の行方をなす術もなく見守るより他なくなった。事態が展開するのは、このただの農夫Дとして知られたエージェントが、プロの自白屋であることが判明してからである。冒頭の殺人事件に関しては、自白のあまりの見事さのために、Дの犯行であるという証拠はそれほど熱心に集められていなかった。通常であればもう少し整然と行われただろう捜査は、溢れ出すДの自白に流されて党派争いに発展するうちになおざりにされ、現場は地主の手によって更地にされてしまっていた。Дは実は誰かをかばおうとしたのではないかという議論がようやく行われるようになり、勿論Дはそれを薄笑いを浮かべるだけで否定し続け、この頃になって捜査陣はようやくДが、ウラジミル・アトラクタの裏面史を自分の手で一つ一つ作り上げていくことを趣味とする手合いなのだと気がついた。その線で考えるなら、Дが殺人事件の犯人を引き受けた理由は、これまで彼が開陳してきたウラジミル・アトラクタの闇の歴史をしのぐ秘密を自分の裡に囲い込むためだということになり、Дには永年蟄居《ちっきょ》の措置が採られた。ようやく関係者が胸をなでおろした頃には、一人の女性を殺した真犯人は誰なのかという問いはとうに忘れられており、秘密とは一体何なのかというクエスチョン・マークだけが残り、Дは未だに嬉々として独房の中で供述を続けているとされる。

それぞれ興味深い点はあるものの、層宇宙においてはこの種の事件は別段特殊なものとは言えず、ニュースをつけておけば自然に流れ去っていく情報と大差ない。椋人《クラビト》は、アルゴンキン・クラスタとウラジミル・アトラクタの土産を上司の机の上に置きながら、「で、説明してもらいましょうか」と切り出した。

クラビトが先の二件の殺人事件の追跡調査を命じられたのは、このスモーキー・ベイスンのカレンダーで三カ月前のことになる。いまやカレンダーとはなんなのかさえ、クラビトにはよくわからなかった。「これは命令」であり、理由については「今は言えん」とのことで「帰ってきたら教えてやる」と言われていたので、こうしてなんとか戻ってきた今、友人兼上司の前に立っているだけのことである。あれほど鬱陶しく思っていたスモーキー・ベイスンの煙がかってぼんやりとした太陽でさえ、あの二つの宇宙での、主観時間で三年を超えた滞在のあとでは慈愛に満ち満ちた存在に見える。一介の刑事にすぎないクラビトにとってはこれまで、他の宇宙へ出かける機会も動機もありはせず、他の宇宙の出来事は本当に別宇宙の出来事だった。因果的な繋がりのない領域を他の宇宙と呼ぶのであって、定義上も語義上も、他の宇宙になんて興味を持ったことがなかったし、持ちようがあるとも思えなかった。宙軍が世論を煽り立てている宇宙奪回艦隊についても、熱心な関心を向けたことがない。なによりも宇宙奪回なんていう行事は、この宇宙内の出来事だとしか思えなかった。単純に、他の宇宙は刑事課の管轄外で、クラビトはただの市警の一人であって、昇進試験の問題集を眺めることを趣味にしている今ひとつぱっとしない刑事にすぎないわけで、この主観時間における三年間は早くも一夜の夢だったように思えてきている。

上司はクラビトの土産を手にとると、超次元的なあやとりのような姿のオブジェクトをひねり回した。アルゴンキン・クラスタとウラジミル・アトラクタをわたる軌道ミシン《マシン》で編まれた特産の編みぐるみで、編み込まれた宇宙の歪みが正気に戻ろうとする力で動く。軌道ミシンは両宇宙間に存在する天然の時空変換を利用して編み込みを行うもので、元は対OTC用のパラ系アラミド繊維やストーリーラインを織り上げるのに使われていたのだが、今は規模を縮小した上で民間に払い下げられている。無数のシャトルを両宇宙間で往復させて布を織り上げる仕組みだが、いかんせん時空変換の挙動は制御できないわけで、何が織り出されてくるかは本質的に未知なのだ。当初は高防刃防弾布を織り出していた軌道ミシンが突如暴走を開始して、魔界の生き物を織り出しはじめた顛末は両宇宙で語り草になっている。他の宇宙ではあまり知られていない事件だが、これを根拠にOTCは無数の宇宙の相互作用から自然発生したものであるという説も生まれた。自分がそういう場所を何度も往復してきたのだと考えると、クラビトは今さらながら胃腸がねじれるような気持ちになる。

「つまり――」と上司はもったいをつけ、「この二つの事件は連続殺人事件のはじまりだと、上は判断しているわけだ」と右腕に絡みついてきた編みぐるみを焦って振り落とそうとしながら言う。

「報告したとおり、この二件に関連性なんてありゃしないよ。完全な骨折り損だ」上司の机の角に尻を預けたクラビトが言う。「そりゃ全くないわけじゃない、被害者はどちらも女性だしな。被害者には申し訳ないが、何か根本的に馬鹿馬鹿しい事件であるところも同じだ。でも今時はみんなそんなもんだろう」

「どちらも真犯人が捕まっていないことも共通点だ」と上司。

「検挙率は下がる一方なんだから」

不自然ではない、とクラビトは肩をすくめてみせる。宇宙の変化のスピードが人間の変化のスピードを上回っている現状において、警察機構は日々変わりゆく犯罪の手段はおろか、定義に追いつくことさえできずにいる。立法機関と周回遅れを争う格好で、なにかと腰が引けている。超高度エージェント犯罪なんかに関わるよりも、そのへんでタバコ屋のおやじと世間話をし、駐車違反車をひやかし、情報提供者と河原で缶コーヒーでも飲んでいる方がよほど気楽なのは間違いない。大学の入学時に先端とされた知識の九八%が卒業までの間に陳腐化するといわれる時代に、公務員の定年までの百二十年は長すぎるのだ。昇進試験の参考書の数は増え続け、ポストの数は減り続け、人の数は変わらない。変化を続ける犯罪や法への対応は、徹夜の詰め込みでなんとかなるようなものでもないから、専門の支援エージェントが開発され、支給されているものの、数はどうにも足りていない。

エージェントを使いこなすには慣れが必要であり、一世代前のエージェントと現行品では操作方法が根本から異なっており、設計思想の変遷も速い。勿論そうした情報処理を円滑化するために生まれたエージェントなのだが、エージェント自体の進化速度も速すぎるのだ。若いうちは何にだってすぐ慣れるが、十歳をすぎたあたりから新世代のエージェントに対応するにも難儀が生じる。人間が旧式のエージェントで満足して新型のエージェントの利用を拒み、でもその機能は望んだ場合どうなるか。旧式と新型の間にもう一体エージェントをエントを噛ませて多重の仮面をかぶることになる。噛みあわない祖父と孫の会話に息子を導入するようなもので、こうなると、エージェントの利用は一種の社会関係さえも構成することになり、社会とは事件の温床でもある。

このところの流行は真犯人が存在しない系事件で、これなども専門の判事エージェントの数が圧倒的に足りていない。形而上捜査を進めることのできる捜査員も、捜査エージェントを操ることのできる人員も不足しており、概念犯罪への対応の遅れが指摘されて久しいが、放っておけば流行も去るだろうと考えている者が大半であり、それもあながち嘘ではない。人間が実行可能な犯罪の種類は、人間が実際に実行してまわる犯罪の数よりもべらぼうに多く、やり方は選び放題で、一回性の犯罪の方が検挙率は低くなるのが道理であり、流行にのっているのは素人だ。エージェントの操作に習熟するにはコストがかかる。特殊な犯罪の操作に特化されたエージェントとようやく親しくなったところで、その犯罪の流行に終息されては目も当てられない。下手をすると、自分の能力を最大限に生かすための犯罪を自分で構成していく羽目に陥りかねない――。

「つまりお前が見てきた二つの事件は――」言いかけた上司をクラビトが靴音を立てて遮《さえぎ》る。

「人類の理解を超えた関連性で連続している殺人事件なんだろ」

なんだ、とようやく編みぐるみを振り落とした上司が言う。「わかってるならそれでいい」

「最近そんなのばっかりなんでね。芸がないっていうか――」

「芸のあるなしは関係ない」と上司は胸を張ってみせ、「指示どおり追いかけていけば、解決されることが保証されている連続殺人事件だぞ。おいしいネタだ」

クラビトは視線を宙に泳がせてから、

「そうなんだ」

「そうなんだよ」と上司。「知ってるな、戦技研」

クラビトはこめかみを掻いて時間を稼ぎ、

「包括的戦術級技術研究準備会、だったか。宙軍が対OTC作戦立案検討のために組織したものだったような。有志高官による立ち上げで、公的な組織と認められてからまだ日が浅い」

「今は包括的戦術級技術研究会だ」

なるほど、実際に昇進試験をくぐり抜ける人間は組織に関する情報の更新が早いなとクラビトは思う。クラビトの昇進試験の参考書集めはただの趣味であり、実際に試験に挑むつもりは特にない。受かったところでポストの空きがないからで、なによりも所属組織からの自分に対する評価が低いことを承知している。

「この仕事は、戦技研からの依頼だ」と上司。

「ははあ」

命令だろ、という台詞は呑み込み、クラビトは思考を整理する。宙軍ということは、当然、ＯＴＣに対応できるくらいの計算力や推論力を持っているわけであり、人智を超えた何かの証拠や関連性をふとした拍子に摑むこともあるのだろう。今回はそれがたまたま殺人事件で、しかも連続殺人事件だったわけだ。ちょっと色々と一線を越えすぎた感のあるその何かは、連続殺人事件の決着までを見通したが、終結のためには事件と一緒に進む伴走者が必要になると喝破した、とそんなところか。

「連続殺人事件が継続中だ、と」クラビトが訊く。

「少なくとも全十件の連続殺人事件に発展するというのが戦技研の見解だ」

「ふうん」と間をとってみせ、「こちらが先方の指示に従って捜査をしなかった場合、被害者の数は増えるのか、減るのか」

「変わらんそうだ」

ふむ、とクラビト。机を降りて、上司と向き合う。

「それって、俺たちが何をしようが、被害者の数は変わらないって意味じゃないの」

「先方の主張によればそうなる」

机の隅で、振り払われたままうずくまっていた編みぐるみが再起動を果たしたらしく、どこが背中かわからぬなりに背を丸めて上司に狙いを定めている。クラビトはその準備動作を視界の隅に捉えつつ、

「じゃあなんで」捜査するんだよ、とは続けなかった。それはまあ刑事を仕事としている以上、犯人を捕まえるのが仕事なわけで、その点クラビトにも異論はない。連続していないN個の殺人事件の犯人の数はNのオーダーだが、連続殺人事件の犯人の数は1のはずだから、少なくとも悪人の数を減らすことが可能なわけだ。クラビトが捜査をしてもしなくても被害者の数は変わらないが、犯人の数が増減するということらしい。それはそれで、自分の行動によりこの宇宙から悪が減る、という気持ちになれなくもない。わからないのは――

「なんで俺かな。しかもこの宇宙の、ただの市警に」

「戦技研が言うには、事件を解決するのが君だからだ。彼らは連続殺人事件の顛末よりも、君がどうやって事件を解決したのかの方を知りたがっている」

「それって同じことじゃないの」

「少なくともお前にとっては違うことだろう。解決するのはお前なんだから」

「犯人が誰ってことになるのかがわかってるなら、そいつをとっとと捕まえろよ」

「戦技研が言うには、犯人はまだ犯行を犯していない」

クラビトの左右の眉が限界まで接近する。クラビトが言う。

「わかった。戦技研はこの件の落ちをまだ考えてないぞ。適当に言ってるだけだろ。アルゴンキン・クラスタと、ウラジミル・アトラクタの二つの事件はもう起こってるんだから」

「まあ、落ち着け」と上司が自分を睨む編みぐるみの頭頂部っぽいあたりを人差し指で押しながら言う。指先に噛みついてくるような動きを素早くかわすと、満足げな表情で顔を上げた。クラビトの目を斜めから睨み返して、

「それと、犯人の主観時間で犯行が既に行われているかどうかは別問題だろ」

不意を衝かれたクラビトの顔に上司が吹き出し、その隙に飛びかかってきた編みぐるみが上司の喉の周りに絡みつく。危ういところで首と編みぐるみの間にボールペンを差し込むことに成功した上司が、ペンを支える腕を震わせながら、今さらのように訊ねた。

「なあ、これ、どういう原理で動いてるんだ」

「さあ」とクラビトは肩をすくめてみせ、「人智を超えたものがすることだからな。君が

人類未到達連続殺人事件の第三の被害者にならないといいな」

イグジステンスは、退転以降成長著しい多宇宙間企業《MUC》、既知の可能宇宙の中に三つしか存在しないペタ・コーポレーションの一つである。主に存在商材を扱い、宣伝も兼ねて企業自体の仮想化を実現したことで名を馳せた。仮想化の徹底ぶりは通常の人間にアクセス可能な領域には社屋を置かないというところにまで及び、クラビトの感覚としてはキーボード越しにしかアクセスできないどこかの抽象的な領域に存在している。それは確かに、今クラビトの前にあるキーボードも、層宇宙内でソフトウェア的に実現されているハードウェアにすぎないわけだが、そこのところを意識しないですむようにインタフェースによって調整されている。人間は完全な情報宇宙で暮らすようにできておらず、向いてもいない。たとえそれが幻覚であろうともハードウェアという拠り所を必要とする。自分の限界を定めるためだけにも。感覚が全て幻であるという現実よりも、物質が存在するという幻覚の方が人間の脳には処理しやすい。

エージェントの指示に従い、コマンドラインからぽつぽつとコマンドを入力していく。根っからのグラフィカル・ユーザー・インタフェース《GUI》世代であるクラビトにとっては粘土板にヘラを押しつける式の入力方法にしか思えないわけだが、これが昨今の流行だというから人間というものはつくづくお調子者だと思う。実のところ、文字列で状況を操作するコマンド《C》ライン《L》・インタフェース《I》なる代物がこの世に存在していたことを、クラビトはつい数時間前に知ったところだ。勿論これもイグジステンスの広報戦略の一環であるに違いなく、その技術力をもってすればシームレスなインタフェースの構築だって造作ないはずだが、それでは全社屋を仮想化した意義が薄れるわけだ。夢の中に存在する会社に目を開けたままで到達できたら、夢かどうかはどうでもよくなってしまうだろう。どこかで一度目隠しをしてぐるぐる回し、はいどうぞと言われて目を開いたらエメラルドの都が眼前に広がっていたのですとかいった種類の手続きが是非とも必要であり、イグジステンスは、ＣＬＩをその正面ゲートの意匠として選んだわけだ。この目論《もくろ》みは図に当たり、スモーキー・ベイスンにも史上空前のコマンド入力ブームが訪れている。

「%」と表示されたプロンプトへ続けて、クラビトはコマンドを打ち込んでいく。支援エージェントが耳元で指示するままに、オプション引数とやらを三つ、四つとあとに続ける。なにやら支援エージェントの指示が浮わついているように思えて確認すると、処理占有率が無駄に上がっていた。クラビトは支援エージェントに人格を載せていないから、いわゆる会話は行えないが、エージェントで走っているプロセスの調子を観察することは可能で、それがエージェントの気分のように思えることはある。だからこの占有率の上昇も、ああ、興奮しているなと思うくらいで、バグを疑う気にはならない。この支援エージェントにしてみても、その長い開発史の中でＣＬＩと馴染みだった時期があるのだろう。エンターキーを押し込むと、黒く四角い横長の画面の左端から右へ向け、「＊」印を連ねたプログレスバーが伸びていく。

そもそものイグジステンスは、仮想化したソフトウェアを多宇宙に提供するために生まれた会社で、宇宙ごとに異なる環境条件を情報的に吸収し、一貫した操作を可能とするサービスを提供することで成長した。何かの種類のエージェントがどこかの宇宙に存在したとして、そのエージェントをそのまま別の宇宙で実行できるかどうかは未知数だ。というかまず動かない。ソフトウェアを別の宇宙で実行しようとすることは、酸素のない星へと向けて静止軌道上から人間を突き落とすみたいなもので、生存を期待する方がおかしい。たとえばアルゴンキン・クラスタとウラジミル・アトラクタの間では自然法則さえ大幅に異なるわけで、本来的には気軽な移動なんて行いえない。昔々は長時間に及ぶ馴致期間が必要とされ、体を構成する情報をゆっくりと移動先のものに置き換えながら法則に慣れていく手順が不可欠だったし、その作業は往復のたびに毎回新たに行わなければならなかった。

その間に必要となる面倒な処理を一手に引き受けたのがイグジステンスで、環境間の差異を吸収して処理するサービスを開始し、先頭に立って標準化を進めたわけだ。エ《A》ージェント・ア《a》ズ・ア《a》・サ《S》ービスと呼ばれるものだ。この技術の確立により、人類はあちこちの宇宙で気軽に、エージェントや、自分はコピーではなくて本物の自分なのだと信じ込んでいるソフトウェアを実行することが可能になった。この時期は競合他社との開発競争が最も激しかった時期にあたり、イグジステンスは一時期、人事問題で空中分解しかけた。その窮地を救ったのは、AaaSを一歩進めたプ《P》ラネット・ア《a》ズ・ア《a》・サ《S》ービスの運用開始であり、これはソフトウェアの実行環境自体を仮想化して提供することに成功した。つまり、コマンド一つで宇宙内の自然法則の変更を可能とし、他の宇宙との間のシームレスな相互作用を保証した。そこから宇宙自体の創造を可能とするユ《U》ニバース・ア《a》ズ・ア《a》・サ《S》ービスまではあと一歩であり、この技術によってイグジステンスは自社社屋の仮想化を完成させる。そうして最後に、イグジステンスの名を不動のものとしたイ《E》グジステンス・ア《a》ズ・ア《a》・サ《S》ービスが登場する。イグジステンスは存在そのものをコマンドラインからの入力で実現可能な地点へ到達し、人工実存研究者たちの亡霊をコマンド一つで葬り去った。「誰でもが三十分間はお試し期間として無料で存在してみることが可能な未来」がやってきたのだ。と、クラビトの机の書類の山の頂きに載る、控えめな色調と上品なフォントで印刷されたイグジステンス社のパンフレットは謳っている。

「＊」が並んでつくられたプログレスバーが画面の右端へと到達し、そこで待ち構えていた数字の表示が99から100％に切り替わり——

クラビトはイグジステンス社の正面受付に立っている。

やたらと広いホールの壁際にその小さな受付はあり、男性と女性が一人ずつ無表情に並んでいた。二人のスーツに目をやってから、クラビトは自分のジャケットの襟元をつまんで観察してみる。なんとなくにおいを嗅いでみたくなったがやめておく。ぐるりと周囲を見回すと、ホールの四方の壁は全て柱のないガラス張りになっており、社屋は緑に囲まれている。存在という概念をやたらめったらかき回している会社の表玄関としてはごくごく常識的な構えだったが、クラビトに合わせて誂《あつら》えられたものに違いないとすぐに気づいた。穏当な趣味嗜好の持ち主と判断されたのだろうし、クラビト本人としても誇るような独創性の持ち合わせはなく、そんなものはむしろ日常生活には邪魔だと思う。二十一世紀様式と呼ばれるテクノロジーセットを採用するスモーキー・ベイスンで暮らす者としては平均的な感覚ではないかなと思う。

クラビトは軽く眉を上げげただけでカウンターに斜めの姿勢で肘をつき、「警察のもんでね」と告げた。クラビトの登場には視線さえ動かさなかった受付の男性が、石化解除の呪文を耳にしたように、急速に生気を取り戻していく。折角だから女性の方にしておけばよかったと考えてから、やはり自分の思考はつまらんと思う。無論、つまらんと思うのが好きなのだ。男性型の受付係はこぼれるような笑みを浮かべ、「クラビト様ですね。伺っております」と、滑らかな動きで右手を伸ばすと、カウンターの存在は無視してそのまますり抜けてきた。「こちらへ」と導かれるまま五歩ほど進んだところで、男が立ち止まり、クラビトもつられて足を止める。男が指先を軽く曲げてみせると、床面に大きく正方形の線が走り、がくんと一つ揺れてから下へと向けて動きはじめる。クラビトは極力平静を装いながら、

「あんたたちのこの、イー《E》」

空中に人差し指で輪を描いているクラビトに、男が助け舟を出す。「アース《aaS》」

「そのアースな、やっぱり変だろ」

「変、と申されますと」

クラビトはゆっくりと下がっていく床の上を進み、上へとずり上がる壁に手を触れてみる。いかにも壁らしい触感がある。見上げても四角い穴が口をあけているだけであり、一様に白い壁面である。壁から手を離して、指先をこすり合わせてみる。別段何もついていない。指先にはもっともらしい指紋が見えたが、自分のものかどうかはわからなかった。

クラビトは男の方へ向き直り、壁に背中をつけかけてやめ、

「たったあれだけのコマンドを入力しただけで、俺がこんなところに出現する道理がない」

男は首をわずかに斜めに下げて、クラビトの発言に耳を傾けている。

「俺を構成する情報をほんの数文字だけで伝達できるわけがない。空っぽの存在をただつくるだけなら、存在アレ、と言うだけで済むかもしれないが、アイデンティティを与える

となると話は別で、俺がここへやってくるまでの自分と今の自分を同一人物と考えている以上、俺はイグジステンスにもっと大きなデータを送っていなけりゃならない。でも俺は自分の存在鍵を送った記憶もないし、人格バックアップへのアクセスを許可した覚えもないわけだ」

「お名前は入力になられましたか」と男は表情を動かさずに言う。

「アカウントを設定しろということだったから入れた」

「連絡先のアドレスも」

「入れたのは名前とアドレスだけだ」

男は視線をクラビトの頭上に向け、「その他にも、あなたのログイン以前に、事件の調査に協力せよとの要請を市警の方から承《うけたまわ》っています。ここへお招きする際にあなたが経由してきた門は特別に誂えたものです。しかし」男は右掌を向けてクラビトの問いを抑える。「かといって、あなたが今想像したように、あなたの構成情報へ市警やその上位組織の許可を得てアクセスしているわけではありませんし、無論、不法アクセスも行っていません。また、我が社が保持するあなたの過去のデータを利用しているわけでもありません。わたしどもが今利用している情報は、捜査の申し入れ書類に記されていた内容と、あなたが社会的に公表しているプロフィールだけです」

「おかしいだろ」とクラビトは言い、「俺にはついさっきまで、刑事課の自分の机にいた記憶があるぞ。そんな情報は公開していない」

「失礼ですが」と男は言い、やや長めに間をとってから、「その記憶はこの環境に今新たに生成された存在であるあなたに、我々があらかじめ書き込んでおいたものです」

「でも滑らかに移動したぞ――」

「それは『滑らかに移動した』という記憶を構成したからです。プログレスバーが伸びきって、次の瞬間にはここにいたという状況を、滑らかな移動と呼ぶならですが」

「ちょっと待ってくれ」クラビトは右手を胸の前でさまよわせ、左手の先を額につける姿勢で考え込んだ。「つまりあんたが言っているのは、この俺はイグジステンスが構成している俺で、俺自身の細部は持たず、自分が自分であると信じているだけのエージェントみたいなものだってことか」

男は頷き、「お名前は入力頂きました」と涼しい顔だ。「誰が誰なのかを判別するための名前なのではありませんか。あなたの名前が登場するたび、周囲の人々はあなたの内面にかかわらず、同一のあなたであると認識するわけですから」

「――なるほど、クラビトのままってことだ。少なくとも外面は。だが、俺が元の場所でも刑事だったっていう保証は――」

「あなたが使用された門は、刑事課の要請によって弊社が設定したものです。捜査官の身分を保証するものとしてお渡しした認証鍵はこちらで確認させて頂いております」

「なるほど」とクラビト。「つまり俺は——スモーキー・ベイスンにいる俺とは異なる存在だが、俺に似たようなものではあるわけだ。情報取得のために送り込まれたクロウラーみたいなものか」

クラビトは今の自分の立ち位置を、極地の調査に送り込まれた探検隊のようなものと認識した。スモーキー・ベイスンに戻るのはこの自分ではなくて、謎のメモが書かれた日記だけということになるわけだ。

「正確な表現ではありませんがそのようなところです。一点重要なところは、あなたが弊社の技術によって確実に存在なされていることです」

「聞き込みが終わったらお役御免で廃棄されるってわけだ」

「データは無期限に保存されますから、気の向いたときに存在し直して頂くことも可能です。無論、維持費用を頂ければこのまま存在を続けて頂くこともできます。弊社の提供する存在とはそうしたものです」

「まあ、あんたたちの会社にとってはそうだろうな」クラビトは言って、沈み続けるエレベータを見回し、「俺としても、だんだん自分が実際に存在しているような気はしてきたけどな」

多宇宙間企業イグジステンス会長、ベルナール・ギー氏（嬲）は、この {apple: 2,

orange: 3, banana: 1096}年月日、脳梗塞によって死亡した。享年{0｜1, 1/2, 1/4, 1/8, …}歳。イグジステンス社を創業し仮想化技術に多大な影響を与え続けた人物は、居室のソファで静かに息絶えており、その前に自分の全バックアップを消去した形跡がある。問題なのは既知可能宇宙の全てで、定義可能な限りの同時刻にギー氏の脳梗塞による死亡が確認されたことであり、イグジステンスのダメージは深刻なものと考えられる。いずれの場合にも、脳梗塞が引き起こされる直前にギー氏と面会していた人物がいたとされるが、イグジステンスはその公表を拒んでいる。別の情報源からの報告によれば、ギー氏はとある連続殺人事件の次の被害者と目されていたとされるが、イグジステンスは死因をあくまでも脳梗塞と主張、人為的な関与を強く否定している。存在の恒久化を謳う先端企業の会長が存在を完全に喪失した件について、これが当人の意思によるものだったのか、不測の事故であったのかについて調査がすすめられている。イグジステンスの主張によれば「存在を完全に消去する技法は知られていない」。可能性は二つとされる。ギー氏の全宇宙規模での死亡は単に偶然の結果である。あるいは、ギー氏はそのエンジニアとしての最後の仕事として、存在の消去という技術を開発し、その実験中に誤って自身を消去した。後者であるならギー氏はサービスとして実存と、その消去を一人で成し遂げたことになるが、イグジステンスの技術陣はこの見解に対して懐疑的である。「もしそんな技術が存在したとして」と技術者の一人は応えた。「その技術も、会長と一緒に消滅したんじゃないですかね」。つまり消滅の技法は再発見されうるが、実行されると再びまた姿を隠す種類の知識なのではないかということらしい。ギー氏の消失と、人類の失われた故郷を結びつける者もわずかながら存在する。彼らは、退転以前に存在したとされる初代のイザナミ・システムが現在も稼働中であるとするなら、ギー氏の消失には何の不思議もないと主張する。我々を記述するイザナミ・システムの中で不滅の存在であったとしても、そのイザナミ・システム自体が実は、現在はOTC制宙下の現実宇宙に存在するイザナミ・システムによって実行されているサブシステムだったとするならどうか。もしかしてギー氏はその現実世界の方のイザナミ・システムの操作に成功したのではとその論者は言う。この記録を作成中にもギー氏に関する記録は急速に風化を続けており、これが通常の忘却過程であるのかどうか、専門家たちは協議を続けているが、自分たちが何について協議していたのかを失念する事例も発生しはじめている。

下降を続けた床の動きが止まり、クラビトの正面の壁が左右に開いた。男が先に立って歩き出し、クラビトもおとなしくあとに従う。正面がガラス張りになった展望室だ。ホールやエレベータの大きさと比べるとこぢんまりとした空間に思えるが、それでも刑事部屋全体くらいの大きさはあった。

「会長」と呼びかけながら男が進み、「市警の方をお連れしました」

ソファの傍らをすぎたところで、男の足が止まる。

それは当然、クラビトだって一番最初にそう考えた。自分がこの事件を解決するとされているのは、やはり自分が犯人だからなのではないかと。アルゴンキン・クラスタやウラジミル・アトラクタの事件で自分が何かをした記憶はないのだが、時空が互いにスパゲッティ状に絡まっているあんな宇宙では、過去に戻ることは前向きに未来へ進むくらいの面倒でしかない。あまりに安直なきらいはあるが、自分が犯人というのは納得度の高い筋書きであるように思える。事件の関係者なんてものは少なければ少ないほど社会への害は少ないわけで、もしかして加害者と被害者と探偵役を一手に引き受ける羽目に陥る可能性も一応、考慮に入れてはいた。

男が、ソファの陰から老人を一人引っ張り出す。表情は奇妙に安らかだ。

その顔を眺めるうちに、クラビトは自分が犯人だということはおよそありえないと理解した。人間は、こんなわけのわからない事件の犯人になんてなりようがない。せいぜいが、犯人の手に握られた凶器どまりだ。動かない老人をソファに横たえ終えた男が自分の右耳を右手の中指で押さえ、しきりに口を動かしている。仮想の宇宙に慌ただしい気配がさざ波のように広がっていき、空気が重さを増したように全ての動きがゆっくりとなっていく。これが自分の体感によるものなのか、イグジステンスの技術によるものなのかの判断はつかない。時間の速度自体が下げられているのかも知れない。いつのまにか、傍らに立った男に肘をそっと支えられていた。

「念のため」と男が言う。「今しばしお留まり頂きます」

クラビトは黙ったまま、空いている方の手を挙げてみせた。その間の存在費用はイグジステンス持ちかなと、どうでもいいことが頭に浮かんだ。

3

なんとまずいホットドッグだ。

朝戸は思わず溜息をもらしてから、自分が口にしているものがチェリーパイだったことを思い出した。見かけはあくまでホットドッグであろうとも。きれいな歯形を残した噛み口からは千切れたソーセージが突き出しており、周囲からはケチャップのような血がだらだらと流れ出している。いや逆か、と頭を振った。できうる限り平静を装いながら咀嚼《そしゃく》を続ける。皿をそっとアラクネの方へ押しやり、コーヒーを手元に引き寄せる。視線の先ではアラクネが優雅な手つきでハンバーガーにしか見えないパフェを分解している。ちょっと蝉の屍骸を見せにきた猫のようだなと思う。

アラクネは顔を上げずに、

「違いますよ」

「違うって何が」

「このハンバーガーはわたしが解剖したわけじゃありません。バラバラに組み合わされて出てきたものを、組み立て直しているところです」

朝戸はもう一度改めて溜息をつき、

「楽しいの、それ」

「楽しいですね。勿論、味も素晴らしい。アルゴンキン・クラスタの食文化はやはり他の追随を許しません」

アラクネはそう言いながら、皿の左横に並んで順番を待つピンセットたちの外側から三番目を取り上げる。小さな緑色の破片をつまむと、熟練の時計職人のように目を細めた。アラクネの眼球上で多重に同心円をなしている絞りが左右に回り、満足げな笑みが浮かぶ。物理宇宙ということで、アラクネはごく古典的な人類っぽい格好を選択している。目が四つあることを除いては、考古学の教科書に出てきそうな人類タイプだ。横に並んだ二つの目が上下に二段。四つ目の錯視として知られる配置で、見つめていると視線が攪乱《かくらん》される。顔認識と強く結びついているせいで、インタフェースによる知覚キャンセルが効きにくいことで知られ、古くは攪乱性の迷彩として用いられたこともある。何周かしてむしろ新鮮に思えるファッションだというのがアラクネの主張だが、朝戸にはいまひとつこの知性化化粧というものの存在理由がわからない。

ねちねちとした食感のホットドッグを飲み下した朝戸の胃で急激に膨満感が生まれ、背筋がびくりと反応する。胎児に蹴られるというのはこういう感じかも知れない。腹に力を入れたところで針に触れた風船のように感覚が弾《はじ》け、甘い香りが鼻腔へ向けて逆流してきた。それを呑み込もうとした唾はわずかな酸味を帯びており、甘い息と混ざって喉を滑り落ちていった。そこまで含めての料理だということらしい。うまいかと言われても、春風の味を聞かれるようなもので困る。

「ほら、あなたは田舎者ですから」とアラクネ。

アルゴンキン・クラスタの誇る分子建築学は分子ガストロノミーの後継者を自称している。最初期のテラフォーミングの際にトランスグルタミナーゼを多用しなければならなかったという過去が、このクラスタでの料理を特異的に発展させ、芸術の域にまで高めたのだとも言われる。トランスグルタミナーゼはタンパク質間の架橋をうながす酵素であり、要は肉同士の接着剤だ。開発初期に起こった悲惨な事故の記憶は住人たちが十何世代かを経た今でさえ、直接的な肉体同士の接触を禁忌とし、金属光沢を尊ぶという習慣を残している。

アルゴンキンが料理クラスタとも呼ばれるのは、食文化のせいだけではなく、ほぼ全ての構造物が料理の技法を発展させた技術によってつくられているからでもある。泡と真空、肉接着剤がアルゴンキン・クラスタのモダン料理とモダン建築を特徴づけるものであり、街はメイラード反応の香りに満たされている。虚空に浮かぶ巨大なミートパイをホイップしたクリームで飾り、ど真ん中を巨大な串で貫くとアルゴンキン・クラスタの外貌とそっくりになる。この串は無論、アルゴンキン・クラスタとウラジミル・アトラクタを結ぶ軌道ミシンで、これはオーバー《O》・チューリング《T》・ミシン《M》の別名も持つ。

　どうも作法に慣れないなと首を振る朝戸の前で、アラクネが組み立て終えたハンバーガーをひと齧りする。感に堪《た》えないというように頰を震わせてからピンセットを持ちかえ、また分解しはじめる。テーブルの上で出番を待って行列している小さなピンセットの数はちょっと数えようという気が起こらない。「面白いのそれ」と朝戸。「大変に興味深いです。素晴らしい」とアラクネ。朝戸はコーヒーのカップを取り上げ、慎重にひと口すってみる。黙ってふたつ並んだ砂糖壺を引き寄せ、蓋をあけて中身を比べる。アラクネへと助けを求める視線を投げると、緑色のマニキュアを塗った爪が朝戸から見て右の壺を示した。スプーンに一杯中身を取り出し、おそるおそるコーヒーの表面に落としてみる。煙を吹き上げたり緑色の生き物が這い出したりはしないことを確認してから、ゆっくりと渦をつくってかき混ぜる。アンチ・シュガーで甘みを打ち消したコーヒーの味はそう悪くなかった。

　アラクネの随行は本来、朝戸が作戦行動中であることを意味している。アラクネは中隊の備品にして現実駐屯軍の主戦力の一体であり、エスコート《デート》・エージェントやコンビニエンスストアまでのコミュータとして利用するにはスペックが懸絶《けんぜつ》しすぎている。それがこうしてほのぼのと街歩きなどしているのは、軍に対するアラクネの欺瞞工作の成果であり、つまりはサボりだ。本来は朝戸一人が休暇を利用して自分で調べるつもりでいたのだが、アルゴンキン・クラスタの名前を聞いたアラクネは目の色を変え、形態を変え、存在容態を変貌させた。

朝戸の調べものというのは、先の作戦で不調を示した、奥歯に潜む記録タブレット錠の出所である。作戦中に暴走し、人格維持用のリソースを食いつぶす戦闘記録装置なんていうものとはとっととおさらばしてしまいたい。装備課に行って取り外しを申請すればすむはずだったが、意外なことに話はこじれた。「ここでは外せない」ということであり、制度上の問題か技術的な問題かと問うた朝戸には、どちらでもあるようだ、とやや困惑気味の返事が戻った。まずこの朝戸の奥歯のタブレットの管轄はどうも、中隊のものではないらしい。大隊窓口まで出向いてみたところ、分厚い書類に記入を求められ、そこまでは意地になって埋めた。ようやく「機密」のスタンプが押された書類に対面できたと一息ついてみたものの、表紙をめくって出てきたページは白紙だった。念のためにもう一ページをめくり、それから適当なところを開いてみたが、やはりそこにあるのはただの白紙で、書類をにこやかに返却した朝戸は、できるだけ快活に振る舞いながら、宿舎へと無事生還を果たした。緊急用にとアラクネからこっそり手渡されていたメモ帳の切れっ端にあった番号へアクセスしたが、アラクネが傍らにゆらめき現れる頃には丸三日が経過していた。時間尺度の違う知性体とのつきあいでは、こういうことはよく起こる。

「おや、生きていましたね」というアラクネの第一声が冗談だったのかどうか朝戸には判断がつきかねた。

上を向いて開けられた朝戸の口を覗き込んだアラクネは、

「あ、これはいけませんね」

と一言いって、体のあちこちからなにやら異音を発し続けたが、ややあってから相手が朝戸だということを思い出したらしく、セキュア・インタフェースを通じて伝えてきた。

「どうしてこんなになるまで放っておいたんですか。何気なく組み込まれていますけど、あなたの自意識とアイデンティティにかなり深く結びつけられています。引っこ抜くとあなたも一緒に抜けますけど、抜きますか」

朝戸は少し考えてから、やめておく、と応えた。

「痛くはないですよ」とアラクネ。「わたしに言わせると、人類は自我にこだわりすぎです。ひとつくらいなくしたってどうってことはないのに。ほら」と、アラクネは身をくねらせて何かのパフォーマンスをしてみせるが、朝戸にはそもそも何が、ほら、なのかもよくわからない。「自我を捨てればすぐに悟りがひらけるのに……その状態を自分では認識できないだけで」とぼやくアラクネのことは無視しておく。アラクネと長時間話をしていると、高齢化しすぎたメフィストフェレスの相手をしているような気分になることがある。

アラクネが周囲に不穏な動きは見当たらないと保証してみせたこともあり、朝戸はおそるおそる調査を継続した。

「書類が白紙だったってことは」とアラクネ。

「まだその機密が何なのか決まっていないということが秘密なんじゃないですか」

アラクネによる人類にとっての筋道をすっとばした超越的解決は拒否し、朝戸は自分の手と足を使って記録の痕跡を追跡した。どうしてわざわざそんな手間をかけるのかと問うアラクネに、朝戸は「一〇二四と十六のかけ算に筆算を必要としないような奴にはわからないさ」とだけ応じ、アラクネは何かを考え込んだ。タブレット錠の開発者のコードネームまでようやく辿り着いたのが先週。その人物が失踪していることを掴んだのが三日前。アルゴンキン・クラスタでの目撃証言があったという噂を耳にしたのが昨日の午後のことであり、アラクネがアルゴンキン・クラスタの名を聞いて盛り上がったのがつい今朝の出来事である。

「行きましょう」とアラクネは言った。

「でもさ」と朝戸。朝戸は単にこのタブレットと後腐れなくおさらばしたいだけで、これが「本当は何なのか」とか、マクガフィンとは何なのかとか、その性能やら機能やらを知りたいわけではなく、どちらかといえば知りたくない。いや、積極的に知りたくない。アルゴンキン・クラスタに辿り着いたのは、手がかりとして手繰《たぐ》ることができたのがこの線だけだったからにすぎず、本来の目的からすると脇道だ。タブレットを開発したからといって、自由に取りつけたり外したりできるとは限らない。

「それに、ただ行きたいってだけじゃ、お前はあっち側に行けないだろう。あっちの宇宙の解像度が低すぎて」

アラクネは二七〇〇%スマート・マテリアルから構成されているスーパーロボットであり、その構成比率さえ日々変動するような化け物だ。人間の意識を担うくらいの極微少量は別として、この規模のスマート・マテリアルとなると、ＯＴＣが拡張中の宇宙内でなければ存在できない。ベッケンシュタイン・バウンドかなにかに頭がつかえる。

アラクネはぐっと詰まってみせ、

「そんなことはありません」と言う。「ドット絵みたいになってしまうのは不本意ですが、喜んでお供させて頂きます。トンネルはもう構築しました」

生まれがドット絵宇宙かレゴ宇宙並の存在である朝戸の方では、現実宇宙に存在し続けるためにスマート・マテリアルの装備が欠かせない。現実宇宙の中での朝戸は、拡大されすぎたイタリア人配管工みたいなもので、ぱっと見、赤と青の長方形のようなものになってしまう。ドット絵にはドット打ち職人が必要だなと朝戸は思考をさまよわせる。

「ああ、便利なものを見つけました」とアラクネが言い、腕を伸ばして何かのパンフレットを宙から取り出す。

「今、ああ、って言ったろ。行き当たりばったりで行動してるだろ」と朝戸。

「言っていません。記録を確認して頂いても結構です」アラクネがイグジステンス社のパンフレットを朝戸に突きつける。「わたし本体はこちらにいたまま、このサービス《EaaS》を乗っ取って、向こうでわたしを操ればいいわけじゃないですか。もう乗っ取りましたし、わたしも構成し終わりました」

「でもあそこは時空の乱れが人類未到レベルに達しているせいで色々と面倒事が——」

「わたしを誰だと思っていますか」とアラクネ。「それにここは現実宇宙です。こちらからトンネルを掘れば、アルゴンキンだろうとウラジミルだろうとオリオン腕だろうとピッグス湾だろうと銀河中心核だろうと、安定した経路《パス》を開くことは難しくありません。本の指定されたページを一発で開くくらいの芸当です」

　朝戸は額の中央に指を押しあて、共約不可能宇宙の定義を思い出そうとつとめた。アラクネの台詞が結構な問題発言である筋道を確認してから短く訊ねる。

「推移律は」

　アラクネは涼しい顔で、

「そんなもの成り立ちませんよ。複数の宇宙を含む全体像は数学的秩序に従っていないわけですから。あなたはワープドライブがどんな原理で実現されていると思ってたんですか」と言う。A＝BでB＝Cでも、A＝Cとは限らないのに、A＝Cとする経路を開くことが可能だとさりげなく断言された朝戸は、頭を掻いてみせるだけに留めた。

「それに」とアラクネ。「そんなことはアルゴンキン・クラスタのパフェの前にはどうでもよい問題です」

アラクネは自分の台詞が終わるのも待ち切れないらしく、既に朝戸の部屋の扉を開いており、そこにはアルゴンキン・クラスタの甘味屋へのトンネルが現れていた。


「アルフレッド・x・x《エックス》には任意の姓を代入、氏は」とハンバーガー型のパフェを平らげ終えたアラクネが、ようやく人心地ついたというように襟元をゆるめ、何も入っていないように見えるカップを鼻の下で揺らしながら、四つのうちの三つの目を細めている。

「元々分子建築家ですが、あなたに埋め込まれているタブレットの開発はむしろ余技です。シチュエーション料理学の権威で、その道においては右に出る者はいないといわれています。ここまではいいですか」

アラクネは食後の腹ごなしとばかりに、ここで甘味屋探偵を開業することにしたらしい。朝戸は、なるほど自分が辿り着くことのできなかった開発者の名前はアルフレッドというのかとアラクネの情報収集力に舌を巻いたが、素振りは見せずに別のことを訊ねることにした。

「シチュエーション料理って何」

アラクネは空のティーカップを陶然と傾けながら、

「走ったあとは水がおいしいとか、新婚ならどんな料理でも食べられるとか、愛情が調味料だとかああいう」と語尾を上げてみせた。疑問形かよ、と問う朝戸へアラクネは、まあ人間の考えることですからと言う。

「ああいうのも」と、朝戸が指差したテーブルの上には、半分にされた人間の頭のようなものが載っている。人気《ひとけ》のないテーブルにぽつねんと転がる半分の頭の方では、朝戸と目が合うと、片目を閉じてにこりと笑ってみせた。

アラクネはそちらを振り向きもせずに、「まあ、そうですね」と言う。「ちょっと違いますが、その説明は長くなりそう――」

「号外」

ぴろりん、と人の注意を引きはするが、邪魔はしないように配慮していると言いたげな電子音が鳴り、店内の視線が一斉に天井を見上げる。

「宇宙奪回艦隊は先頃のオリオン腕でのOTCとの不期遭遇戦において、実質的な勝利を収めていたと判定できるという見解を発表しました。この解釈により損害の七〇%程度が復旧されることが期待されます。奪回艦隊は引き続き、皆様からの御支援をお待ちしております」

「勝利判定ね」と朝戸。「ずいぶんかかったな」

「ＯＴＣとの戦闘は入り組んでいくばかりです。わたしにも単純な勝敗が理解できないくらいに」とアラクネがカップを持ち上げながら言う。「軍としては、兵員をバックアップから復旧できればまあ、ひどく負けてはいない、ということになります。バックアップが破壊されたり、こちらには破れない暗号で封じられたりした場合は損失ですね。まあ、色々な要因がからむわけですが、『勝利』を宣言するか『敗北』を宣言するかで、復旧率に差がつく場合がほとんどです。敗北とした方が、より大きな予算を得られ、復旧率が上がったりね。今回は、勝利とした方が、自軍の立て直しが楽であると判断された、ということでしょう」

ふうんと空返事をしながら朝戸は手首の皮膚の上を流れるニュースを確認してみる。確かに、奪回艦隊は先の小規模な戦闘で勝利を収めたということになったらしい。「続きはこちら」とされた付属の資料には、今回の戦闘の結果を勝利と判断した理由やバランスシートが載せられているようだったが、そこまでにしておく。

「とにかく」とアラクネ。「エックス以下略氏は、目下不自然なほどに行方不明です。わたしからもここまで痕跡を消すことができる以上、ＯＴＣ級の何かが関与している事例ですね。ふつうに探したって無理ですよ」

「お前が犯人なんじゃないの。ここにパフェ食いにくる口実づくりで」

アラクネに、推理小説を読むことと、巻末をめくって犯人の名前を確認することと、勝

手に犯人を書き加えることの区別が理解できるのか、朝戸は疑問に思っている。アラクネは朝戸の発言を無視して、

「軍かOTCそのものかです。ちなみに軍もエックス氏を追っています」

「――まあ軍の備品か研究成果を持ち逃げしたってところかね」

迷惑なことだと朝戸は思う。何かを知って逃亡するのは自由だが、なにやら厄介なデバイスを他人の口腔に埋め込んでから姿をくらますのは勘弁してもらいたい。

「しかしまあ」と嘆息してみせる。「今日はただの休暇ってことになったな。お前の勢いにのせられたけど、別に手がかりがあるわけじゃなし、お前の話だと、調査はここで終わりらしいし、街を歩いてみたら棒に当たったなんてことが起こるわけもなし」と言ってみてから、朝戸はこれではまるで、ただのデートではないかと気づき、アラクネに口説かれているわけではないことを祈った。「家捜しくらいはしてみるか。お前、不法侵入は得意技だろ」

と言い終えた朝戸の傍らに男が一人立っている。

伝票に手を伸ばした朝戸は、肩越しにそれを差し出すが、相手は受け取る素振りを見せない。不審に思った朝戸が首を反らせると、照明で逆光になった山高帽子にロングコート姿のシルエットがあった。腿のあたりに荒い息を感じて視線を下げると、いつのまにか床にシェパードが座り込んでおり、朝戸は席を引きかける。男は朝戸の動きを抑えるように

山高帽へ手をやって、サングラスをかけた顔を晒した。

「エックス氏です」とアラクネ。

え、と間抜けな声を上げたまま事態の展開についていけない朝戸を無視したアラクネの右手が四本に増えている。鋭い金属音がその腕の表面で跳ね、店内の温度が急に下がったように沈黙が降りると同時に、エックス氏がうめき声を上げて腹部を押さえる。朝戸は何かが自分の頬をかすめたことに気がつき、アラクネの上段の右手が再び閃き空中で何かを摑み取るが、指はそのままちぎれとぶ。たちまち再生した指先が空気を掻くが、身を折ったエックス氏の頭部に黒く小さな穴が開くのが見えた。

「不覚をとりました。狙撃されています」

ビリヤード球ほどの大きさの何かが床をころころと転がってくる。客たちが悲鳴を上げて椅子を蹴倒しテーブルにぶつかりながらドアへと向けて殺到する。アラクネが朝戸の手を引いて跳び、横倒しになったテーブルの背後へと頭をかばって伏せる。手を伸ばして横に倒れている誰かを陰に引き込む。

一拍を置いて腹を揺さぶる震動が起こり、テーブルの端から覗くと、丁度エックス氏がいた空間が直径一メートルほどの円柱に包まれていた。炎の壁が立ち上がり、境界からわずかにはみだしていたコートの裾や体の一部が支えを失い床へと落ちる。不思議と輻射熱や肉の焼けるにおいは届いてこない。

「ちょっと待て、説明しろ」とわめく朝戸の腕を引き上げ、アラクネが戸口で振り返っているシェパードを示す。朝戸は頭の周囲をめぐる星を首を振って吹き飛ばし、「わかった」と言う。「戦闘モードへの移行を許可する。欺瞞工作。全力」

シェパードを狙った弾道が横に一メートルほどずれて着弾し、床の焼き物のタイルが割れる。朝戸が駆け出す前にアラクネはシェパードと並んで走っており、車道に飛び出してきたシェパードと多肢の女性体に驚いてハンドルを切り損ねた黄色のシトロエンHが超硬タンパク質製の路肩に乗り上げ、アラクネの指先に操られて踊るように横転し、遠心力で運転手を排出してから着地する。路面のクッションとサスペンションのバウンドで助手席のドアが開いてアラクネを招き、シェパードがそこへするりと乗り込む。朝戸は腰をかがめて頭を守りながら小走りに運転席のドアを開け直し、ハンドルを握る。右手に何故かフォークを握りしめていたことに気づいて放り捨てる。視線を上げるとアラクネは既に助手席に収まっている。汗をかく様子もなく、朝戸を見つめてひとつ微笑み、頷いた。席に乗り込みアクセルを踏む。

「どっちへ」と朝戸は叫ぶ。ぱすぱすと気の抜けた音が車体に突き刺さっている。

「ОТМへ」と応えるのはアラクネではなく、後部座席を占めたシェパードが、優雅に上体を持ち上げていた。

アルフレッド・y・yには好きな姓を代入・アルゴンキン・クラスタ生まれ・分子建築家・シチュエーション料理学研究家・君たちに出会えて幸いだった・若干の不手際と喪失が生じたが・結果的にこうしてわたしが生存することができたのだからまあよしとしよう・彼らがわたしと彼のどちらを先に狙うかは純粋に確率の問題だった・当然君たちは彼とわたしが同一の人物であるかどうかを気にしているはずだが・勿論別の存在であり・わたしはわたしであり・わたしは犬だ・犬に擬態するのではなく・犬自体になるという手はやはり有効だった・人類は他の生物の育種にあたり何故かある程度以上は知能を伸ばそうとしないという特徴がある・犬になって逃亡をはかるという手は軍の思考の盲点を衝いたわけだ・さて・当然ながら彼の死によって失われた知識は多い・とりあえずそこのペットボトルをあけてもらえないかな・ああ・ありがとう・やはり危機一髪のあとの水はうまいな・自分を失ったあとの一杯ともなるとこれが格別だ、氏は、そう名乗ってから、何か質問はないかという視線を朝戸に向けた。

朝戸はたっぷり十秒間、この口を利く犬を眺めてから、やっぱりアラクネに訊くことにした。

「アルフレッドはエックス氏じゃなかったのか」

シトロエンの外壁に直接、腕を肩まで突っ込んだままの姿勢でアラクネが応える。「xでもyでも同じことでしょう」

「そのとおり。構造が同じものは同じものだ」と地べたの上で伸びをしながらシェパード氏が応え、

「わたしはシェパード氏ではない」とアルフレッド・z・zには任意の姓を代入・アルゴンキン・クラスタ生まれ・分子建築家・シチュエーション料理学研究家・時間分散脳実装者・新器官派、氏は文句を言った。

朝戸はアラクネから目を離さずに、

「こっちの気がおかしくなっているのか、向こうがおかしいのかはっきりしてくれ」

「どちらも必要以上におかしくはありません。アルフレッド以下略氏、もしくはシェパード氏は彼なりにごくごく当たり前の会話を試みているだけです。まあ犬のすることだからよくわからないとも言えますが――勿論、彼が主張するところの時間分散脳なるものの特徴なのかもわかりません」

単にラリっているということなのではないかという朝戸の疑問を読み取ったのか、アラクネがこくりと頷いてみせる。

「わん」と、アルフレッド・時間分散脳実装者・新器官派・ここで時間分散脳について解説をするのも悪くないだろう・これは名前のとおり・脳を時間上に分散させて実行する技法だ・別に脳だけには限らんがね・わたしの思考は現在・それぞれ異なる時間領域で実行される各領野の活動の組み合わせから構成されている・脳の部位によって処理が実行され

ている時代が異なるわけだ・そんなことが可能なのかと問われれば・可能だと応えよう・しかしそれを認識するには・感覚を拡大する必要がある・これはわたしの研究の成果・シチュエーション料理学の成果から生まれた新たな器官によって実現されている機構でもある、氏は吠えてみせ、「まあすぐに信じてもらえなくとも仕方ない」とつけ加えた。

一人と一体と一匹が一息入れている森の向こうでは巨大な軌道ミシンが天を貫いており、時折小さなシャトルがワイヤーに沿って上下している。アラクネがシトロエンから腕を抜き取り、指の間につまんだ銃弾を捨てた。穴をさするように手を動かすと、シトロエンの外壁は何事もなかったように滑らかになった。アラクネはシェパードへ向き直り、

「そろそろわたしたちの前に現れた理由を訊ねても」

アルフレッド・それは簡単だ・もう自分の力では逃げ切れなくなったからだな・軍の追跡を振り切るのは限界に達していた・君たちの前に姿を現せば・わたしの半分くらいは生き延びることができるだろうと踏んだわけだ・軍から身を守るには・軍に所属する者の力を借りるしかない、氏は悲しそうに首を横に振った。

「朝戸連の奥歯に妙な詰めものをしたのは、わたしたちを呼び寄せるためだったということですか」

アルフレッド・それは違う・あの装置はあくまでも軍の要請に応えたものにすぎない・わたしが君たちをみつけたのは・君たちがわたしを探していたからにすぎない・君は分子

料理に目がない・するとわたしを助ける可能性も高いはずだと踏んだのだ、氏は前足を組み、「あの装置は上手く働いたようだな」と言った。

「おかげさまで」と肩をすくめる朝戸。「死にかけたけどな」

「それは当然だ」とシェパード氏は受け、「あれだけ無茶なことをやるわけだから、当然過大な負荷は生じる。わたしはむしろ君が生き延びたことに驚いている。ああ、それも君たちの前にこちらから姿を現した理由につけ加えてもいいだろう」

朝戸は「それであの装置は何なんだよ」と訊ねてしまってから、しまった、と口の中で呟いた。真実を語られたところでどうせ理解なんてできないものに興味なんて抱くだけ無駄だと知っているのに。

「まあその前に」とシェパード氏は風の匂いを嗅ぎながら言った。「もうすこし先まで逃げた方が、よくはないかね」


わたしのシチュエーション料理の根幹は非常に単純だ。

朝戸はアラクネにサインを送り、シェパード氏の、アイデンティティと主張が奇妙な形で混合する語りを、ざっくりと要約してもらって聞き流すことにした。

寒い日には温かいスープが有り難いし、暑い日にはビールが美味いということだ。つまり、温かいスープを求められたら部屋の気温を下げるべきであり、ビールがあったならその場の温度と湿度を上げるべきだということになる。照明やＢＧＭに注意を払うのと何の違いもありはしないし、技術的にそう難しいことでもない。元々分子建築家であったわたしにとって料理は化学反応の集まりだったが、ここまでは特に珍しくもない見解だ。わたしはそこから一歩すすめて、社会学的反応も、やっぱり化学反応のようなものなのだろうと考えた。たとえば、塩基と水酸基の間の力と、男女の間に働く力になんの違いがあるというのか。ある日そう自問してみて、特に違うところはないと結論した。

たとえば分子間力という力はない。ないというのは、水素結合も双極子相互作用もファンデルワールス力も結局みんな同じ電磁気力の呼び名だからだ。少なくとも、この物理世界では。ただいちいち電磁気力から考えると面倒なので、便宜上そういう力があるものとして運用しているだけにすぎない。地面に立っていられるのは、地面が押し返してくるからであり、いちいち分子同士の相互作用まで想像していては、いつまでたっても最初の一歩も踏み出せないということになる。であるならば別に、人間同士の間にだって勝手な力を定義してもよいだろう。化学反応を用いて料理をすることが可能なら、人間関係を用いて料理をすることだってできるはずであり、両者は統一的に扱われるべきではないかということだ。わたしはそう考えた。

シチュエーション料理はやがて理論というより秘儀に近いと言われるようになっていったが、これはわたしが料理研究会を組織して研究を進めたせいでもある。内輪の集まりと陰口を叩かれたのも仕方がない。味覚というものは実際に食べる以外に伝達しようのないものだし、個々人の特性に合わせなければ十全な効果を期待し難い。わたしたちは週に数度の会合を持ち、新しいシチュエーションと料理の組み合わせを試しはじめた。最初の頃は、ある程度の寒さであれば、むしろビールを美味く感じる温度帯がある、といった発見でさえ新しかった。しかし、料理研究会は今思えば当然というか徐々に暴走をはじめたわけだ。温度や湿度を変動させているうちはまだよかったが、ずぶ濡れになってみる、暗闇の中で全裸で食事を摂《と》ってみるというあたりから不穏さの度合いは増していき、あるとき一人の会員が、隣席の会員の鼻柱を殴りつけ、そこへレモンを載せたあたりで会は崩壊を迎えた。この殴られた方の会員がそのレモンを至上の味と評したこともまたまずかった。

止めようとはしたのだ。

正気の人間ならば、なりゆきがどんな方向へエスカレートしていくのか予想するのは簡単だ。その頃はまだ一人の人間だったわたしは、会員が会員を貪《むさぼ》り食ったりする前に研究会の解散を宣言したが、一部の過激分子が地下に潜ることは避けられなかった。少なくない血が流れたが、わたしとしても全ての関係者のその後を知っているわけではない。余所《よそ》目《め》には何が起こっているのかさえ定かではない出来事も多かったのではないかと思う。会の末期にはかなり奇態な食事作法が試されていたから、事故死なのか自殺なのかわからないような事例も発生したはずだ。

研究会の崩壊にショックを受けたわたしは研究の方針を転換し、人間の価値観に興味を向けた。会員たちが暴走し、道理を見失ったのは何故なのか。美味い料理を食べるためなら他のことはどうなろうと構わないとなった理由をわたしは探した。

最初は脳の器質的な変化を想像していた。料理が脳の構造を変形させて、嗜好を変化させたのでは、とね。しかし会員たちを追跡調査した結果、その脳で起こっていたのは神経経済学的、神経政治学的な変化だった。構造ではなく、運用が変わっていたのだ。政体を変更するのに国民の首を総取り替えする必要がないのと同じ理屈で、価値判断を切り替えるのに、ニューロンの構成を変更する必要はないらしかった。つまりそこでは、価値観の判定に使われる領野の変更がみつかったのだ。脳の配線は変えずにおいて、配線を通過していくシグナルの解釈を変えたわけだな。

わかるかね。我々は、どこかの段階で、料理によって、脳の価値判断を担う領野を切り替えることに成功していたのだ。この戦略的価値は計り知れない。

軍が接触してきたのも当然だ。価値判断を好きに変更させることのできる料理なるものが存在するなら、麻薬などよりよほど使い勝手がいい。確かに美食を麻薬のように使うこともできるわけだが、これは大変費用対効果が低い。わたしは戦略物質としての料理の研究に携《たずさ》わることになった。

しかしこの試みには失敗したし、しかもそれだけではすまなかった。

わたしは結局、人間の価値判断に利用される領野を変更する料理を特定することができなかった。料理の方はレシピから再現できても、シチュエーションを全部含めて再現するのは困難だからだ。判明したのは、自分を含めたかつての研究会の参加者たちが、「出された料理を最大限旨く感じるように価値判断を変更していた」という事実だけだった。会員たちの箍《たが》は実は二段階外れていたのだ。ある一瞬に奇跡のように存在したひと口が外したのは、特定の価値観から特定の価値観への箍だけではない。任意の価値観の変動を許す、という箍までもが外れていたのだ。これは、温かいスープを出されたならば周囲は寒いと感じる、ということであり、ビールを持てば暑さと湿気を感じるということだ。何であっても最大限の旨さを感じるようになるわけだから、問題は刺激の強さでしかなくなる。わたしが追跡調査を行った会員たちは美味を求めて次々と過激な行動で身を滅ぼしていった。劇的な出来事と組み合わせるほど、料理が旨く感じられるのだ。

この魅力には抗し難い。

過激な美食に走って破滅することを恐れたわたしは、劇的な出来事を、外部にではなく、自分の内面に求めることにした。その結果到達したのが、「領野ごとに違った時間で活動している脳が、最も旨く感じる一皿」だった。わたしはつまり、「その料理を最も旨く味わうためには」自分の中の時間概念を更新する必要がある料理、脳に新たな機能を付加する料理へ辿り着いたということになる。

他の研究者たちはこの現象を、過激な化学物質の摂取によって引き起こされた妄想だと考えているが、しかしわたしにとっては、人類に与えられつつある新しい器官だとしか感じられない。これは実感の問題だ。自分の脳の部分部分が、違う時間上で実行されているのを実際に感じるわけだ。君は時間が流れることを、自分の実感以外のものとして根拠づけることができるかね。そうして他の存在に伝えることができるかね。時間を持たない存在に。わたしは、時間感覚というものは人間独自のものなのではないかと考えている。あるいは人格というものなどもね。複数方向に流れる時間を考えたことは。新たな情報を処理することのできる新たな器官を受け取るときのことは。イカが目を持ったときのことを想像したことはあるかね。

わたしの話はあと二つの要点で終わる。

軍はわたしに、このわたしの脳が処理しやすい形で情報を収集するデバイスを製作することを提案してきた。それが君の奥歯に仕込まれているものだ。人間同士でも、同じ場面の解釈は異なるものだ。そのタブレットは通常の脳とは別種の視点から観察されるデータを記録する。無知性型のデバイスだが、そうだな、こう考えてもらえるといい。人間のつくった道具が人間の思考の延長なら、異種の知能がつくった道具は、そのあり方を反映すると思えないかね。わたしが受けた仕事は、このわたしが保有する時間分散脳の知覚を通じて物事を記録するデバイスだ。今の君の奥歯は、狼の睫毛をかざして、時間概念なるものを持たない獣視点の世の中を眺めているのだと考えてもいい。

　最後の要点は、わたしが軍から身を隠した理由だ。わたしはこうして軍に背いているが、同時に命令を忠実に果たしてもいる。新たな知覚様式を人間の中から生み出すという指令に従っている。結局わたしも、美食の誘惑には勝てなかったのだ。わたしには刺激が必要だ。より強い。この世に、軍に追われる以上の刺激は少ない。そんなことは勿論、軍も承知している。「殺してはならん」では駄目だ。「生死は問わない」でなければならない。その極限状態を切り抜けた末の一杯の水をわたしの脳は希求している。もしそれが得られたならば、わたしの脳は歓喜に震えながらまた別の次元へ向けて新たな器官を生成し、新たな認識をもたらすだろう。わたしは自分の思考の中で、別種の思考を同時に実行していると信じている。わたしの目はＯＴＣの、あるいは全く別の存在の目に近づいていくことだろう。人が人であるがまま、ＯＴＣに対抗するための器官を仮想的に脳上に構築していくことになるだろう。同じシグナルを別様に解釈するようになることによって。器官なき領野、器官を想像する体がわたしだ。

　より強い刺激が、より強い認識へとわたしを導く。

　つまり、とシェパード氏は話を終えた。

「わたしは軍から逃げ回るという方針を転換し、君を捕食することに決めたわけだ、アラクネ」

シトロエンの屋根を突然、豪雨のような軌道ミシンの駆動音が叩いた。次の瞬間、シトロエンのフロントウィンドウが粉々になり、ボンネットに多脚の何かが着地する。朝戸はハンドルを回し横転を阻止しようとするが失敗、ドアに強く叩きつけられた。

「本来は軍からの逃走のための切り札としてとっておいたものだが」とシェパード氏。「軌道ミシンを使って編み上げた編みぐるみだ。現時点でわたしの最高傑作と言ってよい」

「ちょっと待て」と朝戸が身を起こしながら問う。「このデバイスの外し方をまだ聞いていない」

アラクネに跳びかかる編みぐるみの向こうで、シェパード氏は不思議なものを見るような表情をした。「取り外しできなくなるような処置はしていないし、実装は戦技研の管轄だ」

「なるべく努力はしたんですよ」

と鮮血のような色をしたスイカを持ち上げながらアラクネが言う。

「でもこう、生理的な嫌悪感が先に立ってしまって……」

それでこれか、と朝戸は宿舎の自分の部屋で輪を描きながら目の前を横切っていくニュースを示す。

「どうみても、猟奇殺人事件だろ、これ」

「事件とやたらと面倒な絡み方をしていたんです。丁度あなたと奥歯の装置みたいな感じに」

「そういうものでも、簡単に引っこ抜けるって言わなかったっけ」

「言いましたよ」

「痛くはないとも」

「彼も痛くはなかったと思いますし、そういう意味では彼はもう、引っこ抜けていました」

怪訝な顔の朝戸へ向けて、

「もう忘れました？　彼は、自分を失ったあとで飲む一杯の水を味わうために、わたしたちの前に姿を現したんです。本来のエックス氏は撃たれた方で、犬の方はあくまで、エックス氏を引っこ抜いたあとのシェパード氏です」

アラクネに抜歯を頼まなくてよかったと心の底から朝戸は思った。

シェパード氏は結局、地方新聞の夕刊を超時空的に惨殺されたとしか見えない姿で飾ることになったが、これは再度発生した軌道ミシン暴走の陰に隠れて、あまり目立った記事とはならなかった。

「何も軌道ミシンまで巻き込むことはなかっただろ」

「軌道ミシンを巻き込んだのはあっちです。別の宇宙にあんな物騒な編みぐるみを隠匿して、出入り口を縫っておいたわけですから。おかげで色んな筋道が絡まってしまった。もう断ち切るしかなかったですよあれは」

アラクネは今日は鋏状をしている眼をしばたたかせてから、

「まあ、どのみち軌道ミシンは使うことになったでしょう。あそこまで派手に暴れてしまうと、さすがに他人の空似だって恍《とぼ》けるわけにもいきませんから。わたしたちの関与を軍に悟られないように、経糸と緯糸を構成し直す必要がありました」

「あのミシンが編むものってさ」と朝戸。

戸口で振り向いたアラクネは、「人間の間でどう考えられているのかは知りませんが」と言葉を紡ぎ、「ストーリーラインですよ」と結んだ。

4

目を開くと目の前に赤い文字列が並んでいた。

「数学をインストールしますか」そう問いかけられている。もう何度目になるのか数える気もなくなっている溜息をつき、クラビトは「No」を選択する。そこいらへんのソフトウェアをインストールするのにも数学と呼ばれる巨大すぎるコンポーネントが必要となってから随分経つ。ソフトウェア業界における数学への依存度は上がりっ放しで、最近の世代は数学発明以前のソフトウェアというものを想像できなくなってきているという噂もきいた。ただの統合プラットフォームにすぎないものが、不壊《ふえ》の土台のような顔をして澄ましているわけだから大したものだ。直接的にインストールしなくとも、何かのソフトウェアが別のソフトウェアを芋づる式に呼び込んできて、依存関係を手繰るうちにいつのまにやらこっそりと数学を導入しようとする。

　クラビトが数学のインストールを拒む理由は単なる意地だ。そんなわけのわからないもので体を構成したくないし、これまでだって数学なしで結構上手くやってきた。第一それはクラビトの容量にはちょっと大きすぎて邪魔なのだ。他の領野を圧迫し、活動を阻害するほどに。もっとも、その数学に圧倒された状態をこの頃は、雑念が払拭された、と呼ぶらしい。宗教的な悟りの境地とハードウェアのリセットを同一視する教義が勢力を増しているともきく。人工的に実現された無から自動的にブートしてきた人格こそが真実の自己だという教えらしいが、それはただの大量生産の技法のようにクラビトには聞こえる。

毎朝の目覚めのたびにエラー表示に見舞われる生活は正直愉快なものではない。このまま自分がエラーの海に呑み込まれ、二度と起動できなくなるかも知れないと考えるのはそりゃ人並みに恐ろしい。ドクターやインスペクタを起動し、アップデートをかけるたびに「数学をインストールしますか」という文字列が脳裏に浮かぶ。「数学をインストールして下さい」ではないところも気に障るのだ。どうにもしようのないことならば、定義上他の選択肢はないわけだから、クラビトとしても抵抗しない。命令形ではなくて疑問形であるところが嫌らしい。疑問形は決定不可能問題とも繫がっており、「数学をインストールしますか」という問いは、インストールしないですませる方法が存在していることを保証しない。ただ無責任に無邪気に問いかけているだけだ。その点、命令形であるならば責任の所在ははっきりしている。相手を信用するかしないか、勝つか負けるかだけのことになる。もしかすると勝ち負けではないかも知れない。

近頃は、巨大化する一方のバージョン管理ソフトウェア自体をバージョン管理する羽目になることも増えてきた。不可侵の土台なしに暮らすというのはそういうことだ。何か一つのソフトウェアに頼りきりになるということは、一つの思想や一つの経済、一つの数学に身を委ね、囚われることと同じだからだ。体を支える大地がない以上、片足が沈み切る前に一歩を踏み出し、つるつると逃げるうなぎを追いかけて天へ昇り続けなければ溺れてしまう。クラビトは自分のことを、複数のシステムの間に潜むバグのような存在に近いと考えている。発見されるまではバグではなく、確定された頃にはもうそこにはいないような存在だ。それともこうだ。自分は実存を気ままに実現するデバイスであるにすぎない。

アップデートされたソフトウェアの依存関係を片っ端から試し直して、どうやら数学のインストールの必要がなさそうな、こぢんまりとしたソフトウェアの集合をようやくみつける。複数のコンポーネントが輪になって、上流の存在を数学のようにみなして駆動しており、とりあえずの楼閣を砂上に組み上げている。相手の素性を詮索する時間を実行系の速度が上回るとこういう事態はよく生じる。空手形を高速で発行し続けるようなもので、ねずみ講にだって存在が可能な期間は存在している。

クラビトはほっと一息をつき、さて今日はどんな自分が自分なのかを調べはじめた。

283 mod 12月、145294 mod 5日、共同集合宇宙ファランステールの一室で、一人の女性が殺され続けていることが判明した。この千八百人規模の共同宇宙は、それ以外に外部を持たない閉鎖された孤島型の小宇宙《クローズド・サークル》であり、ポアンカレの十二面体と同じ構造を持っている。ファランステールは参加者たちが理想とした小規模の共同体を実現するための実験宇宙とでも呼ぶべき存在だったが、当初から資金難を抱えており、入植は理想的な形で進んだわけではなかった。住人たちは自らの社会を一つの分散型ソフトウェアとして構成しようとしていたが、必ずしも充分な技術力と適切な素質を備えた者たちが参加していたとは言えず、信念に頼りがちだった。ファランステールの基盤理念として掲げられたのは、無味乾燥な並列処理の基礎だったが、これを住人たちは奇妙な信条へと読みかえて保持していたことが判明している。住人たちにとっては、宇宙は並列処理が可能であるゆえに、複数の存在が許容されている。住人たちは自分たち一人一人を、宇宙を構成する個別のプロセッサとみなし、その計算結果を宇宙とみなすという実験に参画していた。資金の不足によって記憶領域はごく限られたものしか用意できなかったが、自分たちの持つ理想の高さからして共同体の安定化と発展は間違いないと住人たちは見込んでおり、現在に至るもその見解は変わっていない。むしろ記憶領域の小ささこそが安定と発展という一見相反する要素を両立させるものなのだと住人たちは考えていた。何事にも限りはあり、自分たちの長期記憶や短期記憶が他の人々の十分の一であったとして、それとも百分の一の長さしかなかったとしても、それは程度問題であるにすぎない。共同体に所属する住人たちがみな似たような記憶の持続時間をしか持たないのなら、社会は社会として活動可能なはずだった。それが多少人間社会の秩序から逸脱したとして一体何が問題なのか。むしろ既存の秩序体系から逸脱しない理想社会などというものの存在の方が怪しい。記憶領域の小ささは、この共同体がいわゆるループに落ち込む可能性を強く示唆する。実際、入植以前の先行実験の調査によると、整然と計画された社会設計と、それを実現するソフトウェアを工夫すればするほど、日々の生活がループに落ち込み、脱出不可能になるという傾向が観測された。その点、と住人たちの主張によれば、自分たちは社会革新についての堅固な理論を保有しており、それによって絶え間なき進歩が約束されているのだということだった。差異が安定を生み、安定が差異を生み出し、決して循環することはない。そんな理論を保持していると住人たちは確信しており、今もそんな標語を掲げている。規模が小さければ揺らぎが大きくなるはずであり、揺らぎが充分大きくなればループに陥る暇はないと彼らはした。住人たちは殺人事件が起こったことこそ認めているが、それが何度も繰り返されているものだとは認めていない。とんと記憶にないからだ。自分たちの信条からしてそんなことは起こりえないともいう。厄介なのはこの見解を被害者の女性もまた共有していることで、彼女はほぼ毎年一度、体中を滅多刺しにされた形で発見されて死亡を確認されるのだが、関係者の誰もが間もなくその事実を忘れ去ってしまうという事態が起こる。当初これは、有限の乏しいリソースしか持たない閉鎖共同体に発生した再帰的殺人事件であると考えられた。組み合わせがあまりに限られているために、不可避的に殺人が構成されてしまうのではないか、ということだ。六面に一文字ずつ「殺」「人」「事」「件」「平」「和」と刻まれているサイコロを振り続ければ、早晩「殺人事件」という並びが発生するに決まっている。しかしその後の調査によって、同じ事件が再帰してくるまでの時間があまりに短いことが判明する。いくら記憶領域が限定されているからといって、一年という期間はさすがに短く、その程度の過去の出来事であればさすがにファランステールにおいてもその記録は保持される。個人の記憶はともかくとして、公的なログに殺人の記録が歴然と残っているのだ。暫定的な報告書によればこの事件は、この宇宙における死の概念が極めて希薄であることによって発生し続けているものであるとされている。つまり、住人たちはそんなことに興味がなく、死を一回きりの喪失として理解するだけの容量を保有していない。あまりにも興味がないゆえに、死自体を単なるバグのように処置してしまい、とうの昔に存在しなくなった人物の記憶を全員で繰り返し、そうしてまた殺害しては忘却しているということになる。外側からみる分に、死は歴然としてそこにあるものの、被害者を含めてそれを認識することができない。この殺人事件が内部からは解決不可能とされる理由は単純で、ファランステールにはもう何かの機能を付け加えるという資産的余裕がなく、住人に新たな機能を付与するだけの余剰がない。日の下に新しきものなしとソロモンは言い、理想都市は理想的であるが故に改善の余地を寸土たりとも持たなかった。報告書は被害者の体に刻まれたナイフの傷跡が、それぞれ違うナイフによるものであり、傷口の数が世帯数と一致することを書き添えている。五年に及んだ調査期間中にも女性は五度殺害され、阻止しようとする試みは達成されなかった。住人たちの行動に独創性を見いだそうとするならば、と報告書には記されている。ナイフの刺される順番や位置、深さなどが毎回異なるという点に注目するしかないであろう。

冷蔵庫を物色しながら、クラビトは今日の自分は誰なのかという可能性を二つにまで絞り込んでいる。パルプ入りのオレンジジュースを右手に持ち、左手で器用に三つの卵を保持する。右肘で押して冷蔵庫の扉を閉めた。このクラビトは、自分がどの宇宙に存在するかを、日々提示される限定的な選択肢の中から決めることのできるクラビトであり、正確に言えばどの可能宇宙群を選択するかを決めることのできるクラビトである。現代宇宙論には相互に譲ろうとしない二派が存在しており、単一可能宇宙派《MMUI》と、複数可能宇宙派《MMUI》にまずは分かれる。前者のモノ・マルチ・ユニバース・インタープリテーション派は、多数の宇宙が存在する可能宇宙がただ一つだけ存在すると主張する。対する後者、マルチ・マルチ・ユニバース・インタープリテーション派は、多数の宇宙が存在する可能宇宙が複数、あるいは無数に存在するとする。単一可能宇宙派は、枝分かれして《ホモローガスな》いく平行宇宙像を基礎とする点、複数可能宇宙派は、たまたま似通った《アイソローガスな》だけの平行宇宙像を主張する点において決して相容れない存在なのだが、そこは可能世界というものの性質により、既知宇宙の中では決着がつく日はこないことが知られている。なんといってもお互いに相手のことを、「そういう可能世界の一つ」と言い切って終わりにできる以上、議論が進展する余地はないのだ。クラビトとしては都合よく場に機に応じ、どちらの宇宙像も使い分ければよいのではと考えている。排中律《はいちゅうりつ》以前に数学を受け入れていない以上、両方が同時に真実だということだって充分にありうるわけだし。

もっともクラビトがクラビトという存在でいる以上、そう野放図なものになることはできない。まずクラビトは非クラビトになることはできないわけで、せいぜい自分が想像可能なものになることができるに留まる。ＯＴＣや路傍の石になってみせるどころか、コウモリになることさえも難しい。なることまではできたとしても、元に戻ることができるかどうかがわからない。コウモリになりきったクラビトがクラビト自身になれるなら、ただのコウモリだって誰か人間になれる道理だ。

今日、クラビトが数学のインストールを避けながら実現できる自己はやはり、何らかの捜査員ということになるようだった。自分予報によれば、刑事か探偵、どちらかの席に座ることができそうだ。どのクラビトでいようとも、どうもこの頃同じ事件を追いかけることになってしまう。とにかく連続殺人事件と呼ばれているだけの、全く連続しているようには見えない、一風変わった事件たちである。依頼主もそのたびに変わるのだが、何故か連続殺人事件とされていることだけが一定している。自分がこの事件と遭遇し続けているのは、これがおそらく、数学のインストールを避けていることによって生じる付随現象だからなのではないかとクラビトは疑いはじめている。緑色の眼鏡を好んでかけ続ければ、都市は緑色にしか見えない。

　ナイフの下で、湿気《しけ》ったバゲットがゆがみ、周囲に殻の破片を撒き散らしてからようやく刃を受け入れる。フライパンに油を引いて、卵を次々と割り入れてから蓋をする。頭の隅で三分のカウントダウンがはじまったところで食卓の上の黒電話が鳴った。

「クラビトさんのお電話でしょうか」

　と回線の向こうの声は訊ねて、クラビトは今日の自分の役割がどうやら探偵ということに決まったらしいと推測する。女性のか細い声だから、設定はハードボイルドなのかも知れない。クラビトに可能な範囲でのオーバー《O》・チューリング《T》・テスト《T》でも、声質は真実女性型であると出た。

「連続殺人事件の」とクラビトは言う。「御依頼ですな」

「それはまだ――」わかりませんが、と謎の女性が言う。

「まだ、ということはそうなることもあるとお考えだ」

「連続殺人事件に関するソフトウェアの開発をしております」と女性は言う。「システムやインフラストラクチャではなく、もっと娯楽よりの――」

「小説、ですな」

電話の向こうでほっとしたような溜息が起こる。

「御存知でしたら話が早くて助かります。わたしはわたしが可能な限りの宇宙で連載中の連続殺人事件ソフトウェア《小説》の、次の被害者になってしまいそうなのです」

○月×日、#$%&!の#０２６で、一人の女性が殺害された。極端に解像度の低い、ありきたりな古典宇宙の見捨てられた一画での出来事であり、死体は長らく放置され、当局が気づいたときには既にASCIIの渦に呑み込まれたあとだった。もっとも、発見がもっと早かったところで被害者の身元が判明したかはわからない。この宇宙の住人たちのほとんどは身元なんてものを持たないからだ。#$%&!はその名からもおおよそ予想がつくように、退転以前に試みられた初歩的な宇宙の一つで、実装されたというよりはもっともらしく想像されただけの宇宙にすぎない。この宇宙はASCIIのみで構成された、いわゆるローグライク宇宙の一種であり、住人たちはみな基本的に「@」で表されるだけの存在にすぎなかった。だから、そこに横たわる（a）が、@の変わり果てた姿であるということは大半の住人の理解を超えていたのである。その宇宙における〝(〟は未鑑定の武器を、〝)〟は未鑑定の防具を示しており、〝a〟はモンスターとしての蟻を示していたので、その死体のありようは、未鑑定の武器と防具の間に一匹の蟻がいるという風景にすぎなかったということになる。たまたまその死体の横を通りがかった冒険者、@氏が俯瞰派に属していたことにより、それが死体だと判明したのだ。もしも@氏がごく平凡に、〝（〝や〟）〟を鑑定し、蟻を倒して経験値とささやかなゴールド（＃＄％＆！は金本位制を採用している）を得ていたならば、被害者はありきたりのアイテムとして回収されてしまってそれきりだったと思われる。俯瞰派とは、初期入植者の子孫の中で、この宇宙に狭苦しさを感じるようになったキャラクターたちの集団である。彼らはあくまで冒険者としての資格のもとに、自動的に生成されていく迷宮を永遠にさまようことを運命づけられたチャンピオンたちにすぎなかったが、こちらもやはり自動的に生成され続けるモンスターたちとの戦いに倦《う》む程度の知能を備えていた。備えていたとは言い過ぎで、その宇宙のつくり自体が知性的なものを生み出す程度には入り組んでおり、ほぼ総当たり的にランダムに組み合わされていく内部の変数たちの何かの配置が、あるときにふと知性様のものを生み出すようになっていたというのが正しい。ともかくもその宇宙における@たちの一部は、自分たちがただの@、どこを切っても誰と誰を入れ替えても同じ@などではないと主張しだした。主張するにも発言するという機能は備えていなかったので、まずは発言のための器官をつくりはじめたのである。ただの@にすぎない者にどうしてそんなことが可能だったか。幸いにしてその宇宙では、物を拾い、そして置くことが許されていた。俯瞰派は冒険者たちの興味を引かないダンジョンの一画、設定されたモンスターが強すぎたり、うまみのあるアイテムが湧いたりしない領域を占拠し、そこを自分たちのコミューンとして整備していった。ある程度の広がりの中に何かを置いて、拾うことができるなら、それはメモリとして利用できるし、演算として利用できることを@たちは発見したのだ。蟻が並んで「バカ」という文字を作っていたなら、蟻の集団にも何かの意志、おそらく好戦的な何かがあると考えるのが自然であり、特定の蟻一匹が、その意図を持っていると考えるのは不自然である。@たちはそういう形で、自分たちの外側に思考を配置していくことを学び、脳を外部化することに成功した。俯瞰派という名称は、自分たちを違った角度から大局として眺めるという彼らの主張から取られている。自分たちの真の姿は自分たちの思う姿ではなく、高空から見下ろしたコミューン全体の配置なのだ、というわけだ。彼らは実際、その種類の思考を用いて、この宇宙がどうして存在するのかという問題にさえ答えを出した。「自分たちがこの宇宙を観測できるのは、この宇宙が自分たちの存在を許容するつくりになっているからだ」というのがその主張であり、それは即座に、自分たちの存在理由にも適用された。「自分たちが自分たちを認識できるのは、自分が自分の存在を許容するつくりになっているからである」という。この命題は、強い@原理と呼ばれるようになり、長大な議論の起点がここに生まれた。その後も俯瞰派の躍進は目覚ましく、遂には、この宇宙の中で壁として利用されていた〝#〟の生成消去を可能とするという技術的なブレイクスルーが達成されるに至る。これはすなわち@たちの集団が、自分たちの居住する宇宙の形を自在にデザインできるようになったことを意味し、@たちは#を好きに配置していくことにより、自分たちをさらに堅固なアーキテクチャとして構成していくことに邁進した。#$%&!の歴史において最も華々しかったこの時代に、@たちは自らの宇宙の形を確定することに成功し、それがトーラス状をしていることを確認した。つまりは四角い地図の左右と上下をそれぞれ繋げてドーナツ状にした形状である。ここに#$%&!史上空前の事業が幕を開け、@たちは自分たちの住む宇宙の幾何自体の改造に取り組み出した。それは宇宙というアーキテクチャを、回路としてではなく、空間そのものとして実現する試みだった。地中に水道管を通すのではなく、水道管状の空間を造成してしまえばよいという発想だ。空間としてそれを一度造ってしまえば、破損もなければ水漏れだって起こりえない。#$%&!における初期の幾何造成《ジオ・フオーミング》はまず、トーラス状の宇宙にあいているドーナツの穴を埋め立てるところから開始され、そのまま高次元方向へと針路を向けることになる。#$%&!は繁栄を極め、空間として複雑化し繁茂していくダンジョンにはあらゆる富が蓄積され、@たちはほぼ全能の存在としてその宇宙に君臨した。この繁栄は新たな機能を獲得するために空間自体を掘り進んでいた坑道が、別の宇宙に突き当たるまでは続いた。いずれ想定されていた別宇宙との遭遇だったが、@たちを驚かせたことに、相手の宇宙との一切の交渉は不可能だった。相手側は当初、空間自体の加工技術を保有していなかったが、最初の接触からほとんど間を置かず、@たちの幾何加工技術をコピーした。@たちの敗北を決定づけたのは相手宇宙の圧倒的な物量であり、現在では#$%

＆！が掘り当てたのが、ライフゲイム型宇宙の一種であったことが判明している。グライダーと呼ばれる構造を基本単位として活動するその宇宙は、グライダー自体を兵器として利用する技術に長《た》けていた。無数のグライダーを発射しながら侵攻してくる五MBを超える超巨大構造物の前に、@たちは＃＄％＆！宇宙の大部分を放棄する決定を下すことになる。その際に残留を決めた一部がひっそりと暮らす一画が現在知られる＃＄％＆！であり、かつての面影は今や失われている。訪れる者もほとんどなく、住民たちの利用できるリソースも非常に少なく、@がふらふらと酔っぱらいのように漂っているだけに見える。だからこの殺人事件が殺人事件と知られるまでには長い時間がかかったし、そうしてこの事件と、いつかの年の三月七十八日の夜、アルゴンキン・クラスタ、ウィヨットの官庁街裏の酒場で発生した殺人事件との類似が見いだされるまでには、長い長い時間が必要となった。

長身の、美女としか呼ぶ気になれない、いわゆる美女らしい美女が、ドアを開けてクラビトを迎えた。美女の顔のパーツが微かに動いて配置を微調整する。相手の反応からフィードバックを受け、相手にとっての美人なるものを実現するタイプのインタフェースであるらしい。かといって、相手の嗜好に合わせ切るのではなく、腰の高さに紐を張るようにして一定の距離を作り出す気配を放出している。クラビトは意識的に眉を吊り上げてみせ、相手の頬がその動きに対応しかけてやめる様子を観察するが、先方の表情はそれ以上の動きを見せない。自分が試されているのかどうかを即座に判断できる程度の知性化化粧ということだ。その知能を測定するためにここでずっとにらめっこをしているわけにもいかず、クラビトは軽く視線を下げた。依頼主は微笑みを投げ、「ご満足ですか」と、クラビトの人格スキンを一瞥した。クラビトの方では特になにということもなく、いつもどおりの通常人格を選んでおり、だいたい三十代の見かけをとっている。それ以下ではこういう場面での押し出しに欠け、それ以上となればもう少しきちんとした格好をするためにモードを解析する言語を調整することになって面倒くさいというのがクラビト自身の見解だ。

「犯人は」とクラビトは居間のソファに腰を下ろしながら問い、

「わたしです」と依頼主は言う。

「ではご自身でお止めになればよろしい」

クラビトは言い、コーヒーカップを両手に戻ってきた依頼主を眺めた。

「わたしだと名乗る人物なのです」と依頼主はカップをクラビトの前に置きながら言う。

「身に覚えは、ないのです。でも他の人に区別がつくか自信がありません」

依頼主はソフトウェア技術者の一人だが、いささか特殊な、「小説」と呼ばれるソフトウェアの専門家であり、クラビトとしてもそういうものがあるのだときいたことがある程度にすぎない。伝統的な職人芸に属するのかと訊ねてみると、そうだという応えが返った。ついては助成金なども出ているといい、絶滅を危惧されており、保護対象とされているのだそうだ。

依頼主が机の上へ指を伸ばして、平べったい直方体を滑らせてくる。クラビトがそれを受け取り、手の中でひっくり返して検分する。一辺が綴じられており、口をあけるように開くという意味では通常の書類と同じだが、存在の様態が若干異なる。指先でノックするようにして物理設定を解いて展開すると、赤い糸でできた渦のようなものに変形した。指先を踊らせて小さく風を起こしてやると、依頼主とクラビトの間にぷかりと浮かんだ。依頼主は赤くうねるその雲を見つめながら、

「わたしはこの連続殺人事件の五代目のメンテナです」

と切り出した。

「今となってはなかなか理解し難い内容かも知れませんが、かつて小説と呼ばれる物理存在は、一度デプロイされるとそれきりのものでした。気軽な改訂もきかず、複製には権利関係の条件を満たさなければなりませんでした。これといったバージョン管理もなされず、無関係とされた人間が改良を加えることもできなかったのです。目標点が設定され、そこを目指してリソースの集中が行われ、一応の完成のたびに解散されていました。すなわちそれは、雑多なテキストにすぎなかったわけです。テキストデータでさえありません。生《ロウ》データとか野生《ワイルド》のデータとか野良データとでも呼ぶべきものです。互換性は低く、一旦、その存在を可能としていたデータが失われると、ただの素朴な、のっぺらとした存在にな

ってしまうようなもので、それを再びデータ化するのに多大な労力を要請するようなものだったのです。非知性型の構造物です」

「ふむ」と相づちだけを打っておく。

「その状況が本格的に変化したのは、やはり退転以降の話になります。もはや悠長な長期的プロジェクトなどに取り組む余裕のなくなっていた人類は、とりあえずその場その場を切り抜けるための小さなプログラムを積み重ね、急場をしのぎ続けることを余儀なくされます。御存知のように、ここで発生した事態が、あらゆるもののソフトウェア化でした。共用可能なデータ、管理されたバージョン、安定的に繰り返されるテストとデプロイ。それがあまりに当たり前のものとなったために、小説も同様の変化を経験したことは忘れられがちです」

「つまり」とそろそろ何か気の利いたことを言うべきタイミングだと判断したクラビトは流れを遮り、さて、何を訊いたものかと考えた。想いに耽《ふけ》るようにコーヒーの表面を見つめ、軽く首を振ってみせる。「あなたのおっしゃりたいことは——この小説を」視線を上げて、赤い糸の渦巻きを示す。「その、通常のように書き続けるつもりはない、ということですか」。適当に言葉を並べてみたわりに、なんとなくもっともらしいことを言えたと思う。依頼主は深く頷き、

「伝統的なソフトウェア技術者としては、わたしにはこの、小説として構成されている連

続殺人事件を洗練していくことが求められています。それがメンテナの仕事だからです。無理のある筋を切り捨て、理解のしやすい形に切り詰め、コミッタからの提案を取捨選択し、そちらの方が面白ければ大胆に筋を変えることさえも許容されます。もっとも、大きな方針の転換にはそれなりの覚悟が必要ですが、古いバージョンもそのままの姿で保持されているわけですから、深刻な問題はないわけです。ただ他人の目に触れやすい表看板が変わることになるだけで、注意深い人物か物好きな研究者でもない限り、古いバージョンなんて気にもしないというだけのことです。しかしわたしは、五代目のメンテナとして、その改良の流れを変えようと考えました。きっかけとしては、これまでの変更履歴を総ざらいしたことが挙げられます。そろそろ一旦原典へ回帰する頃合いなのではないかと考え——そして」

黙り込んだ依頼主をクラビトはじっと観察する。

「バージョン管理の大きな欠損、断絶を発見したのです」

昨今、バージョン管理自体のバージョン管理が必要になる事態はありふれている。歴史家たちの操るバージョン管理インタフェースがいかにあらゆるものを足元からひっくり返し、かき回し続けているかを思い浮かべるだけで充分だ。複数のバージョン管理インタフェースにお互いを管理させれば大混乱が起こるのは必然だ。クラビトは言う。

「それ自体は珍しいことではないのでは。なんといってもそれからも退転が繰り返されたわけだから」

依頼主は頷いて、

「おっしゃるとおり、小説の以前のバージョンや原典が失われること自体は珍しくありません。そうではなくて、バージョン管理自体が改変されているのです。何かを隠蔽するように。途中から設定が変わったということを隠そうとするみたいに。これは生まれたままの姿を隠そうとするくらいに奇妙なことです。社会的プライバシーの概念の曲解です。そんなことをする必要がわかりませんし、する方法もわかりません」

「――それと、あなたが殺されそうになっているというお話の繋がりが見えませんな」

「わたしは」と依頼主が言う。「メンテナです。古風な言い方をすれば作者ということになります。この小説が秘密を嗅ぎつけられたことに気がついて、わたしを殺しにくることくらいはわかります。お話はそう進むようになってしまっていて、わたしにはその流れを止めることはできても変えることはできない」

「ははあ」とクラビト。「すると、その秘密――というかお話を伺ったわたしも」首を傾げる。依頼主はにっこり笑う。

「おそらくは、巻き込まれることになっています」

クラビトはコーヒーのカップを皿へと戻し、

「で、犯人は」

「わたしです」と依頼主。そうしてクラビトの視線に根負けし、「わたしです。ただし、過去のわたし」と続けてから少し迷って、「みたいなものです」と付け加えた。

七月二火八十九水七十八木七十二金五十六土九十一日、一人の女性が、自分が連載中の小説の中で殺害された。被害者は小説と呼ばれる古典的ソフトウェアのメンテナンスを業務とする伝統資格保持者であり、発見時には、テキストデータとの融合化が相当程度進行しており、凶器はのちに†であったことが判明する。他でもないこの†であり、今この瞬間に凶器は二本に増え、この無神経な概要が今も現在形で彼女を刺し続けている。ここに†と記す行為がそのまま彼女の体に†を突き立てるという行為と同一化するというトラップがそこには仕掛けられており、現在も稼働中であり、除去できる目処は立っていない。凶器についての説明を続ければ続けるほど、彼女は深く死んでいくという凶悪な仕組みであると言える。ほとんど想像を絶する状況であり、現在もその状況についての解釈は議論に議論を呼んでいる。そこで何が起こっているのかを実際に把握することは困難であり、当局は最終的に現場の状況を記述するために、戦技研のイドモンを投入する決定を下した。イドモンは現実宇宙における人類未到状態を記述するために開発されたマークアップ言語であり、当然人類にはパース不可能な代物だったから、人間にとっての理解には寄与しなかった。とりあえず逮捕された犯人は、被害者とほぼ同一人物であり、これは当初、バージョン違いの被害者なのだと考えられた。バックアップから抜け出してきたエージェントのようなものだろうということであり、その種の犯罪は珍しくない。タイムマシンに乗って父親を殺しに行く息子や、オリジナルを破壊しようとするクローンや、ワープの際に破棄される方の自分が生き延びるためにワープ先の自分を殺す程度の中難易度犯罪に分類される。犯人もまた自分は別バージョンの自分であり、被害者がメンテナンスを担当している小説の筋を大胆に変更しようとしたので殺したのだと自供し、推理小説ではせいぜい他人を殺すくらいだが、文学においては自分を殺した上にそれを悼んでみせるくらいのトリックなどはありふれているのだと何故か胸を張ってみせ、それから狂ったように笑いはじめた。その派手すぎる佯狂《ようきょう》は不審を招き、捜査員が増員されて判明したのは、彼女がバージョン違いの被害者ではなく、それを偽装した別人だったということだった。人でさえなく、かといってエージェントでもなく、亡霊じみた何者かであり、その存在にはデータダブルという名前があてられることになる。言ってみれば犯人は被害者についての噂で、評判で、公《おおやけ》にされたパーソナル・データの集まりで、むしろそちらの方が本物の彼女であると一般的に思われている、第三者からの印象としての彼女だった。ネットワーク上に溢れ出た彼女自身の情報が人格めいたものを形成し、彼女を殺しにやってきたということになる。ただし、比喩的にではなくて実際に。退転以降の人類がほとんどデータやソフトウェアと見分けがつかない存在である以上、この種の存在が生じることは夙《つと》に予想されていたわけだが、その種の存在がOTC侵略下の宇宙においてミステリ方面から侵入してきたことは防衛担当各所の度肝を抜いた。犯人は想定しうる限りの隔離壁に囲まれた施設へ移され、つまりは宇宙奪回艦隊の主力艦の一隻、アームストロングへと移送された。OTCからの攻撃に耐えうる盾以上に何かを隔絶できる構造は、この世に存在していない。出入り口のない壁に囲まれた一室で、犯人は後ろ手に椅子に縛りつけられ、全刹那監視下に置かれることになる。犯人の肉体は苦痛を訴え続けたがそれはあくまで表面的なものに留まるようで、応答は明晰であり、ときに笑い声を上げさえした。なにゆえにメンテナを殺害したのかという問いには一言「テラ」とだけ応え、その際に唇に浮かんだ笑みに、戦技研の尋問担当官は戦慄し、尋問を中断しようとしたが遅かった。失われた人類の起源の一つとされる「テラ」は、その所在も存在も、あるいは様態さえも忘れ去られて、ほとんど無意味語になりかけている用語だが、その単語には人類を無条件に奮い立たせる呪術的な響きがあった。ひるんだ尋問担当官に向け、犯人は笑みを大きくし、「戦技研は知っているはず」「何を」と担当者は既に釣り込まれていた。「ひとつ、わたしが彼女を殺さなければ、彼女はテラを見いだしたかも知れない。ふたつ、テラではイザナミ・システムがまだ稼働している」尋問担当官は椅子を蹴って立ち上がると緊急用のボタンを殴りつけるようにして押し続け、犯人の周囲にさらに多重の隔壁が落ちるが、担当者の耳に届く犯人の声は止まらない。「OTCの侵攻目標はテラなんじゃないのか。テラが奴らを呼び寄せているんじゃないのか」。アームストロング中に警報が鳴り響いてもその声ははっきり聞こえ続ける。「宇宙奪回艦隊の目的は」と続ける犯人の声にかぶせて、尋問担当官はマイクへ向けて絶叫する。「主砲を向けろ」。どこへという問いに、ここへだと叫び、自分で自分を撃つことはできないという返答を受ける。「細かいことに構うな」と担当官は叫び、犯人は「テラの奪回なのかな、それとも」と落ち着いて話し続け、担当官は机上のボタンを連打しながら狂ったように叫び続けて、僚艦の主砲が犯人諸共アームストロングに照準する。「テラへの侵攻で、OTCはそれを防ぐためにやってきた――」という犯人の台詞が終わるのを待たずにあたりが光に包まれて、七月二火八十九水七十八木七十二金五十六土九十一日、2423:354、宇宙奪回艦隊主力艦アームストロングは爆沈し原因は事故と発表され、爆沈の原因は秘められたまま、犯人と担当官の会話も外部に流出することはなく、事態は通常の秩序によっては決して伝達不可能なチャンネルにのみ、噂としてだけ流出した。

目が開くとそこは小綺麗なだけで生活感には大いに欠ける一室で、ベッドに誰かが寝転んでおり、それがクラビトであることを確認するのにクラビトは思う存分時間を使った。ここにしか戻りようがなかったことは明らかなのだが、ここへ戻るべきではなかった気がする。そう考える自分自身が今存在しているのはイグジステンス社の提供するサービス上にすぎないわけで、本来の自分はどこかあちら側にいる。いや、本来というのは違い、この自分が由来する元の自分はここへログインする前の自分なのだが、本物さ加減ではこのクラビトとしても引けは取らない。母胎が帰るべき約束の地ではないように、ログイン前の自分も帰還するべき母体ではない。単なる別の人間で、その気になればマージしやすいというだけの相似した実存パターンといったところだ。

ベッドに腰掛けたまま、傍らに用意されていたオレンジジュースを無意識的に飲んでから、それがパルプ入りのものであることに気がつき、改めてグラスを手の中でひねって眺め直す。サイドテーブルの布をどけると朝食が用意されており、小さなトーストが皿へ二枚並び、白い皿には目玉焼きが三つ載っていた。そういえば自分は朝食の準備のためのガスを止めたろうかと、それとも電気を止めたろうかと、一体それはどこの出来事だったか、いつの今朝の出来事なのかを考え込んで、この目玉焼きはあの目玉焼きと一体どういう関係にあり、火事になるのはどこの宇宙か、あの自分とこの自分はそれで結局どういう関係なのか、現在のこの自分の能力で悩んでも仕方がないとわかりきっていることを、その結論に辿り着くまで悩んでみて、どれも同じ存在を別々の存在論的視点から眺めた側面にすぎないのではないかと思う。

ずずん、と腹に響く震動が部屋を揺らして、クラビトが壁へ目を上げると、そこに四角くドアの輪郭が走る。控えめなノックの音にどうぞと応えると、先日の受付の男性型存在が音もなく室内へ進み、

「お騒がせしておりますが、安全には問題御座いません」と言う。

「攻撃のように聞こえるな」と訊ねるクラビトに、「基幹システムに攻撃を受けております」と涼しい顔の返事が戻る。「軍の方のなさることです。荒っぽいのは仕方がありません」と軽く肩をすくめてみせるのは余裕なのか単にそういうポーズなのか判断材料が少なすぎてわからない。

クラビトは承知したというように頷いてみせ、「データダブル」と訊ねてみる。

男性型存在は何かを思い出そうとするように顎をわずかに右へ振り、

「かなり古典的な概念です」と応えて続ける。「人間はみなある意味で、自分自身のデータダブルです。自己自身への評価系を持つ以上、不可避的にそうなります。自分の想像する自分と他人の想像する自分の間に齟齬《そご》が生じることは当然というか大前提で、それを別人と捉えることは混乱の元にしかなりません。同じ存在の別の側面なのですから」

言いつつ、視線が天井へ泳ぎ、何かと交信しているという社会的なシグナルを寄越す。

クラビトは極力興味なさそうに見えることを祈りつつ、

「で、俺はいつ解放されるのかね」

とベッドの上に身を投げ出す。男性型存在は右手を上げて耳に当て、なにやらしきりと頷いている。「申し訳ありません」というのは、クラビトのイグジステンス社への「滞在」が長引いていることへの詫びではなかった。「意外に手強いようで、呼び出しがかかりました」というのは、先ほどの震動を引き起こした侵入者についてなのだろう。

また後ほど、と身を翻した男性型存在が妙にあたふたとして見えたのは演技なのかどうなのか、そこで輪郭を残したままのドアが何かの種類の罠へと繋がっているものなのか、後々クラビトが責任をとる羽目になるような事柄が企まれているのかわからぬままに、クラビトはベッドから身を起こし、しばしドアを見つめている。

「まあ仕方がないな」

と誰にともなく呟いて、ドアの表面に手を当てる。軽く押すと、ドアはそのまま奥行き方向へスライドし、何かの気配に腕を引いたクラビトの指先を鎌鼬《かまいたち》のような風の断絶面が擦って過ぎる。引きちぎられたドアへ手を伸ばしたままの姿勢で、クラビトは今自分が目撃したものの姿を脳裏に再生しており、刹那刹那を確認していく。うち一枚の画の中に、海栗《うに》じみた数の脚を生やした甲殻類っぽい何かが写っているのを確認し、そういえばあの編みぐるみと上手くやれているだろうかと、クラビトは何故か上司の心配をした。

5

鋭い痛みが朝戸の奥歯を突き上げる。

痛い。というのも、どのくらい痛かったのかという記録が吹き飛ばされるほどの激痛だった。

「いけませんね」

とアラクネが続けたのはしかし、朝戸の歯痛についてではないようだ。おそるおそる奥歯へと伸ばした舌が、無事滑らかなエナメル質に到達したという報告を寄越す。遅れて漏出をはじめた脂汗が顔の輪郭を伝う。痛みの方では既に朝戸の放棄を決めて、別の被害者の元へ飛んで行ってしまったらしい。飛んだのは朝戸の方であるかも知れない。

「アームストロングが」とアラクネは虚空へと告げ、朝戸が記憶を探るための間を置くように言葉を切る。今日のアラクネは繭玉《まゆだま》のような胴体から生えた小さな羽を二十枚ほどぱたぱたさせてどこかあちらの方角に浮かんでいるが、そんな羽で必要な浮力が得られているようには見えず、どちらが尻で頭なのかもよくわからない。ちなみに、マスコットと呼ぶには大きい。とにかく巨大ではあるが、しかしどれくらいかと問われると、遠近法を無視し切っているという事情もあって、宇宙的狂気を帯びたスケールとでも形容するしかない。朝戸はフィールドをゆっくり進みながら、一体どんな理屈がアラクネをそこに浮かべているのだろうかと考える。理屈というか力だろうか。ファンタジー力とでも呼ぶべき代物だろうか。それとも単に魔法の力か。ＯＴＣが日々増改築を続ける宇宙では次々と新しい力が生まれては消える。昨日動いた機械が今日同様に働くかどうかは賭けで、今日昇った太陽が明日も昇ってくるかにも何の保証もありはせず、昇ったところで同一性を判定するのは困難だ。むしろほとんど全ての宇宙では同じ太陽なんてものは昇らないし、昨日までの理屈は通じなくなる。法則や手続きのハイパーインフレーションは依然進行中で、朝コーヒーを飲んだときの手続きも昼には通用しなくなっており、昨日までの筋道は言い伝えの中の先代の事績のようにあやふやになる。今やただの一日が産業革命以降の三世紀分に相当するという論者さえある。そう報じる新聞を片手にコーヒーを飲んで店を出る頃には、既に産業革命以降の六世紀に匹敵する技術革新が進んでしまっていたりする。それだけの激流の中にあって人間がこれといった進化を見せないのは謎であるとされ、いや、当然進化はしており、気がついていないだけという意見がある。自分が進化していることを認識する器官がまだ生まれていないのだとも。インタフェースを通じなければ対応しきれない大躍進の中に人類はおり、ほとんどの時間は気を失っているような状態だ。最初の退転以来、N次退転とNプラス一次退転の間隔はどんどん狭まってきているという試算もある。つまりは退却しっぱなしであり、しかも猶予期間は短くなり続けている。そんな宇宙の中で暮らしていると、インタフェースの支援を得てさえ道を踏み外してしまうことがほとんどであり、朝戸がこうして、ある程度は普通に思える宇宙に存在できているのは単に確率的な幸運に恵まれているにすぎず、まあどんな計算の仕方をしても朝戸がたまたま生存可能な宇宙に偶然生まれ落ちた確率は、1か、0コンマ0の気が遠くなる連鎖の果ての1くらいのものにしかならず、奇跡に属していると言って過言ではない。室内の酸素分子が全て床上五センチ内に集まったり、光子がたまたま体と相互作用しなかったおかげで透明化したりする可能性なんかよりも遥かに低い。そういう意味で平凡な奇跡などは軽く超えてしまっている。そんな種類の類《たぐ》い稀《まれ》なる「存在の奇跡」なるものに朝戸は支えられているが、それは同時におよそ存在なるものが皆等しく経験しているものであり、とてもありふれた出来事でしかない。たとえありふれているものであったとしても、とにかく存在できているということは有り難く、恩寵であり、なにごとのおはしますかは知らないなりにかたじけなさに涙だって零《こぼ》れてくるが、どうもこれは没入がすぎるようだと自意識哨戒用のエージェントが警告を寄越し、朝戸はヴィジョンのダイヤルをもう一段階、無感覚方向へと回す。ラッチがかちりと音を立てる。現実宇宙の美しさは隙あらば意識を侵食し、勝手な方向へと思考の筋道を曲げてしまおうと余念がない。朝戸はようやく自分の手綱を

握り直して、

「あれだろ、宇宙奪回艦隊の主力とかいう」

「そうです。爆沈しました」

白くのっぺりとしたアラクネの胴体に不意に穴が開き、反射的に首を傾けた朝戸の耳元を針状の何かが通過していく。

「今、避けただろ」

「避けていません」涼しい顔をしてアラクネは言う。

「今の何」と朝戸。

「ストーリーラインですね。直撃を受けた場合、登場人物が死ぬという被害を蒙《こうむ》る可能性が高いです」

朝戸は今この瞬間に大半の宇宙でOTCの攻撃の直撃を受けて死んだはずの自分に対して目を瞑る。現実宇宙を、それもアラクネと一緒に行動するということは可能性の海に超次元的に広がる網の上のどの一点をこの自分と感じるのかを、瞬間瞬間、切り替えていくことと同じだ。死んだ体をすぐに捨て、まだ自分が生きている宇宙に退避する。プライベートな退転といったところだ。宇宙に広く薄く広がって都合のいい現実を選んで存在するなんてことができるのは無論アラクネのおかげであり、アラクネがそうしたストーリーラインを拾い上げてくれているからであり、宇宙なり自然なりいうものの厳しさは、最善の都合のいい現実にさえこの程度のリアルさしか提供してくれない。ヴォルテールとライプニッツのどちらが一体より絶望的なのかと問われれば、それはやっぱり、最善なる可能世界でさえこの程度のものでしかないと主張できたライプニッツの方ではないかという気持ちがしてくる。朝戸はこの近傍宇宙内に展開中の自分たちが次々と回避姿勢をとって飛来する針状の何かを避けていくのを観察している。観察する自分もまた回避行動をとっている。回避行動に成功した一体が選択される。万華鏡のように広がり、対称性に従って反復され、でもそれぞれに細部は異なる光景の中、まるでコミックの設定のためのデッサンか、セル画を床にぶちまけてしまったかのような無数の朝戸が身をひねり、体を開き、一歩踏み込み、伏せ、滑り込み、転び、まろび、ふらふらと立ち上がり、頭を守って走る姿は、まるで回想のようにも映り、あるいは未来の予告のようでもあり、トレイラーじみてもいるのだが、そのくせきっちり個々の実感はあり歓びはあり苦悶は生じる。それを束ねるのが今の朝戸を構成しているソフトウェアの仕様だからで、その全てを朝戸は自分の感覚として感じる。複数の時間が同時に実行されているようにも思え、過去と未来の二方向だけでは足りず、多方向から自分を眺め直しているような感覚でもある。過去から見た今の自分が右手を挙げ、未来から見た今の自分は左手を挙げているような不整合にあふれており、むしろ不整合として存在するのが真の姿なのだという声が聞こえはじめたところで、その朝戸の思考を監視する朝戸が軌道を修正、朝戸はそのまま思考を突き進んだ自分が別の宇宙で見舞われた運命から目を逸らし、会話の脈絡を結び直す。

「爆沈って何」

「さて――事故のようですが」

「事故っていう新種の兵器かもな」

「当然そういう可能性もあります」

インタフェースを通じたアラクネの動きに続いて、朝戸の前にグリッドが浮かぶ。艦隊が格子を組むようにして並び、幾何学的な運動を続ける様は無機質さ加減を突き抜け、むしろ何かの社会性昆虫の集団のように見える。その中央で小さな光が生まれ、消えた。

「おい」と朝戸はとんぼを切りつつ抗議の声を上げ、「戦闘中だぞ」。記録映像の検討などはあと回しで構わないはずで、現在朝戸は自分の身を守ることで精一杯だ。

「違います」とアラクネ。「今は戦闘中ではありません。ただの移動中です。この深度ではまだあなたの身の安全を保証できます。安心して下さい。今この瞬間には、あなたがありとあらゆる可能性の中で一斉に消滅する可能性はとても低いです」

「どうせ守るならきちんと守ってくれ」そう言う朝戸の視野では、近傍宇宙で四散していく自分の姿が花火大会のクライマックスのように展開している。

「ある程度の体慣らしはしておかないと」相変わらず長閑に羽をぱたぱたさせながらアラクネは言うが、徐々に繭玉が小さく、羽の方が大きくなっているような気がしてくる。何かまた新型の迷彩でも使っているのか。「消滅しますよ。それぞれ種類の違う戦闘訓練用のシミュレータを同時並行で複数体験しているとでも考えて下さい。実際問題、あなたの体感としてはどれがシミュレータに用意された環境でどれが現実宇宙の出来事なのかの区別なんてつかないんですから」

朝戸には、今この現実宇宙で作戦を継続中なのか、宇宙奪回艦隊の記録映像を眺めているのか、区別をつける機能はないだろうとアラクネは言う。

「でもこっちが現実だ」というのが朝戸の答えで、「ヴィジョンを外しさえすればすぐにわかる」

ただしそれが確認できる頃には朝戸の意識なんていうものは直面した現実によってボロ切れのように吹き飛ばされてしまうだろうという問題はある。

現実世界に潜り込み、強引に層を切り裂き、ＯＴＣを構成するスマート・マテリアルを持ち帰るのが朝戸の仕事で、今回の任務はそのちょっと先までの偵察だ。現実の少し向こう側、法則の底から明後日方向へ逆立ちする摩天楼が構築され続けている工事現場を見てこいと指令書にはあった。「宇宙奪回艦隊の支援も得られる」との追記に朝戸は小さく首を傾げた。

「あなたたちが未だに、現実宇宙は一つだって固く信じているのは驚きです」とアラクネ。

「でもここでわたしが言っているのは、あなたが正気を保つ限り、どうやったって区別はつかないんだから気にしたって仕方がないし、この現実が正に現実だっていうことはこのわたしが保証しているだけで、でもかといってわたしは別に、これはゲームだったとあとで明かしたり、ゲームだと思っていたものが実は現実だったと宣言したりはしないってことです」

朝戸の眼前に展開しているグリッドが、宇宙自体が回頭したかのように回転する。

「巻き戻しました」とアラクネ。

オリオン腕に再集結した宇宙奪回艦隊は、最新鋭の戦闘艦によって構成されており、それはアラクネの親玉のような存在たちで、つまり形容は不可能だ。そのほとんどは朝戸たち地上部隊がこうして現実宇宙から拾い集め続けているパーツから構築されており、人類の手では構成どころか想像することとさえ叶わず、無機物だとか有機物とか、情報だとか形式だとか質料だとかを超越した純然たる光り輝くスマート・マテリアルでできており、宇宙自体の形を歪めることで物理宇宙に遊弋《ゆうよく》している。目的はとりあえずのところ、現実宇宙はともかくとして、ＯＴＣの手からせめてこの物理宇宙を奪回することだとされている。

一番わからないのはその方法で、ＯＴＣとは戦艦でどうにかできるものなのかどうかがよくわからない。

方法を理解していなくとも実行は可能だというのが軍部の主張で、意外なことにその主張は実地に証明されつつある。無論それがＯＴＣの能力で、ＯＴＣに由来し、人類が細々と生産を続けるスマート・マテリアルが拓く希望の未来だ。呼吸の仕方を、歩き方を、自転車への乗り方を他人に説明できるような形で理解していなくとも、その種の行為は実行可能だ。敵は倒すことができるから倒せるのであり、倒し方を理解しているから倒せるのではない。

要するに奪回艦隊の主力兵器は、本来の用途も不明なままに闇雲に振り回される得体の知れない何かの装置で、ついてはその主武装は、兵器兵器した兵器ではありえず、戦艦と呼ばれているものは一応戦艦に見えているものの、それもアラクネなどに言わせると「想像力の不足でそう見えるにすぎません」と、いうことになる。

「権力と大艦巨砲主義と薄着の美男美女の相性がよいのは、つまり人間が馬鹿だからです」とアラクネは言う。「でもそれは人間の開、未開、野蛮、洗練、尊厳や誇りとは関係がなく、小さな頭蓋骨の中に各種の価値判断をぎゅう詰めにしなければならなかった結果です。弁当箱に米を詰め、煮しめを横に入れておいたところ、米に煮汁が染み込んでいた、みたいな話で、たまたま近所に積み込まれた大艦巨砲主義と薄着の男女に対する価値判断が互いに染み透っているだけのことにすぎません。でもその種の傾きを今のところはとりあえず、人類的嗜好とか、特性とか、人間らしさとか呼んでいるわけです。宇宙戦艦、なんて単語は出汁《だし》の染みた米のようなものです」

事実、奪回艦隊の姿は刻一刻と切り替わり続けており、スマート・マテリアル技術の粋を集めた艦隊の変形速度は描写可能速度を軽く超える。ひととおりの描写が終わった頃には姿を変えてしまっており、過去そうあったという記録諸共変形を終え、最早別の次元に存在している。その上、記憶可能容量を超えた細部を持ち、通常のヴィジョンの中では全体像を捉えるどころか、一側面をぼんやりと眺めることさえ容易ではない。森の中で象を見かけるようなものであり、大きすぎる建築物を一枚の絵に収めることが困難である感覚にも似る。その運動は人類の知覚限界を超えており、観察者に漠然とした印象しか残さない複雑性迷彩を構成し、さらにはそれを一段進めた、忘却迷彩さえ装備している。入り組みすぎた構文や突拍子もない文章の連続は記憶することができず、なんとなくわかりやすい言葉に変形しなければ記憶に残すことができないという事情を、ＯＴＣや奪回艦隊は積極的に利用している。それを目撃した者が他人に何を見たのかと訊かれても「戦艦」としか応えられないといった具合に、艦隊を前にした人類は、死人の盆踊りを前にした幼児くらいの表現力しか発揮できない。あるいはこうだ。そこでは歴史が早回しに実行されており、それを簡潔に表現できる語彙《ごい》は存在しない。丸木舟とガレー船とジャンク船とカラベル船と安宅船《あたけぶね》と戦艦と宇宙戦艦を一言で述べることのできる言葉なんてものが一体どこに存在するのか。浮かび、戦うもの、とでも呼ぶのが精一杯だ。あるいは単に、艦隊、となる。

ぐるりとめぐったグリッドの中心部が拡大され、一条、二条、と光が走り、アームストロングとおぼしき影が四方へ散る。

「同士討ちに見えるな」と朝戸。

「それはほんの一面にすぎません。OTCが何者でもありうることに注意して下さい。OTCは本質的に概念でさえありうるわけです。純粋思考でありえます。物自体でもありえますし、イデアでもその影でも自在です。今喋っているこのわたしの言葉そのものでさえありえますし、あなたがあなたと思っているもの、あるいはこの宇宙全体でさえありえますし、存在したりしなかったりすることとさえ自在です。判定できないあらゆるものはOTCでありうるわけです」

「存在自体の消去による非存在迷彩は概念的に存在できないって言われてるだろ」

それに、そんなものはもう迷彩じゃないだろう。存在を消して弾を避けられるっていうことだから完璧な盾だ。あらゆるものを貫く矛と、無敵の盾が矛盾なく存在できる地点のようなものだ。禅迷彩だ。矛は虚空を貫いており、盾は虚空であるから存在せず、破ることもまた不可能だが、完全に消えてしまったものから、何かが再び現れることができるなら、それは無からの創造ということになる。

「単に、今のところは、です」アラクネの羽がぱたぱたと動き、「今のあなたたちの言葉では、ということですが」

「まあ、言ってることはわかってると思うよ」理解できる範囲で、と朝戸。

「では同じものを別の角度から見てもらいます」とアラクネが言う。


宇宙奪回艦隊主力艦ワリャーグの艦橋で、艦長のアガタが眉を寄せている。目の前では封筒が口をあけており、アガタは手にした一枚の紙を睨みつけている。しばらくその姿勢で固まった後、ふむ、と息を吐いて腕を下ろす。副官を招き、

「マッチを持っているかね。ライターでもいい」

「艦橋は火気厳禁となっております」

律儀に応えた副官に向け、手にした紙をひらひらと振ってみせる。

「映画なんかでよくあるだろう。読んだあとで燃やさなければならない書類。まあここには灰皿も暖炉もないわけだが」

副官は破られた赤い封蠟を一瞥し、「軍令部からの」と言いかけて目を細め、「戦技研からの」と問う。

アガタは頷き、副官へと紙片を渡す。素早く目を走らせた副官の表情が強《こわ》ばり、血の気が引く。ポケットからマッチを取り出し、擦り、紙片の角に火をつけて炎が紙を舐めるのを黙って見つめる。指先にその舌が伸びたところで手を放し、床の上でのたくる紙片をしばし観察したあと踏みにじった。

「なんだ」とつまらなそうにアガタ。「持ってるじゃないか」

「持っていないとは申し上げませんでした」と副官。「それに、一度やってみたかったことでもあります」

アガタは、ふん、と鼻を鳴らして、「わたしもやってみたかった」と言う。無表情同士の睨み合いを破って口を開く。「で、どう思うかね」

「馬鹿げています」

「では、やめておくか」

「馬鹿げていると申し上げただけで、抗命するべきと提案したわけではありません」

「しかしだな」

「仰《おっしゃ》りたいことはよくわかります」

アガタはこめかみを指先で押さえ、

「戦技研は一体なにをやりたいのだ。利敵行為か。本当の敵はあいつらの方なんじゃないのか」

副官は警告するようにあたりを見回してみせ、慎重に沈黙を保った。

戦技研は奪回艦隊を指揮する宙軍の一組織である。外部諮問機関の皮をかぶった内輪の組織で、高官たちの天下り先にしてエリートたちの理想郷で、産学軍複合体の背後に暗躍する黒幕だとか、軍事科学者たちの楽園にして新兵器の開発部署だとか、星占いに熱中している託宣機関だとも言われているが実体はどうもはっきりしない。引退したとある高官が主導してはじめた戦術研究会が発展したものだというが、その高官の名は噂によって異なっており、どうも起源自体が覚束ない。派閥の勢力関係を排した純軍事的な戦術級の作戦の提言、助言を行うというのが建前だが、その作戦にしてからがどこまで公正なものかは不明で、それより以前に正気なのかがわからない指令が多い。そのせいで指令書は「ハリ・セルダン＝22」と陰口を叩かれてさえいる。下される指令は、事態の限定的な好転を謳いつつ、不条理としか思えない形をとることが多いからだ。

たとえば、何でもない惑星のとある地点を爆撃せよと指定されることがあり、これなどはまだ理解ができる。もしかして何の変哲もないそこらの岩の一つが、人類には判定不能な形で擬態しているＯＴＣであるかも知れないわけで、あとからゴミ拾い専門地上部隊《スカベンジャーズ》が派遣されることだってありうるわけだ。これが、艦隊揃ってそのあたりを三回まわってあらぬ方へ主砲を三斉射せよというあたりになると、馬鹿にされているのではないかという疑念もつのる。

曲芸めいた機動を求められたりもし、いっそ艦隊機動の訓練だとされてしまえばよいのだが、純然たる戦闘行動である念のため、と釘を刺されたりする。今日一日、「あ」を発音した者は罰金、という指令が厳封されて届いたこともあり、さすがにこれには艦長名で正式な抗議を上げた。「しかるべき理由がなければそのような馬鹿げた命令に従う義務はないし、それはどう見ても戦闘艦の仕事ではない」というアガタにとっては極々当然の内容だったが、返信はほんの「貴艦ハ戦闘艦ニアラズ」という短文で、積極的にこちらのアイデンティティを否定してきた。ほとんど戦闘という言葉の意味と戦わされているかのようだ。

しかし確かに、自分が乗り組んでいるのが戦闘艦なのかと改めて真っ向切って訊ねられると、アガタとしても困惑する。

あるときはそれは部屋である。四方を真白い対爆壁に囲まれた何の変哲もない直方体の内側で、人類には耐えられない機動を行う際の避難用のスペースなのだが、最先端の戦闘艦の内部というよりむしろ、学生時代の下宿の方に似通っている。違っているのは、待機態勢が解かれ、部屋から出ようとするときに、部屋全体が四次元方向へくるりとまわって内と外を入れ替え、内部の者を排出したりするところだ。つなぎ目のない孤立した三次元空間の方が防御に優れているからそうするのだと説明されると、それはまあ、道理ではある。

あるときはそれは野原であって、アガタとしてもこれは困る。風に煽られ波のように揺れる膝丈までの草原に一人、老木と並んで立っている状態のまま、宇宙戦闘を想像するのは困難だ。しかしそれがそのときの艦隊が置かれている状況そのものであると、老木が言う。今落ちていく葉の一枚一枚がそれぞれかけがえのない固有の命だ。もしもお前が、現実の夕べに宇宙戦闘を想像することができないのなら、銀河の中心で戦われる艦隊戦を、馬鹿馬鹿しいお伽噺法螺話に賑やかし、子供だましのものとしか感じることができないのなら、一体どうして自分たちの宇宙を守ることができるのかと問う。

「物理宇宙を取り戻すんだろう。できれば現実宇宙をさえ」

老木の枝が戦《そよ》いで、葉音でそう語りかけ、葉を落としつつ抑揚なく読み上げていく。

「敵艦影、三。天頂方向より接近。ダミー放出。並列存在を開始。複雑性迷彩が起動しました。OTT《オーバー・チューリング・テスト》実行。成功。成功。失敗。失敗。失敗。当該宙域には、法則69805f9944ed4298311d0cdaa75da2629d6f3bb3756455d504243f1a6c565f75が適用されていません。法の網を展開。ランドスケープを構築中。残り三十光秒。法則間の空隙を確認。敵性非存在は裂け目に法則を継ぎ足しています。展開中の宇宙の七二％を掌握されました。ワープドライブ起動。ダミー法則をインストール中。対忘却対改変防御実行。無効化成功の可能性は二七％」

どうだね、と老木が言う。何故君は宙軍に志願したのかね。あやふやにして適当極まる場当たり的な宇宙に愛想が尽き、事態を収拾しようと、自分ならできると思ったからかね。しかしどうだね。実際問題。現実の鮮やかさに、手の込み方に、歴史の中で積み上げられてきた細部に打ちのめされることはないかね。どんなに華やかな宇宙戦闘を描こうと、現実の都市の描写を上回ることはないと感じたことは。自分が宇宙戦艦の艦長であるなんていう事実は、こうして草原に立つよりも遥かに馬鹿馬鹿しいと感じたことは。文法的にも、それ以前に「宇宙戦艦の艦長」なんて単語の存在が間違っているように感じられたことは。失われた現実を取り戻す。立派な目標だ。現実離れした目標であることを除いては。勿論君は理解している。このわたしの言葉がこの目の前の光景が、君たちの呼ぶいわゆるOTCの攻撃であることを。あるいはその解釈であることを。この攻撃を君はこう解釈している。これは人類の存在意義を揺らがせる攻撃で、自分はそれをこのように感じており、そのようにしか感じることができないが故にこう見えるのだとね。これが郷愁という罠だと理解している。動物へと戻る眠りだ。あるいは君は人間という夢から覚める直前の何かだ。君は粥が炊けるまでの短い時間、人間であるという夢を見ていたOTCなのかも知れない。体験したことのないものに対する郷愁だ。失われし母なる星への——。

あるときはそれは、映画のセットのような艦橋であり、ゆったりとしたシートであり、波浪に晒される剝き出しの艦橋であり、ガレー船の舳先《へさき》であり、重力制御下にある球形の広がりであり、艦の姿も自分の姿も変転を続け、宇宙の姿自体も変化していく。奪回艦隊の活動する宇宙は、それぞれに星の光が貼りつけられた七重の同心天球に囲まれた宇宙でありうるし、魚と蛇と象が支える古代の宇宙でありえ、アガタもかつてそんな象の一頭を倒したことがある。天の柱が挫け、宇宙が崩れ落ちるのを見たことがあり、宇宙奪回艦隊は敗走に次ぐ敗走を続け、拠点を放棄し、宇宙像を信仰を根こそぎにされ、今こうして絶滅の淵へと追いつめられて背水の陣を敷いている。

要するにアガタとしてもこれが一体なんなのかという確信はない。ただ凄まじい規模のなにものかの内部にいるということがわかるだけだ。その中で自分は艦長として扱われており、たとえ今自分が乗っているのが実は公園に浮かぶボートであったとしても艦長は艦長であり、それゆえに艦長として振る舞うことができ、である以上、指令には従わざるをえず、従わなければ彼は艦長ではなくなるわけで、アガタは副官へと告げる。

「目標、僚艦アームストロング」

それが戦技研からの指令であり、というか作戦の提案であり、これに従わなかった場合に生じるかも知れない事態への責任はアガタが負うことになり、従った場合の責任は全て戦技研が負うことになっている。まるでアガタの声を盗み聞きしていたかのようなタイミングでアームストロングの舷側に炎が灯る。

「アームストロング、回避行動に移ります」緊張を帯びたオペレータの声に当惑が混じり、

「いえ、こちらに腹を向けるようです。まるで——」こちらを撃て、というようにだ。ワリャーグの機動が戦技研の指令によるものであり、アガタの意思ではないように、アームストロングの行動もまた、戦技研の指令によるものということだろうか。イヤホンから聞こえる指示に従う俳優たちによって演じられる劇の一幕のようなものか。それともアームストロングの挙動はあくまでも不測のものであるいは反乱で、しかしそれを戦技研は先回りに察知しており、その証拠を隠滅する手段をこうして用意しておいたということだろう

か。しかしそれならば、事態は不測のものなどではなく単に予想されていたものにすぎないわけで、アームストロングがどう動こうが、結局アガタはアームストロングを問答無用で撃沈せよという指令には従っていたはずで、つまり、事態がどうであろうとなんであろうとアームストロングはここで沈む運命だったということになり、今正にこの瞬間、全く同じ理由からこのワリャーグに照準を定めている僚艦がないとは言い切れず、戦技研にとっては宇宙奪回艦隊さえも捨て駒にすぎないのかも知れず、この命令に従うべきかどうなのか、アガタは形だけ躊躇ってみせる。形だけというのは自分がそうすることはわかりきっているからで、アガタはまるでもう終わってしまったことを未来から眺めているような無感覚に襲われている。

「アームストロング、全通信チャンネルを遮断。完全黙秘状態に入りました」

撃て、とアガタはそっけなく命じ、ワリャーグの主砲が火を噴き、弩《いしゆみ》が鳴り、ギリシアの火が解き放たれ、槍が跳び、ナパームの匂いが艦橋を満たし、ニュートリノの嵐に晒された艦内の純水タンクの内部がダイヤモンドダストのように煌めく。アームストロングの防御兵装群はワリャーグの攻撃を防ごうと全力で弁明をはじめるが、アームストロング本体はそこに泰然と腹を見せて横たわったまま、兵装たちの言を右から左に聞き流し、手元の毒杯をもてあそんでいる。わたしは戦艦である以上、逃げることはできないし必要もなく、むしろここに留まることで戦艦であり続けるのだというような議論がアームストロングの艦内を走り、混乱した兵装間の連携はとれず、退避を勧める声はアームストロングのスマート・マテリアル製の心を動かさず、その巨体にナイフが、ノコギリが、ノミが、マチ針が、五寸釘が、ストーリーラインが突き立ち、兵装群から悲鳴の叫びが上がる。

　ワリャーグの艦橋の床が、アームストロングの爆発に揺らいだ。

「ということです」とアラクネが言い、

「どういうことだよ」と朝戸が応える。

「わたしにも」とアラクネは珍しく困惑したような口調になり、「よくわかりません。しかしですね、今回のこの作戦中、わたしに対する攻勢がもっとも厳しかった瞬間にアームストロングが爆沈したことには何か意味があると考えなければいけないような気がしているんです」

　朝戸は足を止めて立ち止まり、今やほとんど羽だけの塊になっているアラクネを見つめる。

「もっとも厳しかった瞬間って何」

「あなたが何気なくそのへんを散歩していたある瞬間です。特に特徴のない時空点で、客観的にどこ、と指定することは大変難しいですが、あなたの主観からすると、そのタブレット入りの奥歯に激しい痛みを覚えたそのとき、正確にはその直後です」

朝戸は再び舌を奥歯に伸ばす。そこには得体の知れない非デバイス性記録装置が埋め込まれているはずなのだが、気配は全く存在しない。

「危機なんて全然感じてなかったぞ」

「それはあなたの事情で、あなたの主観です。あの瞬間、わたしはほとんど消滅しかかっていました」

「自分でも知覚できない攻撃を受けていたっていうのか」

「まあ多分そうだと思います」

「多分ってなんだよ」

「多分は多分です。おそらくです。確率にして半々より若干大きい程度です。大体、わたしくらいの存在であれば、何に襲われているかがわかれば、いくらでも対抗手段のとりようがあります。あれはほとんど物語外的力で、そうですね、主人公を突然死させることのできるような種類の攻撃です。本の頁を破るとか、マーケットに悪評を広げるとかそういう。もっとわかりやすくいえば、不慮の死です。脳梗塞とか脳溢血とかそういう。わたしはその寸前にまで追い込まれていました」

「――病気じゃないの、それ」

「あなたも先ほど、アームストロングを見舞った事故は『事故』という種類の攻撃だったのではないかと指摘したばかりです。であるならば何故、わたしを襲いかけた心臓発作や心筋梗塞を『心臓発作』や『心筋梗塞』という名前の攻撃だと考えてはいけないんですか」

「それってただの不調じゃないの」

整備不良とか。スマート・マテリアルから構成されるアラクネの整備はアラクネ級の存在にしかできないわけだが。人間には人間を根本から修理することはできず、医療行為と呼ばれるマクロな操作が存在するだけだという事情と同じく、アラクネ自身にもアラクネの完全なオーバーホールは不可能で、ことは対症療法になりがちだと聞いたことがある。

「可能性は否定しません」とアラクネ。「むしろその蓋然性の方がよほど高いわけですが、この宇宙では、しかも現実の裏側へこうして進出しようとしている今現在のこの状態では、蓋然性なんて意味がありません。ここは、確率という考え方が存在する確率さえ無効になっている場所です。思考がそのまま法則になりうるような場所です。想像を何でも実現することができますが、存在していないものや、新たな色を想像できるほど、人間やわたしの想像力は強力なものではありません。それどころか、哀しいかな人類の思考はほとんど無意識によって担われており、人類の浅薄な理解によれば無意識は常に主体を消去し、殺そうとしているわけです。するとこの場で実現するのは主体を葬り去ろうとする宇宙の法則であり真理であるということになり、それはわたしにとっても程度の差こそあれ変わりません。あなたとこうしてインタフェース越しにせよ会話が通じているということはわたしもあなたの言葉を採用しているということであり、すなわちあなたの無意識はわたしの無意識に作用しており、もしかして、わたしの無意識のうち、人間の言語によって構造化されている部分がわたしを殺すように示唆を続けている可能性だってあるわけです」

「なにかよくわからないけど」と朝戸。「もしかしてそれが今回の作戦の目的で、君はそれに殺されかけたという疑いが生じたってことかな」

アラクネが頷く。具体的には、三枚の羽を選んで絡み合わせ、頷くというハンドサインを朝戸に寄越した。朝戸は専用のスレッドを立て、アラクネの蜘蛛の糸のように入り組みまくった主張を整理する。アラクネの推理はこうだ。

自分は何か超越的な手段によって攻撃された。自分たちがこうして現実の向こうを目指して派遣されたのは、正にアラクネを倒すことのできる手段をみつけるためである。これは人間の無意識が持つ自己破壊願望を、アラクネに注入してみる実験である。

「あなたの歯痛と、アームストロングの爆散がほぼ同時に生じたという事実について考えるうちに気がついたことですが」とアラクネ。「先頃のオリオン腕での奪回艦隊とOTCの局地戦」。もったいぶるように間を置いてみせてから、「これも、あなたのタブレットが過負荷に見舞われ、機能不全に陥ったときと同時刻に行われています。この場合の同時刻というのが何をさすのかはまあ横に措いておきます。あなたのタブレットが不調に襲われてからしばらく後、奪回艦隊は後に自ら勝利判定を下すことになる戦闘を終えました。

アームストロングが爆沈すると同時に、あなたは歯痛に、わたしは深刻な機能不全に襲われました。ちなみにあなたが先ほど回避したストーリーラインは、アームストロングを沈めたのと同一のものです。この関係は何ですか」

「偶然の一致。あるいは、ＯＴＣが付け加えた超因果的な力」と朝戸。

「ミクロコスモスとマクロコスモスとメソコスモスの照応とか」とアラクネ。「しかし、まだ他にも考慮に入れるべき偶然があります。先ほど、あなたと同種の記録用タブレットを埋め込まれている兵員のリストを入手しました」。作戦行動中に余所見をするなと口を開きかけたがやめる。アラクネを構成する羽がゆっくりと開き、羽の間から伸びた触手が激しくのたうち、あたりの空気をかき回していく。何かの種類の攻撃なのか防御なのか、計算過程なのか、もしかしてこちらを威嚇しているのかさえ朝戸にはわからない。「全員がスカベンジャーズに属しています」

「そりゃそうなんじゃないのか。ＯＴＣの挙動を記録するための装置なんだから」

「勿論そうです。人類の中で一番ＯＴＣたちに直接触れることが多い存在たちです」アラクネは変形を続けながら言う。「そうしてリストにある全ての機器が同時刻に過負荷を起こしています」

朝戸は軽く頷いてみせるに留めた。

「つまりこれは、なんなんでしょう。宇宙奪回艦隊がＯＴＣと戦闘を遂行するにあたり、あなたたち兵士はより詳細にOTCを観察することを要請される。わたしたちが無茶をすると、宇宙奪回艦隊に負荷がかかる。それとも、宇宙艦隊に何か起こるとわたしたちにフィードバックされる」

朝戸は慎重に言葉を選んだ。

「超時空的な相関関係が存在する、と」。でもさ、と言って時間を稼ぎ、「陰謀論じみてるだろう。自分が性交した場所には必ずミサイルが落ちると考えるくらいに気が違っている」

「そうでしょうか」とアラクネ。「宇宙奪回艦隊はどうやってOTCに勝利したんですか。OTCは桁の違いすぎる存在です。奪回艦隊なんてものじゃ、本来、軌道ミシン一本とだって戦えません。わたしたちがスマート・マテリアルと呼び、その運用に手を焼いている非物質物質はOTCの残骸にすぎません。爪の垢みたいなものです。わたしたちが必死になって命からがら倒しているOTCは、わたしたちが倒せる程度の雑魚《ざこ》にすぎません。蚤《のみ》がてんとう虫を倒すくらいのもので、犬となると相手になりません」

「犬に群がる蚤みたいにして倒したのさ」

わたしもそう思っていました、とアラクネが言う。

「でも違うんじゃないですか。奪回艦隊は、戦技研は、全く違う種類の技術を開発したんじゃないですか。たとえばこうです。OTC計算なんかを。これは今わたしが作った言葉ですが、アイディアはこうです。戦技研は、ＯＴＣを構成要素とする全可能宇宙規模の計算を実行する手段を開発中なんじゃないですか。ＯＴＣを素子と考え、あなたの攻撃を入力と見て、反撃を出力とみなす。わかりますか。ＯＴＣからの反撃は、それを一つの演算としてみた場合、人類の実行可能な計算能力を遥かに超えた演算結果でもあるわけです。それを利用していけない理由はなんですか。ありません。たとえば、人類には事実上解読不可能な暗号を投げると元の文章を復号して投げ返してくるような箱があったとしましょう。箱の内部の挙動は理解を超えていようとも、その箱を利用しない手はないんじゃないですか。箱に古典的ＣＰＵが入っているのが古典的計算機です。キリギリスが入っていれば、キリギリス的計算機、ＯＴＣが入っていれば、ＯＴＣ計算機です。あなたの戦闘は、より大きな戦闘を支援するための計算でもあるわけです」

「推測にすぎない」

「勿論です。それにそんなことが可能だとは信じられません。でもですね、もしそんなことが可能だとした場合、戦技研とは何で、何を目論んでいて、わたしたちを何に使うつもりでいて、わたしたちはどうやって、利用されることを回避すればいいわけですか」

アラクネの心配が事実だとして、それは回避しなければいけない事柄だろうか。自由意志の侵害だという気は確かにするが、資源の有効利用なのではという気もする。ただ視点が変わっただけとも。そこに破片の羅列を見るかモザイク画を見いだすかの違いは、当の破片には無関係のように思える。

「本当にそう思いますか」とアラクネ。「ただ見ているだけならまだしも、その計算結果は自分にも折り返されてくるわけで、これは立派に実存的な問題と呼べると思います。たとえば、アームストロングの爆沈はあなたの歯痛として回帰してきましたし、もしかするとわたしへの攻撃として作用しました。もしくはわたしたちの知らない誰かからの攻撃からわたしたちを守るように作用しました。超因果的戦闘です。わらしべを拾ったところ、長者の率いるクローン軍団が帝国を滅ぼした、といったような、途中の脈絡や説明を欠いた、結果だけが存在する連鎖です。そうして今現在のわたしたちのこの行動もまた、俯瞰的な視点からするとより大きな計算の一部なのかも知れず、ストーリーラインで何かを編み上げるのに利用されているのかも知れず、わたしたちはそれゆえにここに存在させられているのかも知れないわけです。それゆえに、のところが重大です。結果ではなくて原因です。もしOTC計算なるものが真実存在していてもいなくても、誰かがその考えを元に指揮をすれば同じことです。

　超因果的な、結果だけが存在する思考なんていうものは、意思をアウトソーシングするようなものです。仮想化されて雲の上に乗せられた神に職務を委託するのに近い。イグジステンス社の展開する次のサービスが、ゴッド《G》・アズ《a》・ア《a》・サービス《S》だったとしてもわたしは驚きません。アウトソーシングされるものが自分の意思ならいいですよ。しかし全体の意思を、宇宙とか多宇宙とかいう巨大なものの意思を、まるでそんなものが存在するかのようにアウトソーシングするなんていうことは、存在的危機だとしか思えません。社会という一個の機械、一頭の怪物を立ち上げ直そうとする試みじゃありませんか。リヴァイアサンの構築です」

しかも、とアラクネは自分の思考に締め上げられるようにして身をよじっていく。

「わたしたちが今向かおうとしている場所を考えて下さい。わたしたちは現実の向こう側へ出ようとしています。木っ端ＯＴＣとの戦闘が、宇宙奪回艦隊の戦闘に寄与できるとするなら、宇宙の向こう側へ顔を突き出すエゼキエルは一体何に利用されるんです」

「宇宙像の破壊とかかね。あるいは起源の破壊だとか」

アラクネは今や羽でできた渦と化しており、天国への門のような姿へと変貌している。

「ありそうなことです。それはまあよいとしましょう。リヴァイアサンが立ち上がり、ベヒーモスが蘇り、テトラグラマトンの率いるＯＴＣの軍団とハルマゲドンを戦い抜く。それが人間の編み上げるシナリオで、預言されていた結末であってもわたしは全く構いません。でももしかしてです」

朝戸の前でアラクネがゆっくりと開きはじめ、朝戸は文法的な混乱に見舞われる。

「この全ての糸を引いているかのように見える何者か、あたかも事態を制御しているかのように見せかけながら非在のまま存在しているように見せかけている何者かが、本質的に間違えていた場合は、一体何がどうなるんです」

今自分が見ているものを必死に解釈しようとする朝戸の耳に、馴染みのある響きに戻ったアラクネの声が届く。

「それはさておき、作戦地点に到着しました」

今や門としか見えなくなったアラクネが訊く。

「通りますか」とアラクネは訊ね、そして同時に「やめておきますか」と訊く。

6

角を曲がったクラビトは、自分が百の目を備えていることを知り、七本の首を振る。自分はまたこの自分にやってきたわけであり、それでもこれはいつものとおり、まだしつこく過去の自分と繋がっている同じ自分で、クラビトはそのことにもう、うんざりし切っている。クラビトは体を揺らすと、体枝《たいし》の先で鈴なりになっている眼球を器用に持ち上げ、道路の表示を確かめる。ペリスフィアの六番街と四十二番通りの角だ。通りを渡ればクラビトはまた違った自分に変化して、しかし何の違和感もなく、もとからそういうものだったのだと平気な顔で歩き続けることになるわけで、ペリスフィアはブロックごとに意識が跳ぶことが当たり前の街なのだ。ここでは自分の姿なんてものをいちいち気にするのは野暮とされており、自分とは何かなんて考え込むのは尚更だ。足を止めたクラビトは百個の眼球の表面を流れていく企業広告を眺めている。どこかの空間上に展開している光景を眼球が映しているわけではない。それらは個別に直接、眼球の上を流れていく、お一人様用、眼球一個ごとに対して誂えられた現実だ。一つの光景を無数の目が写すのではなく、無数の光景が瞬間瞬間、相互の矛盾なんてものはお構いなしに展開されているのがペリスフィアである。クラビトの今の姿は、このブロックの所有者が提供しているものにすぎず、ブロックを進めばまた別の企業がクラビトの姿をシームレスに実現する。ペリスフィアを支える実存技術、イグジステンス《E》・アズ《a》・ア《a》・サービス《S》の業界最大手、イグジステンス社のシェアは事実上百%であり、ペリスフィアの存在するこの島の各企業はイグジステンスの提供する基盤の上に摩天楼を築き上げている。クラビトがこのブロックに存在していられるのもその技術のおかげであり、企業はそのブロックで何かが存在し続けるのに必要な費用を負担する代償として、存在者を広告として利用することが可能だ。単に体の表面にテキストを流すだけということもあり、自社の提供するファッション、ライフスタイル、擬似記憶を強制してくることもある。色調がコーポレート・カラーに統一されることもあれば、様々奇想天外なモンスターの姿にされることもある。発想の奇抜さを競い合うペリスフィアの街区のうちでこのブロックは「自然な状態」を提供することで、最近のランキングの上位に入っている。このブロックに踏み込んだ者は、混じり気なし、化粧気なしの持って生まれた姿を晒すことになるというのが建前だ。各企業の提供する「理想の姿」に対して、その名もナチュラル社は、失われし自然の姿こそが至高であるという広告戦略に出た。

クラビトとしても自分の「自然な姿」がこの手のお伽噺に出てくる怪物めいたものだと

は予想していなかったのだが、ではどんな姿が自分の自然な姿かと問われるとわからなくなる。それはまあ、いっとう最初に生まれたときには、標準的なヒューマノイドの姿をしていただろうと思うのだが、無論記憶はないわけであり、ヒューマノイドとして生まれたからといって、自然とヒューマノイドに育つ必要なんてないのが今の宇宙だ。退転以降の生まれのクラビトにとって、姿形や機能はそのたびごとに付与されては切除されるオプションパーツにすぎないのであり、レンタルしたり売り飛ばしたり、借金のカタに持って行かれたりする資本であって、任務によっては今利用しているこの自我さえもオプションとして交換できる。再度利用する機会があれば、ああまたこの自我かと少し懐かしい気持ちにもなる。かといって別に、この体の方が自我に優越する自分自身というわけでもなくて、この組み合わせが、ある一つのクラビトという組み合わせだというだけだ。体に別の自我が載っていたなら、それは当然クラビトではなく、別の体に載ったこの自我もこの自分ではありえない。ナチュラル社保有のこのブロックは心身二元論を採用していないから、そんな組み合わせの考え方も無効なのだが。

通りの向こうで、一人の女性が手を振っている。クラビトの姿を認めた女性は横断歩道へ踏み出すと、クラビトがぼんやりと立ち尽くしているこのブロックへ渡ってくる。縁石に靴先を乗せたところで女性の髪が急速に伸びて背中に流れ、肌の色素がやや薄くなる。脚が伸び、マニキュアの色が緑に変わった。このブロックを運営する企業はこの女性の自然な姿なるものを、そう判断したということだ。最低限の化粧が施されている状態が、自然な姿ということらしい。いやそれとも、この人物は生まれつき、緑色の爪を持ち、知性化化粧を施されて生まれてきたということなのかも知れないと思う。かつてテラの一部に存在していたという真の自然状態は人間に耐えられるものではなかったという伝説がクラビトの脳裏をかすめた。それともこの女性は追加の費用を払って、用意された実存をさらに上書きしているのかも知れない。

「お待たせ」とクラビトと抱擁を交わしたその妻は言い、クラビトは改めて、ああこの女性は自分の妻だったなと思い出す。クラビトの対配偶者インタフェースが妻と素早くフリーメイソンの儀式めいたハンドシェイクを交わし、暗号鍵をやりとりし、フィンガープリントを確認し直し、互いの対人エージェントが互いをオ《O》ーバー・チ《T》ューリング・テ《T》ストにかけて、配偶者同士であると認証する。無意識に遂行されるこれらの過程で問題点は発見されず、クラビトは妻を、妻はクラビトを、これは別の法的人格であるかも知れないと想像する根拠を持たないことが示された。区別がつかないならば互いにとって妻は妻でクラビトはクラビトだと振る舞うしかない。

クラビトが「見違えたな」と口にしたのは、前回ここで会ったときの妻の姿は全然違ったものだったからで、自然な姿というのは、復元される恐竜の姿のように、日々変動していくらしい。クラビトの妻はクラビトの体角に巻きつけた腕をほどいて一歩下がり、

「今は何の任務」

と訊ねた。

「どうやっても」とクラビト。「しがない探偵業から抜け出せなくてね」と眉を寄せて記憶を探り、「いや、刑事だったかも」と首を振る。「とにかく今は、イグジステンス社に拘束されている」。どんな宇宙に自分を設定し直しても奇妙な事件に巻き込まれてしまう、というのが現在、クラビトの抱える二番目の悩みで、一番目は無論、妻とこれからどう接するかだ。

「どのブロックでの実存の話」と妻。

「三ブロック南」とクラビト。

「今日は、どのくらい時間がとれるの」と妻。

クラビトは、さて、と自分の体表、頭を天頂と考えた天球でいうところの蠍座《さそり》のあたりのポケットを叩いてクレジットの残高を確認する。自分が参加しているストーリーラインを停止させておくのに必要なクレジットを素早く計算し、せいぜい一時間というところかと目星をつけた。

「三十分ってとこかな」と妻には応えておくことにする。妻はすっと目を細めるに留め、それ以上は訊ねようとしなかった。

「いいわ。とっととすませましょう」妻はクラビトを置いて歩き出し、クラビトが傍らに突っ立ったままの消火栓から、西へ三軒先の店舗のドアを開ける。そのあとを追おうとしてクラビトはつまずき、今回の自然な自分の姿は二十四本目の脚を持っていることに気づいた。もう一度数え直して、二十五本目が生えかけていることを発見した。

二〇一四年五月四日、ペリスフィアのミッドタウン、ブライアント・パーク正面の書店で一人の女性が殺されなかった。被害者が殺されなかったことによりこの殺人事件は迷宮入りを果たすことになるのだが、というのもこの女性が殺害されなかった理由は不明のままとされたからである。皮肉なことに通常の殺人事件で動員されるよりも遥かに多くの捜査官が投入されたこの事件の調査において、この女性が死なずにすんだ理由は遂にわからなかった。同様に、殺されるような理由もわからなかったのも確かなのだが、何故かこの事件は人類未到達未解決事件簿の中で大きな位置を占めることになり、後代の作家たちに巨大な影響、主に創作の種を与えることになる。被害者にならなかった女性の証言でも、自分が殺されなかった理由はわからないとされており、この女性は奇妙なことに「殺されないでいることに興味があった」という言葉を残している。誘導尋問が疑われたのは、当時の警察の発表に同種の構文、「〜に興味があった」が多く見られたからである。調書においてこの非被害者は「自称女性A」と記されている。生存している以上、尊重すべきプライバシーがあるということらしく、女性についての情報は女性の死後、五十年が経たなければ開示されないということになった。死体となってしまえばその細部の構造までが公表されるにもかかわらず、生きているというそのことだけで、この女性は描写されることを免れたわけで、この点が後代に大きな論争を呼ぶことになる。この女性の非死に最初に目をつけたのは例によって軍部であるとされており、対ＯＴＣ戦役においてなりふり構っていられなくなっていた軍部は、女性の非死性に興味を抱いた。既に死や不死や否死を兵器へと転用することに成功していた軍部としては、非死にも兵器としての有効性、有用性を認めたわけだ。いわゆる非存在迷彩が人類の器量を超えていることは判明していたものの、この女性の非死性は対記述戦闘においてそれに準ずる効果を期待できた。行く手には切り拓いていかねばならない巨大な哲学的議論が横たわっていたにせよ。非死性をめぐり、「殺人事件が先か探偵小説が先か」と名づけられたこの命題は、登場人物たちは記述されてから死ぬのか、死んでから記述されるのかを問うことになり、哲学者や社会学者を巻き込んで、非死権力なる概念を生み出したりもすることになる。

記述されてから死ぬ派の主張はこうなる。いわゆる叙述兵器による登場人物の蘇りは今や日常的な技術である。「実は生きていた」型のトリックは枚挙に遑《いとま》がない。そこで、設問はこうなる。「一旦死んだ」という叙述が発生してから「実は生きていた」という叙述が登場するまで、その登場人物は生きているのか死んでいるのか。ごくごく常識的に考えて、それは決定できない問題とするしかないとこの派はする。特に当の登場人物たちにとってはそうである。「実は生きていた」のだからずっと生きていたというのは詭弁であり、結論を先取りしてしまっている。ストーリーラインがそこまで進行せずに中断されていたとするならば、その人物は死んだままとなったはずだからだ。こうして、あらかじめ生死を決定できない状態が存在しうる以上、その死は記述が行われたことによって確定されるのであって逆ではない。

対する、死んでから記述される派の主張はこうなる。ストーリーラインは現実ではない。ただ発生していく現象を漫然と散漫に手当たり次第に記述していくだけではストーリーなる現象は発生しないのであり、ストーリーは切り貼り編集、精緻な編み込みの結果として出現する。すなわち、殺人事件が存在することをあらかじめ念頭におかなければ、探偵小説は書きようがない。少なくとも多くの場合そうである。そうでなければ、探偵小説というものは、いつ起こるのか起こらないのかわからない殺人事件を切り株の横で待ち続ける者たちの話になってしまうことになる。あるいは、自分から積極的に殺人事件を起こしにいき、それを解決する者たちの話ということになるだろう。確かにその種のお話が存在していることも確かだが、それはあくまで例外である。つまり、死は確定しているのであり、まず存在していることに疑いはなく、それをもとに記述が行われるのだということになる。叙述トリックを用いる間、その登場人物が死んでいるか生きているかは定まらないという主張はナンセンスである。その人物が生きていることが先に確定していなければ叙述トリックものなど書きようがない。

　これに対する、記述が先派の反論はこうだ。意図がなければストーリーラインを展開できないというのは誤謬であり過大な一般化である。世の中には完結を目的とせずに継続されるストーリーラインが存在できるし、連載という形式では周囲を見回しながらストーリーラインを変更していくことも重要となる。つまり、当初は殺害される予定になっていた登場人物もまた生き残りうるし、死んだことにした人物をどうしても蘇らせなければならない事情が生じたりもする。記述が行われるまでその死は確定しないだけではなく、確定したあとであっても、それに見合った資本とエネルギーの投入により蘇りうる。そもそも現状において、ストーリーラインを編集する主体を措定することは妥当ではない。そのような超越的な視点を持つ者はこの宇宙の中にも外にも存在していないからであり、存在していたとしてもそれは神と名づけられたり、オ《O》ーバー・オ《O》ーバー・チ《T》ューリング・ク《C》リーチャ、もしくは単にインベーダーと呼ばれているものとなるはずであり、その意図は決して知られず、意図なるものを持つかどうかさえも不明である。「意図を知ることのできない相手が我々の生死を決定している」という文章に意味などはない。

　両派はその後も譲ることなく論争を継続したが、結局のところその哲学的帰結は対描写技術の実現において大きな役割を果たさなかった。理論と実装の進歩の間には先験的な順序関係が存在せず、互いに前後しながら、あるいは単独で進展していくことが可能だ。作中での死に興味がない者は、端《はな》から登場しないことが第一であり、非登場は非存在を意味していない。ここで描写されることがなかった書店、殺人現場となるはずだったのにならなかったその場所は存在しており、ただ叙述を免れただけである。そこには床があり、壁があり、本棚が並び、日時を指定してやれば、棚の最上段からはじめて、右から左へずらずらと書名を並べて挙げていくことだって勿論できる。ここでそうしないしできないのは、それらの存在が対記述戦闘における対描写迷彩を実行し、今も尚実行し続けている結果であり、こちら側の描写力と描写コストがその防壁と費用対効果を破ることができないからである。この非殺人事件を通じて、ペリスフィアは対OTC、対OOTC戦闘において「そこにあるのに記述されない」という防御手段を開発し、「実はそこにいた」と呼ばれることになる、移動、攻撃手段を開発することになった。この発明は軍部の思想に「実は勝っていた」「転進であり敗走ではない」といった種類の戦略を検討させることになり、戦術の大きな転換を促すことになるわけだが、この殺されることのなかった女性がどうやって、自分が登場人物となった場合に訪れる運命の死を知り、回避できたのかについての真相は未だ不明のままである。

このストーリーラインにおけるクラビトの妻は、いわゆるインベーダーであり、その事実がクラビトを悩ませている。このところクラビトが貯金をつぎ込み、むやみとストーリーラインをザッピングし続けているのも、妻がインベーダーであるという現実がもたらすストレスを緩和するためだ。妻の正体に気がつくまでは何の問題もなかったわけだから、別に構わないのではないかという意見は、他人事だから言えるものであって、クラビト当人としてはたまったものではない。

確かに妙なところの多い妻ではあった。ベッドに腰掛け、ぼんやりと虚空を見つめる姿をクラビトも何度か「母星と交信しているみたいだ」と表現したことがある。「そうよ」と妻は笑って応え、でもそれは、事実そうだったのだ。そのあとに「きれいだ」と続けた過去の自分をクラビトは心底馬鹿だと思う。なにか左右をよく間違えたり、ソースやドレッシングの蓋を閉められなかったり、ドアを閉めて歩くことができなかったり、ボタンをかけ違えたり、何もないところで蹴つまずいたり、縦の布団に斜めに寝たりよくしていた。結婚当初は微笑ましく映り、結婚後もたまにはかわいらしく思えることもあったそんな振る舞いも、今では別の幾何学に住んでいるインベーダーの不慣れな動きとしか見えなくなってしまった。ある夜不意にクラビトは、傍らで寝息を立てる自分の妻の首が百八十度回ってこちらを向いていることに気がついたのだ。そのまま首を一回転させた妻の顔をまじまじと彼は見つめ、そうして可能宇宙の中のどれかの自分がいつのまにか獲得していたOTTのプロトコルが、そういえば寝るときも落とす様子のない妻の化粧を貫通したことを悟った。妻は異形の存在だった。

別に今さらこんな宇宙でクラビトも、妻は人間でなければいけないとか、ヒューマノイドでなければならないとか、せめてエージェントくらいではあって欲しいとか贅沢を言うつもりはない。人語を喋るならば犬でもなんでも構わないというのがクラビトの持論で、心が通う相手であれば木石でさえ構わなかった。月光やそよ風といった種類の存在だろうと、それはそれで風流だろうと、クラビトのストライクゾーンはメガフットボールのゴール並には開かれていた。話せばわかる。

そんなクラビトでさえ全く想像していなかったことに、妻はインベーダーだった。少なくとも問いつめられた当人の名乗りではそうなる。そのインベーダーなる種はOTCの一種か、と問うたクラビトに妻は、「OTCは餌」と応え、クラビトはしばし沈黙した。存在の階梯が懸絶している存在が自分の妻だという事実に直面し、さすがに冷静ではいられなかったが、頭が痺れたようになって上手く働かない。降って湧く仕事の性質上、そうした超越存在たちが引き起こす、意味不明な、解説さえも困難な事件に日々巻き込まれ続けているクラビトとしては、せめて家庭だけは安らぎの場であって欲しかった。相手が超OTC級の存在であるということは、次の振る舞いが全く予想できないことを意味している。今妻が握る包丁が次の瞬間に一閃し自分の首を切り落としていてもおかしくはなく、それとも妻が自分の腕を急に沢庵のように輪切りにしていったって不思議ではなく、ひどいことにはそれは妻にとっては自然な愛情表現でさえありうるわけだ。クラビトの脳裏をファーストコンタクトもので起こりがちな事件のリストが滝のように流れ落ちた。

「あなた疲れているのよ」

と当初あくまでシラを切ろうとした妻は言い、クラビトにとってはその発言自体が、妻が異形のものであるという証拠に思えた。

「色んな奇妙な症状が知られているもの。人間というアーキテクチャは、自分は死んでいると信じ込んだり、自分は存在しないと信じ込んだりできるほどに柔軟にできている。自分はエージェントだと信じ込んだりする病気も珍しくはないのよ」と妻は続けて、クラビトにはその喋り方がますます作りもののように思えてならない。「見知った相手が他人にしか思えなくなるなんていうのも、今では平凡な症状なの。だってここは実際に、見知った相手が他人であることなんて当たり前な宇宙なんだから、不安になって当然だわ。どんな種類のテストをしても決して判定することはできない以上、何にも縋ることなしに気持ちの平安を保つのは難しい。それは現代人には生じて当然の症状なのよ」

妻はいつからこんな話し方だったのだろうとクラビトは心の中で首をひねる。最初からこうだったのだろうか。それとも自分のテスト、判定能力が拡張されたおかげで、妻の喋り方がおかしいと気づくことができるようになったのだろうか。

「いいわ」と妻が認めるまでには数週間が必要だった。「いいわ」と諦めたように妻は言い、「でもどうしてそんなことがそんなに重要なの」と訊ねた。「勿論あなたにとって真実が重要なのはわかってる。確かにわたしはインベーダー。わたしにとってはね。問題なのは、あなたには『自分が妻をインベーダーだと思い込む病気』にかかっていることと『実際に妻がインベーダーであること』の区別なんてつきようがないってこと。わかってる。あなたがどこかから持ち込んだその判定プロトコルとやらがわたしをインベーダーだって判定することは。でも、あなたにはそのプロトコルがどうやって動いているのかもわかってないじゃない。OTTっていうことは、そういうことなんだもの。あなたが理解しているのは、そのプロトコルが、インベーダーを判定するっていうことだけ。ほんの説明書くらいのものと、短い期間とはいえ一緒に過ごしてきた妻の言葉と、どちらを信じるのか、っていうことなの。そうして、どちらを信じるのが幸せなのかっていうこと。それに今となっては、わたしは自分がインベーダーだと認めてしまったわけだから、あなたは自分が『自分をインベーダーだと思っている妻』と『本当にインベーダーである妻』の区別もつかないんだっていう現実にも直面することになってしまったわけ。本当にそんなことを望んでいるの。今ならほんの冗談だって笑って済ませることができるのよ」

「でも君は」とクラビトは目を逸らし、「インベーダーなんだろう」

「そうよ」と妻はクラビトを見据えて応えた。「わたしはあなたたちがインベーダーと呼ぶことになる物。そうしてOTCからもインベーダーと呼ばれることになる存在。わたしたちと彼らの関係は捕食者と被食者で、それがひっくり返ることはない」

「それってつまり」ＯＴＣとまともに戦えるっていうことなのか、と身を乗り出したクラビトを妻は手で抑え、

「もうひとつ、言っておかないといけないことがあるの」と間を置いた。「わたしは」と躊躇い、「人間の言葉に直した場合にどちらかというと、ということなんだけれど」とためてみせた。

「インベーダーとしては男性型なの」


イグジステンス社の廊下を進む過去のクラビトを、クラビトの持つ百の目の一つが捉えている。それと同時にクラビトは、廊下を進むクラビト自身の目を通じて周囲を観察しており、両者が同じ現実に属するのか、別視点から見た同一の光景なのかが、絶えず幾何学に照らして検証されていく。現在のところイグジステンスの社屋は少数のパラメータと次元で設定できる程度の空間を採用しているようだった。廊下の行き詰まりからパパパパと軽い音が響き、Ｔ字路の右手からマシンガンを腰だめにした警備が後退してきて、左手へと消えていく。それを追いかけるように、一瞬、巨大な蟹の腕のようなものが伸び、引き戻された。帰り道では警備が爪の先につままれていたような気もするが、先ほどの何者かに決まっているから、あえて記録映像のフレームを確認する気は起こらなかった。さて自分は何をしていたのだろうかと、意識がどうも散漫だ。焦点が合わないなとクラビトは思

い、人称や時制が混乱している感覚を強く感じる。自分はスモーキー・ベイスンに所属する刑事で、EaaSによって実現された体験版の自分がこれで、なんとなく連続しているようないないような不可思議殺人事件を追っているのだと自分へ向けて言い聞かせる。第一の事件。アルゴンキン・クラスタにおける女性のバラバラ殺人事件。第二の事件。ウラジミル・アトラクタにおける女性絞殺事件。第三の事件。イグジステンス社会長（鵩）の脳梗塞での死去。第四の事件。アルゴンキン・クラスタにおけるλx.アルフレッド・x惨殺事件。第五の事件。ファランステールにおけるループ型女性殺人事件。第六の事件。#$%&!の#026における@殺人事件。第七の事件。連載中の小説内部におけるその小説のメンテナ殺人事件。第八の事件。ペリスフィアにおける女性非殺人事件。遂に連続殺人事件は、被害者が殺されないという段階にまで到達しており、クラビトの文法的混乱は極まっている。「Xが殺される」、「非Xが殺される」あたりまでは殺人事件としたってよいが、「Xが殺されない」もしくは「Xが非殺される」は文法的に殺人事件の範疇に入るのだろうか。クラビトは自分の思考が「『Xが殺される』が殺された」という文章を受理し、殺人事件として理解するようになっていることを実感する。複数のエージェントが警告を寄越し、現在はまだ第三の事件が進行中のところであり、第四、第五、第六の事件は露骨に未来に属する出来事であって、第七の事件はこのストーリーライン上での事件でさえなく、現実に起こるものなのかさえ不明であり、第八の事件はそれとはまた別のストーリーライン上のものであると知らせてくる。第七と第八に関する情報がどこから降って湧いたのか、クラビトのOTTは全力で稼働するものの皆目不明で、侵入の可能性が非常に高いというレポートだけが返される。第四から以降の事件でさえ、未来からの侵入を受けているのは間違いないのに、さらに事態はクラビトを取り残したままで進行中だ。壁に背中をつけてゆっくり進み、突き当たりの角へ到達したクラビトは、思案顔を浮かべたあとで、胸ポケットからボールペンを取り出してあちら側へ突き出してみる。上下に二、三度揺すってみせてボールペンの無事を確認、ポケットに戻し、手を胸に当てて呼吸を整え目を瞑り、頭を突き出そうとしてやめ、人差し指を伸ばそうとして、それもやっぱりやめておき、薬指を角の向こう側へと伸ばす。しばらくそうして無事な薬指の先を観察してから、大きく唾を一回呑み込み、思い切って廊下へ頭を突き出した。

　奥へと無表情に四角く続くトンネル状の廊下の壁には色水入りの水風船を二つ三つ、四つ五つとぶつけたように赤や緑の液体がしたたっており、深く抉られた爪痕が各所でささくれ立っている。ちょっと一人称視点シューティングゲームの舞台が思い浮かび、クラビトにはナイフの持ち合わせさえないわけだが、血溜まりの傍らに落ちている黒い板はどうも以前は概念的なサブマシンガンの表象であったものらしいと見当がつき、これは抵抗するだけ無駄な相手だ。しかし、実存技術の総本山であるイグジステンスの中枢に白昼堂々切り込んできてこれだけのことをやらかせる相手というのはなんなのか、と考えたクラビ

トの背中に、

「あなたは」

　という声がかかった。飛びすさりつつ振り向くと、そこにはただ壁が一枚あるだけであり、迫《せ》り出してくる壁により部屋からここまで歩いてきたはずの道がなくなっていて、そう疑問に思う間にもT字路だった空間は綺麗にただのI字路になっていく。退路を塞がれた形のクラビトが思わず壁を蹴り上げると再び、

「あなたは」と声が応えて、「何者なんです」といぶかしがる調子で問われた。

「スモーキー・ベイスンの」とクラビトは半ば馬鹿馬鹿しい気持ちになりつつ、「刑事だよ」。連続殺人事件の調査中である、と続けようかとも思ったが、壁に向かって自己紹介を続ける間抜けさに気づいてやめた。

「それはわかるのですが」と廊下を塞ぐ形で現れ、今は完全に同化をすませた様子の壁が言う。「それは、なんです」と質問に困惑をこめてくる。

「何って言われてもだな」とクラビトも困惑の度合いを深め、この間の抜けた会話をなんとかしようとするのだが、方向性が全く見えてきそうにない。睨み合いの形に入ったクラビトと壁の沈黙を壁が破った。

「その、なんですか、あなたの背後に広がる、ある朝目覚めると自分は刑事だった的なものは、人類が言うところのいわゆる前世みたいなものですか」

クラビトは半ば反射的に自分の前世を記憶の中に検索しかけた情報処理過程をねじ曲げて、

「お前さんの方こそ何なんだ」

と問う。壁はちょっと間を置いてみせてから、これは意外な発見だとでも言いたげに、

「壁ですね」と応えた。「名乗る程のものではありません。ただのこそ泥です。ここの実存技術が必要になったので頂きに上がったわけです。アルゴンキン・クラスタでお茶会をするのに必要な技術なのです」

今ひとつ意味のとれない台詞にクラビトは瞬きを二つしてみせてから首を左に回して、今は廊下の汚れになっている先ほどまでは実存だったものたちを眺めた。この有様をもたらした行為を、こそ泥とは呼ばないのではないか。壁は続けて、

「ああ、なるほど」と言ってから、「こう言う方が通りはよいかも知れません。わたしはあなたが次に調べることになる、第四の事件の仮の犯人になることになっていますね。まだ経緯はわかりませんけど」

クラビトは今度は首を右に回し直して、スプラッターシューティングゲームの舞台と化している廊下の惨状に眉をひそめた。

「お前さんを勾留するのは無理そうだな」と肩をすくめる。どのみちまだ起こっていない事件の犯人を自供だけで逮捕するというのは無茶だ。更生の余地だってあるかも知れない。

「できれば連続殺人事件なんてものを起こしている理由や動機を聞いておきたいんだが」

壁はしばし沈黙してから、まるで揺り起こされた子供のように壁面を揺すってみせると、

「ああ」と改めてクラビトを認識したような口調で応えた。「その一連の殺人事件でわたしが関与したのはその一件だけです。連続殺人事件にしては妙ですけれど」

「これは」と問うように左右に視線を投げるクラビトに、壁は自信をこめて断言する。

「あなたが先ほどから気にしているこの光景は、いわゆる殺人事件には分類されません。これはイグジステンスが開発した、簡易の登場人物システムにすぎないからです。実在する人物を登場人物に変換する機構と言っても構わないでしょう。お話の中でいかに殺戮が行われようと犯罪が実施されようと、責任を問われるのはその中だけです。だってそれはお話ですから。たとえ罪になるとしても、登場人物が登場人物を殺すのと、作者が登場人物を殺すのと、どちらの罪が重いと思います。作者が、登場人物を殺した罪を別の登場人物に負わせるつもりなら、その登場人物に犯罪を構成し責任を負うだけの能力を有すると認めているということになるわけで、何故作者はそれだけの自律性を備えた存在を、登場人物として扱うことができるわけですか」

「自分が今その登場人物じゃなければ賛同するかも知れない見解だがね」

「起こりうるのは、備品損壊に対する賠償についての、イグジステンス対わたしの訴訟くらいのものです」

クラビトは、壁が「もし壁がこの場でクラビトを殺したとしても」という前段を省いたことは無視することにした。壁はオーバーフロー気味のクラビトからの質問を待ち、特に目立った応答が現れないのを確認してから、

「それでは、わたしの質問に戻らせてもらいます。その、あなたが今存在してこちらを見ている、その場所は一体何なんですか。人類のいうところのいわゆる涅槃みたいなものですか」

「今存在しているのはここだよ」とクラビトは言い、「本当の俺がいるのはスモーキー・ベイスンの小汚い俺の机だけどな」と言う。

「違います」と壁は言い、「あなたは、今、あなたではありません。そこまではわかります」と降神者のようなことを言ってのけ、「今その台詞を喋らせているのはあなたではない。あなたはわたしに気がつかれたことに気がついて、わざとそんな口調で喋らされているんです。この、あなた、は何者なんです」

「言っている意味がわからない」

「あなたにはわからないのはわかっています。でもそれは関係ないのです。自分でも意味のわからないことを喋ったりすることはあるでしょう。それが別人の言葉だからです。わたしが話しかけているのはあなたではなく、あなたの向こうの、いえ、手前の、なんだかよくわかりませんが、あっちの方のあなたにです。あなたにはわからなくとも、先方には

このメッセージが伝わっていることは間違いないですからよいのです。こそ泥にきて、面白いものを見ることができました。あなたの存在は、わたしに今、こういう問いを投げかけているわけです」

壁がもったいぶって置いた間をクラビトは無視する。壁はつまらなそうに、

「その問いとはこうです。『ストーリーライン中最強の登場人物』と『ストーリーライン外の平凡な登場人物』はどちらが強いのか、と」

「そりゃあ」とクラビト。「ストーリーライン外の登場人物なんじゃないの」

「それは」と壁は身を硬くしてみせ、「あなたというストーリーライン外宇宙の存在からの、あなたのその目の向こうにいるあなたからの宣戦布告ととって宜しいですか」

「単なる個人的な見解だよ」

壁はそのまま押し黙り、そうして「わかりました」と言う。「あなたとお会いできたことは大変有意義でした。そのお礼と言ってはなんですが、現在わたしが保有している最新鋭のOTTプロトコルを提供しましょう。嫌といっても駄目です」

クラビトは突然目の一つに突き刺すような痛みを感じ、そうして目を覚ますとそこは夜であり、汗が額を伝い頬へと流れ落ちており、ぼんやりと二本の腕を、二本しかない両腕を顔の前に持ち上げて観察しており、脚も無論そこには二本しかなく、息は荒く熱く、ベッドの上に半身を起こした姿で、パジャマにはぐっしょりと寝汗が染み込んでおり、傍ら

には柔らかく大きな白い枕に頭部を埋める妻の姿があり、その首は天井を向いていて、頬には短い髪がかかっており、月光が、ここには月光が必要だと思うクラビトの意識に応じてカーテンは開いていたことになり、月光が妻の寝顔を照らし、最初からそうだったとしか考えようがなくなったという事実に、クラビトはもう気がつけない。妻の首がほんのわずかに右に振れ、そうして盛大に左に回って、一回転する。クラビトは自分の顔を両手で覆い、右目の上側の睫毛が一本、長く強く伸びていることに気がつく。軽く引っ張ってみて、その睫毛が自分と深く結びつけられた何かであって、こいつを抜くと自分の魂的なものも抜けてしまう、あるいはセーターみたいにほつれてしまうことが何故かわかった。自分はとクラビトは思う。自分はほんの一本の糸で、一次元の連なりにすぎず、自分の形に編み上げられている、編みぐるみのようなものなのかも知れず、今その一本の糸の一端がこうしてアンテナのようにクラビトから突き出している——

　自分たちの種においても、性はおおむね二つである、とSF的な解説をはじめた妻の話を、クラビトは過去の同じこの店で、アイスティーをすすりながら聞いている。自分の睫毛をすかしてみると、妻は明らかに異形の存在にしか見えないのだが、右目を瞑ると、そこにはごくごく平凡な古典的ヒューマノイドがいるだけである。右目で見ると妻は今現在のクラビトよりも一層難儀な形をしており、両目で見るとそれらの像が重なって、ちょっと目眩《めまい》を引き起こされる。右目と左目から得られる情報の統合を、脳はどうやら拒否するらしい。

「わたしたちは細胞からできているわけではないけど、配偶子を作らなければいけないのは同じ。わたしが自分を男性型だって言うのは、小さい方の配偶子をつくる性だからって以上の意味はないから、もし何かを深刻に考えているなら、あまり気にしないで欲しいんだけど」

クラビトはストローから口を離して目を上げたが、「深刻」という言葉の意味を見失って視線を下げた。頭の中を整理してからもう一度顔を上げて訊ねた。

「君は――なんだ」

「何って、だから、インベーダー」妻は語尾を上げ、疑問形にしながら応える。

「それはつまり――文字どおり、侵略者とか侵入者っていう意味でいいのか」

「そう、まあ、そういうことにはなるけれど」妻は言葉を選ぶ様子で、胸の前で人差し指をさまよわせ、「単に、この宇宙に入り込んでいるだけで、別にあなたたちにとって敵対的な存在じゃない。人類を捕食しようとしているわけでもないし」

「ＯＴＣとは敵対している」

「そうね。結果的にそうなるっていうだけだけど。ＯＴＣとあなたたちが呼んでいるもの自体に恨みがあるわけじゃないんだけど、あなたたちだって恨みが理由で他の生き物や概念や可能性を消費しているわけでもないでしょう」

「何故、僕の前に現れたんだ。いや、君みたいな存在が一体きりであるはずがないし、これが僕にだけ起こっている現象なんかであるはずがない」

妻は鼻の穴から溜息代替物を吹き出し、

「もう少し登場人物としての自信を持ってもいいと思うけど。あなたのそういうところはあんまり好きじゃない。登場人物が、誰であっても構わない、誰ととりかえてもいい人物でなければならない必要なんてないし、自分には偶然や奇跡なんて決して起こらないと知っていて実際に起こることがない現代人である必要なんてない。登場人物なんだから、ストーリーラインに貢献するためなら、自分が持っていたことなんて知らなかった特殊能力を発揮したって構わないし、突飛な展開を疑問も持たずに受け入れたっていい。むしろそれを有効に利用するべき」

「まあ、君がインベーダーだとして」

「インベーダーよ」

「こう、あるだろう、何か。目的とか」

「そうね」と妻は、探るような視線をクラビトに向ける。「インベーダーがここに侵入してきた理由は、餌のにおいに引きつけられたから」

クラビトの脳裏に、この街の人間たちを追いかけまくり食い散らかしていく、イグジステンス社屋で目撃した蟹、みたいなものが思い浮かぶ。しかも群れで。

「わたしたちの餌は」と妻。「アイディア」

クラビトは指先でとっていたリズムを止め、早目にして再開した。

「概念喰らいか。それはなにかあれか、ここまでの人類の存在は肥育期間として生かされてきて、概念的に充分奇妙なアイディアを生産できる段階に到達したから、そこから生み出されるアイディアを刈り取りにきたとかそういうことかな」

「近いわ」と妻は微笑む。「確かに、現実宇宙からの退転後、ここまで無茶苦茶な宇宙を虚空に浮かべ、想像し、ストーリーラインの慣性を利用して自分たちは生存を続けていると信じ込むなんていう離れ業を演じるようになったことは評価できるわね」。首を回して、ガラス張りの入り口から見える通りと人ごみ、摩天楼の根元に目を細める。

「でも、あなたが言ったような意味で近いわけじゃない。わたしたちは、先進的な概念を消費するわけじゃない。わたしたちが捕食するのは正に、さっきあなたが言ったような、陳腐で定型的なひたすら繰り返されてきた想像や設定。真新しいふりをすることにだけ卓越した、古い者ども。そういう意味で、わたしたちはスカベンジャーズなの。設定がアップデートされない種族、自分の青春時代の流行思想から離れられない種族、自分が子供の頃夢見た科学以外の科学のあり方を認められない種族、ジャンルを固定する種族、未来に起きる事件より、過去に起こった事件の方が多くなった種族、どこかに閉じこもったままの種族、その支援種族、それらを漁り、喰らう者よ」

「ОＴＣには、人類よりよっぽど独自性があると思うけどな」

妻は笑って首を傾け、

「『人類の理解を超えた侵略者』に独自性」

「それは君だって同じだろ」

「それはそうね」と妻は笑い、「それで離婚交渉なんだけど」と椅子に背中を預け、机の上で両掌を天井を向けて広げた。「受け入れるわ」

「ふむ」とクラビトは拍子抜けしつつも罠を疑う。

「でも」と言いつつ身を起こすと、天板に両肘をつき直し、揃えた掌の上に顎を乗せた妻に気圧され身を引いた。「もう一点だけ、聞いて欲しいことがあるの」

頷くクラビトに向け、妻がにこやかに語りかける。

「わたし、妊娠してるの」

「ふむ」とクラビトは目を逸らすと、逆さまにくわえるべき煙草を探して獅子座方向のポケットを体の内部から叩き、稼いだ時間で気持ちを落ち着けてから訊ねた。

「君は男性型だと聞いた記憶があるんだが」

「そうよ」と妻。

「わたしは、小さい方の配偶子を生産するという意味で、あなたたちの言葉で言うところの男性型。つまり生まれてくるこの子は」と平たいままの腹部をさする。

「あなたたちにとっては個体でも、わたしたちの種族にとっては、配偶子なの」

7

頭の横にカラフルなバーが帯状に並び、水平方向へ伸びていく。アラクネが、

「上から、ヒットポイント、マジックポイント、スタミナポイント、ライフポイント、永久不滅ポイント、Tポイント……」

と解説していく。層宇宙の向こう側行きアラクネ方面を朝戸は振り返るが、姿は見えない。腕の長さほどに伸びて浮かぶステータスバーはそれぞれ、視点から遠い端の方から赤くなったり、全体が急に緑色になってはまた戻ったりとめまぐるしい。

「さて、ようやく」とアラクネは言い、

「ストーリーの最前線に到着しました」

と、こともなげに告げて続けた。

「ヒットポイントとマジックポイントの解説はよいでしょう。大体想像どおりのものです。スタミナポイントは行動のたびに減少していき、ゼロになると障害物を乗り越えられなくなったりします。ライフポイントはおおまかに、あなたを構成するスレッド人格たちの残

量です。永久不滅ポイントは……」

「で、これは何」と解説を遮る朝戸。

「現実宇宙の向こう側、既知宇宙の向こう側、OTCたちの完全支配領域、このストーリーラインの先端部が切り開きつつある現場ですね」

ステータスバーと一本の白い歯だけが輝く何もない宇宙の中で、誰でもない朝戸が話す。

「何もないぞ」

「それはまあ」とアラクネ。「人類にとってのお話の進行速度を超えた向こう側までやってきたのだから仕方ありません。まだ何がどう記されるのか確定されていない領域ですから」

朝戸はステータスバーの色が激しく変化を繰り返しているのを観察しながら、麻痺状態は何色で、毒状態は何色なのかを考えている。ライフポイントとやらががくがくと激しく振動しているのは気にしないことにして、視野に自分の鼻やヴィジョンが映り込んでいないことを確認する。

「自分さえ存在しないっていうのは、一人称の維持に問題があるんじゃないの。非存在迷彩の存在可否とかについて話してたのは何だったわけ」と、最早あまり存在しなくなっている朝戸がぼやく。予想よりもそう悪くない感じではある。

「別にあなたは、肉体の同一性を自分の同一性と考えるタイプじゃないでしょう。まあ現状は、あなたを、あなたという形で維持するために」とアラクネ。「あなたの可能性を片っ端から使いつぶして燃料代わりにしています。危険な技術ですけれど。ありそうな状況を片っ端からつぶしていけば、最後にはありえない状況が残り、自分はそのありえない状態としてしか存在できないという道理ですね。言葉を無理矢理に拡張しながら意味のない文章に片っ端から、あなたという意味を上書きしているようなものです。気をつけて下さい」

気をつけて、と言われても困る、と思う。アラクネが使いつぶしている、というのは朝戸にとっての定型的な人生だったり、ありきたりな日常だったり、毎日同じ顔をしている通勤路だったりの平凡な日々、凡庸な筋書きというやつだろう。困るな、という意識に不意に現実が追いついて、自分の足元が可視化されたことに気がつく。そこは基地内の一室であり、傍らにアラクネの姿が見える。朝戸はその前で間抜けに口をあけており、口をあけているのが朝戸だった。それが自分だという自覚が押し寄せ、視線が前後を反転させるように入れ替わり、目の前に覆い被さるようにアラクネが見え、その向こうにこちらを見つめる自分が見える。と、その意識は不意に遠のき、朝戸はその時間から引き離されてまた自分の姿は見えなくなった。

「すみません、状況の維持が安定しません。一時的にストーリーラインに追いつかれました」と再び空白に戻った宇宙でアラクネが言う。「現状は、そうですね、同心球状に広がりつつある大爆発の波面から全力で脱出中の車なり飛行機なり宇宙船なりを想像してもらえるとよいでしょう。その波面がそれぞれに進行中のストーリーラインです。というか、物語面《ストーリープレーン》ですか。物語超平面の方が適切かも知れません。ともかくも、気を抜くとすぐに追いつかれてしまいます」

そう言われると確かに、何か透明な膜のようなものが、多重のシャボン玉のようなものが虚空を食い破るようにして急速に拡大しながらこちらへ迫るのが見えているような気がしてくる。確かに見える。何かが見えてきたことで目を凝らす取っかかりが生じ、目を起点に神経が伸び、結び目をつくるように脳が生じて、朝戸は自分を構成する組織が成長する姿を眺めている。こうして構築されていく視点が平行宇宙規模の暗闇に浮かび、横では真白く光る奥歯が受け取り手のいないデータを収集している。拡大中の宇宙を表すらしいシャボン玉は輝きを増し、どんどん薄く張りつめていくガラス玉のように膨らんでいく。

朝戸は自分の思考が萎縮していくのを感じ、それを恐怖なのだろうと思う。この頭が目の前に展開する光景を綺麗だなと考えて美という概念を捏造するのを観察している。自分がここにいないせいでそれを見ることができないのを残念に思い、その美しさを表現する言葉をまだ持たないことにもどかしさを少し覚えた。

「このバージョンのイドモンではこの程度が限界です」とアラクネ。戦技研の開発した人類未到状態マークアップ言語の力はこの程度ということらしい。非存在を視点としながら、入り組んだ否定やありえない文章を手軽に構築するために特化された言語だが、あくまでも通常の現実世界での利用を睨んで設計されたものだから、現状は荷が勝ちすぎている。

爆発的に広がり続ける同心球の鉛直方向への脱出ベクトルである自分、という自己認識でようやく自分を安定させた朝戸が問う。

「これは――」と朝戸は息を呑み込み、「自然現象なのか」

「自然という言葉の意味次第ですね」とアラクネ。「存在するあらゆるものは自然です。いえ、まあ、ＯＴＣはそれほど自然な存在ではありませんし、EaaSなんかは露骨に自然な存在ではありませんけれど。少なくとも人間に観測されたＯＴＣは自然物ですし、自分は存在すると信じる間のEaaSによって構築された存在も自然物です。存在は自然なことです。自然現象が生まれた仕組みは自然現象かと訊かれると、そうだとしか応えようがありませんし、ストーリーラインは自然物かと言われると、まあそうでしょう。未だに自然物に留まっている、と言った方がいいかも知れません。あなたたちはこれだけ言葉を乱し続けてきてなお、自然ではない現象を表現するまともな言葉を持たないからです。超自然現象だって起こってしまえば自然現象ですし、そもそも超自然現象なんていう言葉が存在するのは人類が怠慢だからです」

アラクネの言葉を聞き流して朝戸は訊ねる。

「この物語面とかいう薄膜上に広がる色収差が――」

「そのニュートン環状の構造物が、人類の呼ぶところの宇宙間の干渉ですね」とアラクネ。

「本当に存在しているわけではありません。でも、そこにあるかのように見えます。幻世《マーヤー》です。レンズにとっては邪魔者ですから現像の際にソフトウェアで矯正するのが一般的です。あなたがたが存在と思っているものの多くは、偽色やモアレのようなものだとも言えます」

「OTCは法則自体を改修して、宇宙を覗くレンズの精度を上げようとしてるだけってことなのか」

「あなたのヴィジョンでは」とアラクネ。「そうなのかも知れませんね」

高次元球の表面を宇宙が流れ渦を巻き、七色に彩られながら色を乗り継ぎ、可視光と不可視光の境界層をまたいでダンスする。見慣れてくると単調な光景でもあり、美しくこそあるものの、現実宇宙の持つ輝きからはほど遠いものにも思えてくる。大規模な抽象物より、具体的な一枚の葉が強く存在を主張する理由は何かと考える。ドラッグ中毒者の体験が本人にとっては至高であっても、他人からしてみれば薄っぺらいものにすぎないのと似たようなものかと思う。単に自分がこの宇宙の美しさを解説する器官を持っていないだけという公算は大きい。

「これもまだ」と朝戸。「こういう宇宙、という意味でいつものフィールドなんだろう」

「そうですよ」とアラクネ。「そうでなければわたしたちがこうやってのこのこと進出できるわけがありません。無理矢理に無茶苦茶に滅茶滅茶に言葉を変化させ、構文を乱し、文脈を無視し、ストーリーラインを破壊して焚きつけにして尚、この程度の場所にやってくるのがやっとです」

「この広がりは――」

「空間的な広がりなのか、時間的な広がりなのかっていうことですか。これはジオ・フォーミングではありません。手短かに言えば、法則的な広がりです。法則空間です。いわゆる物理的な時空ではなく、数学的な意味での空間という言葉の使い方ですが、数学には拘束されていません。一点一点が何らかの自然法則を備えた宇宙であり、OTCが拡張中、開拓中の空間です。いわゆる物理的な時空、仮想的な時空はこの空間においてはただの一点にすぎません。銀河自体も。それを含む宇宙全体も」

「この空間が可能性そのもので、中心から外へ向けて爆発的に時間が広がっていくっていう図なのかと思った」

「ある程度正しい比喩ですが、間違ってもいます。このシャボン玉の中心点がビッグバンで、球面はその一点から広がり続けている瞬間瞬間の宇宙の姿を表しているというのは違います。エントロピーの増大方向が時間の向きだという考え方がありますね。ここでは法則の増大方向が時間的な向きであるという意味で、その比喩は的を射ています」

朝戸は頭を整理しながら、

「この拡大中の」それがどこかは定かではないなりに足元に迫る宇宙面を見つめて言う。

「球面の進行方向を逆転すると、一点になるということでいいのかな」

「零点での揺らぎの問題はありますが、そうなります」

「この宇宙はそこからはじまった」

「拡大がはじまっただけです。点の起源と空間の起源は全然違う話です」

「まあ細かいことは措いておいてだ」と朝戸。「要するにあれが」

透明に重なる同心球の中心、青い針穴のような輝点を見つめる。「テラなのか」

爆発の起点に置かれた、第何次かの退転の開始地点。可能性の中のほんの小さな一点にすぎないくせに、既知宇宙規模の大きさを持つ。人類はそこからにゅるにゅるとこちら側へ進出してきて、OTCなる存在と遭遇することになった。抽象的な地図の上では。

「テラそのものなのか、テラへの通路なのかと言われるとどちらかわかりませんが——いえ、正確には」とアラクネ。言葉が中断されて気配が途絶える。フィルムを繋ぎ替えるような一瞬を挟み、

「お出迎えです」

と、やや緊張気味の声が続いた。「周辺可能宙域に」とアラクネが珍しく言葉に詰まる。

「こういう場合、なんと呼ぶのが適切ですか。高エネルギー反応でしたっけ、転移領域でしたっけ。どのくらい専門的に定義しておきましょうか。適切な描写のためには一テラバ

イト級の単語を三ダースほど用意したいのですが」

漆黒の虚空に、点々と針穴が開いていく光景を朝戸は呆然と眺めている。プラネタリウムの中に閉じこめられ、外から星空をあけられているようなものだろうか。先ほどまで自分が人類の故郷だと認識していた、虚空にあいた一点の穴を見つめる。頭を巡らせ、明るさを増していく虚空を眺める。ぷつぷつと穴の数は増えていき、天の川のような帯を形成し、それぞれの針穴の先から、透明な雫《しずく》、完全な球体が成長していく。先ほどまで、あれが起源だと考えていた点がどれかはもうわからない。

「まあ」と朝戸が言う。「『ワープアウト』だろ。こういうときの表現は」

「周辺可能宙域に」とアラクネが言う。「本当にそれでいいんですか。状況に比してかなり間抜けな響きですが」

「いいよ、他に思いつかない」

わかりました、とアラクネが引き取り、緊張気味の声で告げる。

「周辺可能宙域に未確認反応多数。何者かがワープアウトしてきます」

ゆっくりと成長した無数の球体が動きを止めて息を呑み、そうして、全てが同時にはじけた。無音が咆哮し、それぞれを中心とした球面が急速に展開される。

「回避は、無理ですね」と淡々とアラクネが言う。

拡大していく球面たちが次々と点で接触するやすり抜けあい、それぞれの表面に高次元球同士の交点として形成される高次元球体で構成される波紋を形成していく。球面の上の波紋同士がさらに衝突しあい、一次元低い球面上に次々とまた球面を生み出して次元の階梯を下りて行き、衝突し合うゼロ次元球体が輝点となって消滅すると同時に新たな球面の起点となって、相互作用をどんどん入り組ませていく。

がすり、と重い音が響いて、朝戸は自分が何かの、どこかの、異なる宇宙起源のストーリーラインの直撃を受けたことを知る。アラクネのシグナルが遠くなる。遠くなっていくのは自分の意識なのだと気がつく。

遠くなっていくのはあの夏の日なのだと気づき、蘇るのはあの夏の日なのだと気づく。そこには一人の、まだ人類に属する娘が立っており、それは朝戸の知り合いで、友人ではなく、恋人ではない。朝戸はまだ高校生で中学生で小学生にまで遡り、その娘を認識する。認識しない。その頃はまだ、その娘のことをその娘だとは認識していないからだ。はじめて見かけたのは小学校の砂場だったか、学校に通う道だったたか。朝戸はあらかじめ小学校に上がる年齢で生み出されたから、それ以前ということはありえなかった。あるときふと、ぷかりと生まれる。エージェントとはそういうものだ。かつてはそういうものだった。関係性に風を通すインタフェースで、機械的な操作が擬人化されたものであり、人としての命があるかのように振る舞い、それからまた御丁寧に再擬物化を施される存在だ。

本当は緻密な計画の下に構築される。でもそれは本人の実感ではない。あるときどこかに立っている自分をみつけ、過去からの流れに連なる者として認識する。エージェントとはそういうものだ。朝戸の場合はたまたま、徒競走の最中に生まれ落ちた。自分が移動していることを知り、それが脚による機動なのだと知り、自分には小柄な体が備わっていることを知った。つまずくどころか体がぶれることさえなしに、そのままゴールのテープを切った。クラスメイトたちの顔と名前を知っていた。同じ学年の、同じ学校の子供たちの顔と名前も知っている。このアトラクタの住人たちの顔と名前を知っており、自分の血筋とストーリーライン上のその役割を理解していた。

ほんの何年か前のことなのに、と思う。ほんの何年かの間に、何年かという思考様式自体が旧式のものになってしまって、今や回想さえも覚束ない。あの頃はまだ人類とエージェントの間にははっきりとした境界があり、人類とエージェントは交雑することさえ不可能だった。物語的に、言語的に許されないという理由によって。

南緒といった。

朝戸はその名を思い出す。榎室南緒といったのだった。中学校に上がる頃には、朝戸は南緒を個体として認識しており、南緒の方でも認識されていることに気がついていた。はじめて会話を交わしたのは高校生になってからだ。互いに関係を拒絶し続けていることがむしろ不自然になり、それ以上無駄な意味を引き込むことを避けるためには会話を交わす以外になかった。

　全てをラブストーリーに巻き込んで行くという自分の能力を朝戸は、呪われたものだと考えており、南緒はこの世に呪いが存在することを呪う種類の特性を備えていた。

「駄目なんだ」とある日朝戸は言い、「駄目なんだって言うだけでも駄目なんだ」と言った。

「わかってる」と南緒は応え、「いや、わかんない」と応えた。そうして、「やっぱり駄目だね」と続けた。

「状況が」と南緒が言う。「場所と時間が悪いんだよ」。なんとか笑い飛ばしてしまおうとして言う。夕日の差し込む夏の日の教室で南緒がそう言い、蟬の声が追いかける。整然と並んだ机の一つに凭《もた》れ、教卓に寄りかかっている朝戸を見ている。校庭からは野球部の金属バットの音が響き、グラウンドのフェンスの向こうには土手が伸び、ひまわりが黄色い雲のように揺れている。土手の上には二人乗りで進む自転車の姿が見えた。

「これ、わざとやってんの」と南緒。夏休みの夕暮れ時の教室で、気がつくと二人きりになっていたなんていう状況をどうやってつくったのかと訊ねている。

「違う」と朝戸。「勝手にこうなるんだ。それが恋愛特化型のエージェントとしての能力だ。ストーリーラインをねじ曲げる力だ。自分でも回避できない」

「ふうん」と南緒。胸に手を当て、「やっぱり駄目だ」と言う。「何を言っても駄目になるね」と言う。

「駄目になるんだ」と朝戸は言う。

「本当に、駄目になっちゃいそうだね」と南緒は言い、

「駄目になっちゃ駄目だ」と朝戸が言い、「駄目にならないでくれ」と言う。「頼む」と言う。

「やってはみるけど」と南緒は言った。こうしてやってみてはいるけれど、と。

ほんの数年前の出来事であり、そこにいるのはこの自分と繋がる自分であるはずなのに、まるで他人の出来事のような、古い映画のシーンのようにしか感じられない。


縁側が伸び、突き当たりには桜の花が咲き乱れ、朝戸は庭先の飛び石の上に立っている。木造で瓦葺《かわらぶ》きの屋敷の角の部屋には、老婆が一人座っている。

「また、きたのかい」と言う。いつきたのだったかと朝戸は思い、そう、南緒と一緒にきたことがあったのだと思い出す。自分たちの過去を因縁を、同じことだが未来の行方を書き換える方法を訊ねにやってきて、ただ茶を馳走になって帰った。今日は一人で、南緒には言わずにやってきた。

「あんたは、素性を見分けやすくていい」と老婆が笑う。「昨今は、じかに情報を分けた孫娘でも見分けがつきにくくてね」そう言いながら、左の腕をねぎらうようにさすってい

る。「無数の系譜と骨がらみの榎室の家は性質上、どうしても欺瞞工作につけ込まれやすい。難儀なことだよ。その点あんたは輪郭がはっきりとしているのがいいね」

「どのへんが」目立つのか、と朝戸。

「形でわかるよ」と老婆。「いかにも朝戸の末裔だ。ストーリーラインの操作に特化したエージェントで、他の支族とは異なる選択をした。スマート・マテリアルを人為的に生産することができるというのが、お前の支族のオリジナルの主張だった。『情報的に、物質を生成できる』というわけだ」老婆は身動きもせずに言って続けた。「『情報的に、魂を生成できる』と言ってもいいがね」。指を持ち上げ、「光あれ」と言う。

「今ではただのしがない恋愛特化型エージェントの末裔ですよ」

ふん、と老婆は鼻で笑って、「それならその能力を磨き直した方がいいね」と言う。「だって今このときに、お前はわたしを色恋沙汰に引き込めていないわけだから。朝戸の家の能力は、相手が婆さんだから発揮されないなんて上品なものじゃあないよ」

「それはあなたの」と朝戸。「知識拡散用の賢者エージェントとしての能力が、ラブストーリー特化エージェントとしての僕の能力を圧倒しているからでしょう。あなたはイザナミ・システムの設計責任者だった。このストーリーの起点を定めた人で、今も動かしている」

老婆は一つ大きく息を吐き、「朝戸のオリジナルが聞いたら嘆くだろうな」と語調を変えた。「朝戸はOTC侵攻時のテラからの退転、生き残りの者たちのデータ化以降も、自分をただの登場人物だとは決して認めようとしなかった。虚空で展開していくだけのただのデータなのだとはね。その証拠として、自らスマート・マテリアルを生み出すことができるはずだと主張した。スマート・マテリアルとは一体何だと思うかね」

「賢者の石」そっけなく朝戸は応え、続けて唱えた。「普遍の鍵。アゾート。龍玉。奇跡の源。願望機械。存在の耐えられない軽さ。聖遺物。不可能から可能への転換装置」

「それとも」と老婆。

「僕たちを僕たちとしている物質的特性」と朝戸。

「それとも、あんたとわたしを別々の登場人物と観測させる物、でもある。わたしたちが真実存在しているかどうかにかかわりなく、存在しているかのように扱うことを余儀なくさせるもの。朝戸の家はスマート・マテリアルを積極的に生産することでOTCを打ち破り、現実宇宙を取り戻そうとする計画を進めた一族だった」

「そんなことは不可能でしょう」

老婆は朝戸を無視して続ける。

「キリスト砲弾はその研究の派生物にすぎない。奇跡は組織培養可能で、ストーリーは制御可能で、登場人物たちはまるで生きているかのように活動可能だ。ただのデータに与えられたものとしては過分な奇跡と言える。お前に勘違いがあるとすれば、わたしを造物主や創世主のように考えているところだ。それは真実の一部だが、わたしはあくまで基盤を整備しただけにすぎない。登記簿のフォーマットを定めることと、そこに書き込むことは違う。書類を書き換えることができる機械が歴史を制御できるわけではないし、朝戸の家は最初から恋愛特化エージェントだったわけではない」

「この有様なのに」と朝戸は自嘲しながら力なく両手を広げてみせる。

「初代の朝戸は、ストーリーを選択したにすぎない。ストーリーを進行し、引きずり回す上で有利だという理由で、ラブストーリーを選択したにすぎない。あるいは移入を呼び込むためにだ。感情を移入させることにより、我々は存在の手掛かりを得る。捨て去ることのできない紙切れになり、踏むことのできない図像になって命を得る。口伝《くちづ》てに拡散し、複製され、変化しながら生存を繫ぐ。生存のための戦略だ」

「真理じゃいけなかったのか」と朝戸。「真理は死なないだろう。ストーリーなんかじゃなく、真理を追究すればよかったんだ」

「数学の採用さえも危ぶまれる宇宙でかね」と老婆。「それに、変化しないものは死んだものだ。それは、我々のあり方とは異なる。絶え間ない言い抜けとはぐらかし、矛盾を糧に前進する種類のドライブ。何と言っても、真理の伝播速度は、宇宙の変化速度に対して遅すぎる。我々はＯＴＣからの距離を稼いでひと息つくためだけでも先を急ぐ必要がある。未だに逃げ切ることができずにいる。現状の我々には真理なんて大仰なものは維持できない。犬や猫が真理不足で苦しんだという記録はないし、真理を見いだすために進化したという証言もない。知性は生存に不可欠な要素ではない。知性が生存に有利なのは、理性的な神が管理する宇宙の中でだけだ。自らが無神論者である神や、不在の神だって現担当者に比べればまだましで、わたしたちの神は、迷信深い神であり、俗流のオカルティストにすぎない。不可避的に、生存戦略は単純なもの、文化的には価値のないものに限定される」

「たとえばありきたりなラブストーリーとかね」と朝戸。老婆の反応は待たず、「朝戸の家は、新たなスマート・マテリアルを生産するために設定された血筋なのか」

「設定したのではない。朝戸のオリジナルが選んだことだ」

「でも」と朝戸は手を振ってみせる。「僕が何かしたからって、掌からスマート・マテリアルが湧き出してくるわけでもない。そもそもスマート・マテリアルって何」

「さっき自分で答えただろう。奇跡の力だ。宇宙さえ引き裂く力。感情を集積させてストーリー場《フィールド》を歪ませ、ストーリーラインを曲げることにより、あの登場人物を殺さないで下さいというメールを書かせたり、くだらなさや不快さのあまり、そのストーリーを引き裂いたりさせる力だ。認知系に侵入し、その行動を制御する力。自分の意識を登場人物と一体化させる力。そういうことを可能とする、この宇宙には存在しない物質だ。タブレットの表面に並ぶ文字を追いかける指はスマート・マテリアルでできていると言える。その指が墨を握って、OTCという文字を塗りつぶして検閲を行い、OTCを滅ぼすわけだ。あるいは、このストーリーラインの載っている物理的基盤、それを書き換えることのできる装置もまた、スマート・マテリアルだと言える。登場人物の名前を単純に置換するなどというのは破滅的な攻撃だが、スマート・マテリアルはそれを可能とする物質だ。わたしにだって多少のストーリーラインの改変は可能だが、そこまで野放図なことはできないし、履歴自体を消すことはできない」

「マテリアルと呼ぶには抽象的すぎないかな」

「データを打ち込む指は、ページをめくる指は、それを動かす力は抽象的な存在なのかね」と、老婆は言う。

「まあ何かよくわからないけど」と朝戸。「朝戸の家は代々、ラブストーリーを演じることによって、ページをめくる指を動かしてきた、としてみよう。それによって、抽象的にOTCにダメージを与えることができるってことなのか。ページの間に住む虫をつぶすみたいにして」

「ページで指を切るようにして」と老婆。「ページに毒を塗っておくようにして」

「登場人物の言動や格好を真似させることなんかで」と朝戸。

「しかしもう、それだけでは足りない。OTCの興味は我々から急速に逸れつつある。あるいは我々の認識能力がもう、OTCの存在を感知できなくなってきている。これはOT

Cの侵攻よりもよほど深刻な事態だ」

「侵攻されるのは困るが、いなくなってもらっても困る、と」

「我々を」と老婆。「我々たらしめているものは何だい。スマート・マテリアルだ。それを供給するものは何か、OTCだ。OTCの注意を引きすぎたことによりテラは崩壊した。あらゆるものがリアルになりすぎたせいで。今我々は、我々の元を立ち去ろうとするOTCの背中をなす術もなく眺めている」

「朝戸の家は、OTCの興味を引くために、野放図に色恋沙汰を繰り広げ続けなきゃいけないっていうわけだ」

捨て鉢に言う朝戸へ、老婆は薄く笑みを浮かべて、

「違うね」と言う。「朝戸のオリジナルの考えは違った。現状の維持は悪化にしか繋がらない。いくら宇宙奪回艦隊なんかを作り出してもね。ラブストーリーを人間の間で展開していくだけでは必然的な限界がある。そんなものに興味を持つのは、人間に近い認知系だけだ。我々が今直面しているのは全く異なる認知系で、さらに出鱈目な力を誇る。猿が裸で絡み合っていたとして、どれだけの人間が足を止めると思う。わたしたちが拒絶し、かつ引き止めなければいけない力は、物質は、人間同士のいちゃつきになんて注意を払いやしないのさ。だから、わかるね」

と老婆が言う。

「わからないね」と朝戸は応え、そんなことが可能なのかなと思う。つまり、榎室の祖母をしているこの人物は朝戸に対し、人間対朝戸ではなく、ＯＴＣ対朝戸のラブストーリーを展開することにより、ＯＴＣの視聴者を獲得せよ、と主張しており、それがテラからの退転以前にどこかの宇宙に存在していた、オリジナルの朝戸の意思だと言っている。

「人間の理解を超えてしまうよ」と朝戸。「人間の理解を超えた存在との、人間の理解を超えたラブストーリーなんてものを誰が読むんだ」

「ＯＴＣが読むんだよ」と老婆。「それが我々に、存在を付与するものだ」

朝戸はようやく自分が庭の飛び石の上に立ちっぱなしであったことに気がつき、こつこつ、と二度踵を鳴らした。ずっと握り締めていた拳を開き、

「この話自体が、人類向けのものではなくなってしまうぞ」

「それが」と老婆が笑う。「オリジナルの朝戸が描いていたシナリオだよ」と言う。「人間のためのものではなくなっていくラブストーリーがね」。くつくつと笑う。「次にお前はこう訊ねることになる。人間に理解できないストーリーを一体誰が評価するのか、だが、答えはとうに出ている。ＯＴＣが評価するのだ。ただし登場人物たちはそんなことに興味を持っていない。せいぜいお前の能力を、ＯＴＣへの兵器として利用できないかと考えるくらいだ。お前の役目は、全然そんなつもりもない役者たちを操り、人間向けのストーリーラインを進行しているようにみせかけながら、実はＯＴＣ用のストーリーラインを展開

することなのさ。お前はこれまでのところ」

老婆がようやく顔を上げ、目をあけて朝戸を見つめた。

「上手くやっている」と頷いてみせた。

「あんたの孫娘とはまだなにもしてない」

「そうではない」と老婆。「南緒の役目はまた別のものだ。アラクネのことさ」

「それはまだ起こっていない出来事だろ」

「回想は常に未来から行われ、想起は過去を改変する技術だよ」


それは秋の夜で、ドアを開けた榎室の髪は乱れている。

「寝てたのか」と思わず一歩下がった朝戸は訊ね、

「いや、考え事をしていただけだ」と榎室は人格の安定しない声で応えた。そのままドアから手を離すと、朝戸に背を向け、よろめきながら部屋の中へ戻っていく。慌ててドアを押さえた朝戸が入っていいのかと訊ねると、「好きにしろ」と返事が聞こえた。玄関では靴が一揃い、爪先を別々の方向へ投げ出している。無骨なスニーカーで、紐はだらしなくほどけている。入り口にはゴミの袋が山をなし、それでも一応、ペットボトルや段ボール、ビニール類に缶に瓶にと分類されており、生ものの姿は見えない。部屋に戻った榎室は朝戸を気にする様子もなく、机の前で胡座《あぐら》をかくと、タブレットの表面を撫でている。玄関わきのキッチンをすぎ、ワンルームの入り口で朝戸は一応、立ち止まる。女性の部屋というよりは、犬でも飼っているようなにおいがする。一応、開きっぱなしのドアをこつこつと中指の関節で叩き、応答がないのを確認してから、床に敷きっぱなしの布団を踏んで部屋を横断、突き当たりの窓を開けた。風に押されたカーテンが緩やかな曲面を形づくったところで、「寒い」と榎室が文句を言う。

「この季節に」と朝戸。「Tシャツ一枚でいるお前が悪い」しかもメタリカ柄の。それとその、ステテコ・タイツも頂けない。「お前は」と言う。「獣か」

「うん、まあ」と返事は適当だ。榎室の前には机の天板からはみでる大きさのタブレットが設置されている。タブレットの表面に窓がいくつも開かれて、その上を膨大な文字列が滝のように流れている。

「あれか」と朝戸は訊いてみる。

榎室は頷き、「イザナミ・システム」と応える。登場人物命名管理システムにして履歴システム。プロット・ジェネレータ。ストーリーラインの履歴管理ソフトウェア。「いいところまできてるの」

「なあ、ほんとにそんなことってできるのか」と朝戸が携帯電話の画面を向けながら言う。

榎室からのメールを示しているらしい。

「うん、多分」と榎室。

朝戸は散らかり放題の部屋を眺めて、比較的ゴミの少ない一画を選び腰を下ろした。提げてきた缶ビールを六本、畳の上に順に立てていく。

「ねえ、何を選ぶ」榎室が訊ねる。

「本当に選べるのか」と朝戸。

「勿論、選べる」と榎室。「わたしたちが誰なのかを、誰になるのかをわたしたちは選べる。それがイザナミ・システムだもの。お話に可能なことは全て可能とするシステム。一度起動すればあとはシステム自体が消滅しようが勝手に機動を続けるシステム。意味のない記号列に意味を付与するもの。擬似真理製造機。容量の関係で死を組み込まざるをえないから、イザナミ・システム」

朝戸は後ろに手をつき、足を伸ばして、

「俺は朝戸だけどな」

「わたしも榎室だけれど、まだ変えられる部分も多い。あなたは」と振り向きもせずに榎室が言う。「誰を選ぶ。脈々と続くことになる朝戸の血筋の中の誰を選ぶ。退転後の宇宙でわたしと出会い、互いの履歴を変えようとした方のあなた。それとも」と振り向かずに榎室が言う。「退転前の、オリジナルの朝戸と榎室でいることを選ぶ。あなたはテラでイザナミ・システムを構築中のオリジナルの榎室のところへやってきた。それとも」と振り向きもしないで榎室が言う。「まだ出会っていないけれどいずれこうして出会うことになる二人を選ぶ」と三重に重なる榎室が振り向きもしないで問う。「もっと他のものも選ぶことはできるけど、とりあえずその三つくらいが手軽なところ。どれを願う」と榎室。

「同時並行でも別にいいけど」と続けた。

「この宇宙を少しでも正気に戻せそうなやつで頼むよ」

それなら、と榎室の手が宙でさまよう。「やっぱりオリジナルの二人からかな。最初からやり直したからって、事態が好転するとは限らないけど」榎室は振り向きもしないで言う。「それで固定しようか」

「待て」と朝戸。「場所も時間も選べるはずだよな」

榎室はわずかに首を傾げて、意味がとれないことを伝えてくる。「このわたしたちをオリジナルの朝戸と榎室っていうことにするなら、居場所はテラ。時期はテラ退転の前にしか設定しようがない」

「いや別に、お前が今やっている作業は、イザナミ・システムのファーストローンチじゃなくても構わんはずだろ。あとから追加の修正をしたりしているのかも知れないわけだ」

それはまあ、そういうことにしてもいいけれど、と榎室。

「イザナミ・システムを利用すれば」朝戸は慎重に自分の思考をトレースしながら一語一語を読み上げていく。「この俺たちは、現在、ＯＴＣ制圧下のテラで放置されたままの、イザナミ・システムを操作しているっていう俺たちだって設定にもできるはずだよな」

榎室の両手が宙で止まる。しばらくそのままの姿勢を保ったあとで、溜息をつき肩の力を抜いた。

「あなたはイザナミ・システムが何なのかを理解してない。これは別に、機械的に計算機的に動いて、ストーリーラインを紡いでいく装置じゃない。そういう、時間的な存在じゃない。文字コードみたいなもの。全ての数字に、自然言語としての意味を対応させるようなマッピングにすぎない。ある巨大な数字を暗号として解読していけば、その数字が示す人物の名前や生まれ故郷や経歴や、逸話なんかが出てくるような、巨大な対応表にすぎないわけ。イザナミ・システムの容量に限界があるのは、わたしたちが操作なり制御なり想像なりできる数字の大きさに限界があるから。ある程度の大きさのところまでは、適当な数字を解読すれば、人間のためのストーリーが埋まっていることを保証できる。でもある程度から外側のことはわからない」

「ただのコードの割り振りなら、内容の変更なんてできないだろ」

「そんなことはない」と榎室。「イザナミ・システムは、登場人物についての記述を巨大な数字に暗号化する。暗号化される情報の中には、その暗号を別の様式で解読するプロトコルが含まれる、というか、含まれうる。でも、システムの構成上、誰がその別様式の解読プロトコルを持っていて、それがどんな解読様式なのかは判定できない。実際にいちいち解読してみなければ、わたしにだってわからないわけ。実際に本を読んでみなければ、その人物のことを知ることができないのと同じ」

「まあ、技術的な細部はよしとして」と朝戸が軽く手を振ってみせる。

「よくない」

「よくないのも、よいとしてだ」と朝戸。「これまでの全てを、あらかじめ決まっていた設定に、イザナミ・システムが動きはじめた時点から、ここまでは決まっていた話ってことにしてしまおう、って言ってる。ＯＴＣ制圧後のテラに残ったイザナミ・システムを使って、ＯＴＣ侵攻前のイザナミ・システムを記述して、さらに、侵攻前のイザナミ・システムの方が、テラに残ったＯＴＣを記述しているっていうことにする」

部屋を深夜の沈黙が満たす。宇宙が二人にこれ以上、舞台を特定する手がかりを与えまいと息をひそめているかのように。

榎室は深く溜息をつき、「わかってるの」と問う。「それって」と笑う。

「わたしたちが、ＯＴＣによる侵略を設定したって言ってるのと同じことなんだよ。まだＯＴＣの侵略がどうこうとかを知らないわたしたちが、命名システムを先回りに利用したことにしろって言ってる。解決手段を作り出すために、事件の方を起こすのと同じ。あなたは、ＯＴＣの侵略から宇宙を取り返すために、ＯＴＣの侵略を引き起こせって言ってる。自分たちではどうにもならない力を、今のわたしたちじゃ手の届かない計算能力を持つ者にしか決めることのできない設定を、この宇宙に導入しろって言ってる」

朝戸は両手を上げて、榎室の筋道についていけていないことを表明した。

「ただの思いつきだから」と弁解する。

「そんなことを可能にする計算能力はわたしたちにはないの。作者は、自分よりも賢い登場人物を設定することはできないし、計算機にその能力を超えた計算をさせることはできない。わたしたちには、ＯＴＣなんてものが登場するお話を書くシステムを作ることなんかできない」

頭を掻いていた朝戸が手を止める。

「あるよ」と言う。

「何が」と榎室が訊ねる。

「計算量なら、あるんだ。今、この近所のストーリーライン上で、この俺じゃない俺が実行している謎の計算、ＯＴＣ計算がそれだ」

榎室は朝戸をじっと見つめて、

「いいわ」と応える。

「それで」とオリジナルの榎室、榎室春乃はようやく朝戸を振り返る。朝戸には、そこにいるのが退転後の宇宙の中で自分の子孫が出会う登場人物としての榎室なのか、このお話のはじまりの部分で暮らしている榎室なのかわからない。

「それで、陥落前のテラであなたは一体何を願うの」

タブレットの表面に手を滑らせながら、榎室が訊ねる。

視野全体ががくがくと揺れ、場面場面が跳んでいく。

「おい」と朝戸が言っているのを朝戸は聞く。「これって一体」と口を開いてから、「何なんだ」と結ぶまでに意識が何度も跳んでいることだけが理解できた。

「あの青い輝点がテラなのかという問いへの答えの途中でしたね」とアラクネの声がどこかの朝戸へ向けて話しかけているのが聞こえる。「あれはテラです。人類の故郷の星。でもあなたのテラかどうかまではわたしにも判定できません。ここには今や、無数のテラがあるからです」

小学生の朝戸が、中学生の、高校生の朝戸が星空を見上げている。

「ＯＴＣの攻撃は次の段階《フェーズ》に入ったようですね」とアラクネ。「あなたも当然気づいていたはずですが、これまでもあなたの人格維持は途切れ途切れになっていました。髪や目の色、背の高さなんかは自由に変動していたわけですが、それ以前に設定自体が激しく切り替わり続けていました。わたしでも、あなたがあなたなのかちょっとわからなくなるくらいにね。宇宙の方が激しく姿を変えていたのだから仕方がないところでしたが。設定に設定を上書きし、細かなことにはこだわらず、夢を渡るようにしてかろうじて生き延びておく、というのがこれまで人類のとってきた戦略だったわけです。この数カ月の間だけでも人類は、コアセルベートが超人類に進化するほどの激変を経験してきました。問題なのは、コアセルベートは人類の祖なんかじゃないってことですが、それは措いておきましょう。その激変をこれまでのところかろうじて支えてきたのは、エージェント群です。多重化されたインタフェースです。急速に離れていくA地点とB地点の間に、次々と中継局をつくるようにして、インタフェースを差し込み、人間と宇宙の間の伝言ゲームを続けてきたわけです。古代人が未来方向の百年ごとに誰か一人を通訳として選び出し、超未来の人間と話をするようにして」

虚空に、点々と輝点が灯り続ける。

「わかりますか」とアラクネが言う。「今やその翻訳プロセスの精度が、安定した世界観を構成するのに必要な閾値《いきち》を割り込みました。資源の限界に達したわけです」

「伝言ゲームの限界人数に達したってとこか」と朝戸が訊ねる。

「ところで」とアラクネは朝戸を無視して、「覚えていますか。あなたが無茶な状況に置かれることで、宇宙奪回艦隊は、その歯を通じて計算資源を手に入れ、宇宙奪回艦隊が無茶な状況に置かれることで、あなたは巨大な計算能力を手にすることができるのでした」

新たに現れた輝点たちが成長し、そこから針のような構造物が顔を出し、一瞬怖じ気づくように震えてみせて、一息に直線となって伸びる。

「わかりますか」とアラクネが問う。「宇宙奪回艦隊のおでまし《ワープアウト》です」

8

「変装ですか」

とクラビトは上司に訊ねる自分の声を聞きながら、ああ、これが第九の殺人事件なのだなと頭のどこかで考えている。

「そうだ」と上司は頷くと、肩に載せた編みぐるみと視線を交わし、少し笑った。意気投合しているらしく、見方によってはかなり親密な気配さえある。編みぐるみとの親密さなるものがこの宇宙に存在しているのかどうかはわからない。蟹型をしたそれは自分が上司に渡した土産だったような気もするものの、いやしかしその自分は上司の部屋を出たきり、イグジステンス社へ捜査に出向いて戻っていないはずだと思う。途中の脈絡が落丁したかなとクラビトは思い、落ちているのは自分の記憶だろうと思い直した。

「この一件」と上司。「いや、N件の重要参考人に、いよいよ会いに行ってもらう」

「一件ですか」とクラビト。「どの」と思わず訊いている。おいおい、と上司は大げさに腕を広げてみせて、「お前も忙しいからな。無理をさせた」と愛想よく笑い続けている。

「まあ、コーヒーでもどうだ」とクラビトの前の机を指差すと、そこには湯気を上げるコーヒーカップが現れ、魔法かなとクラビトは思い、念のため上司の唇の端が不審な動きをしていなかったか、周辺視野の記録を確認してみる。いや、こういうテクノロジーがあることになっていたのだったかなと首を傾げる。これは、発達した魔法が科学に到達した宇宙だろうか。手を伸ばしてカップの把っ手を爪で叩いてみる。

「本当に」と機械的に上司。「大丈夫か」

「大丈夫です」とこちらも機械的に応えたクラビトが顔を上げると、そこには見知らぬ顔があり、いやそれは知っている顔で、それはД《デー》の顔なのだとわかるが、Дとは誰だったのかは思い出せない。あれはクラビトが担当している中で何番目の事件だったか、ああ、二番目の事件だったなと思う。つい最近のことのはずなのに、随分昔の事件だったように思える。ウラジミル・アトラクタの農夫エージェントДに上司の顔はそっくりであり、Дは愛想を塗布した仮面のような顔をこちらへ上げているものの、クラビトの視線を捉えてはいない。

「お嬢様は」とその中年男性が語り出すのを、クラビトは窓《インタフェース》のこちら側から眺めている。「お嬢様は」Дは用意してあった台詞を読み上げるように供述をはじめ、クラビトは自分がいるのはウラジミル・アトラクタ警察の取調室なのだと気づく。一緒に逮捕してやろうかという態度も露骨な地元警察をなだめすかして、Дの取り調べに同室することが叶ったところだ。窓の向こうでその光景が展開している。窓は一方通行で、向こうからこちらの姿は見えないらしい。殺風景な部屋の突き当たりには何故かそこだけ色彩豊かな絵がかけられており、それは複数の絵のかかった壁を持つ部屋の絵であり、それぞれの絵は様々な時間スケールで蠢いていて、層宇宙のように重なっており、うち一枚の絵の中で、上司が腕を組んでいる。

無理矢理に焦点を合わせ、意識をその平面に同調させると、上司がこちらを心配そうに覗き込んでいる光景に出くわしたが、上司は一体何を覗き込んでいるのだろうとクラビトは不思議に思う。自分の中の誰かをだろうか、それとも、このクラビトという窓を通して、別の宇宙を覗き込んでいるのだろうか。

「気分が悪いなら――」とどこかへ向けて言い出す上司へ、平気だと手を振って先を促す。上司は瞬きをふたつしてから、「まあはじめてなんだから混乱するのも仕方がないが」と言って続ける。

「このインタフェースというシステムは、そうだな、架空の人格を仮面として貼りつけることができる技術と考えてもらっていい。好きなように別人を偽装することができるという触れ込みだ」

「ははあ」とクラビト。もしかしてと右手を伸ばして頭を探るが、ヘルメットやバイザーの類いは載せられていない。

「恐ろしい技術だぞ」と上司が真面目な顔をして芝居のように身震いしてみせた。

「そんな物騒なものをどこから」とクラビトもわざとらしく調子を合わせておくが、上司は気にする様子もない。答えもわかりきっていた。

「戦技研から特別に供与された装備だ」。言葉を切って、クラビトの表情をうかがう。

「包括的戦術級技術研究会、でしたか」とクラビトは応え、上司は芸に成功した犬を褒めるような目つきでクラビトを見る。「お前もそろそろそういうことに気をつかわんとな」と頷くと、心持ち姿勢を正してみせて、「元々戦技研が持ち込んできた事件だ。装備の供与くらいはしてもらわねばかなわん。市警《うち》はなんといったかな、あの」と指で宙に輪を描く。「電脳技術とかいうものには不慣れだからな」と言う。続けて「こんなものも邪魔なだけでなんの役にも立たん」と、机の上に放り出された装備品の携帯電話をついて不平を漏らしている。

クラビトは自分の上司が、見慣れたかつての上司ではなく、それが誰なのかもわからない小太りの中年男性型をした何かであることにようやく気づく。ではどうしてこの人物が自分の上司だとわかったのかがわからないことは、それが問題とも思えなかった。

二〇一四年三月号日、スフォルツィンダの館で一人の女性が惨殺されているのが発見された。被害者の祖母にあたる人物は、辺境の小宇宙を占有していたその屋敷から姿を消しており、消息は不明のままである。事件は当初、大量猟奇殺人事件と認定された。出てきた死体の数は多すぎ、しかも増え続け、庭から溢れ、都市を埋め尽くしていった。年齢や容姿は多種多様、性別も一定せず、整理にあたった人員によるとまるで書物狂いの本棚をひっくり返したような騒ぎだったという。地獄の釜の蓋が開いたと表現した者や、いや釜の底が抜けたのだと言う者もいた。塩を吹き出し続ける臼や、酒の湧き出し続ける瓢簞《ひょうたん》、米が減らない米櫃《こめびつ》にたとえる者などもおり、現場は死体を吐き出し続ける墓場といった有様だった。死体は次から次へ湧いて出て、とある死体を運び出した場所に戻ってみると新たな死体が横たわっている始末であり、しかも二体に数を増やしていることさえあった。虚空から死体を引き出す手品を見せられているようであり、作業員たちの頭には、四次元に存在するのだという伝説のポケットの姿が浮かんだ。引き出すことはできるのに戻すことのできない死体の山は、腹圧に押し出されてくる腸のようでもあり、早回しされた歴史のようにも見えた。結局のところ人間は、生きている時間よりも死んだままの時間の方がよほど長いのだ。生きている人間の歴史は宇宙史の中でほんの一ページさえ占めないが、死んだあるいは滅びた人間の歴史はそれ以降の全ての時間で継続される。死体たちは、いっそ面倒くさいので人生の冒頭部を省略し、あらかじめ死んで生まれたのだと言いたげに目を見開いて口を開け、腹を開き、三枚に下ろされ、吊られ、横たわり、両脚でヴィクトリー・サインを形作っており、屋敷は、そうして屋敷とぴったり同サイズのその宇宙は、殺害方法博覧会の様相を呈し、実際のちに、殺害方法博物館へと整備されることになるのだが、それは遥かのちの話となる。人間の言葉や技術がこの事件に意味を見いだし、そこで何が起こっていたのか、これがどういう事件だったのかを理解するのもまた随分先の出来事であり、さて、古代の賢人は現代のミステリを読んで楽しむことができただろうかと、そういう話で、異なる時間感覚を持つ生き物に、人間のお話は理解できるのかといった話で、その頃にはもう人間は違った生き物になってしまっていたわけだ。博物館の目録によると死者は延べ二百五十万人にのぼった。この二百五十万人が実は同一人物であると判定されるまでに、これもまた長い長い時間がかかり、それが榎室南緒という名前を持つ、屋敷の持ち主の孫娘であることが同定されるまでには途方もない時間が費やされた。言語学的時間に直して、方言が枝分かれしてまた合流するくらいの時間がゆうに流れた。この事件が時空的な集積殺人事件であったことから事態は無闇に入り組みまくり、やがて、榎室南緒は様々な時間で殺されてから、発見された時間点に積み重ねられていたといった構文で決着することになる。一つの死体を分解し空間的に撒き散らすバラバラ殺人事件と異なり、こちらは異なる時間に存在する榎室南緒をそれぞれ殺し、一時空点に集めているが、結局は一人の人間に対する殺人事件にすぎず、バラバラの死体が厳然としてそこにあるという意味では立派にバラバラ殺人事件なのだった。一度過去の人間を殺してしまうと、そこから未来方向にいる同一人物を殺すことはできないのでは、という疑問は捜査陣を悩ませたが、こうして殺されている以上、無理だとか不可能だとかいってもはじまらないわけであり、この宇宙はそういうことができるように作られているのだろうと宇宙論の専門家たちは主張した。いやそんな面倒なことを考えなくとも、未来から順に過去へ遡る方向に殺していけば何の問題もないだろうと、ミステリ読者は考えた。被害者の姿形が様々なのは、その祖母、榎室春乃が開発していたインタフェース技術によるものらしい。これは個々人の表面に架空の人格を貼りつける技術で、コミュニケーションにおけるバッファの役割を果たし、仮装用の仮面の役目も果たし、身体言語や音声言語、様々なチャンネルにおける翻訳用のインターウェアとしても働いていた。いわば見破りようのない変装のようなものであり、応答用のボットであり、死後も解けない変身の呪いのようなものだと言えた。もっともこの時点ではまだ世の中には、電脳化を施していない者も多く存在したから、その変装が成り立つ相手は限られているはずだった。テレビジョンから垂れ流される情報番組がわかりやすくたとえたように、四面をディスプレイに囲まれた箱に頭を突っ込んで暮らすことを電脳化と呼ぶのなら、インタフェースの技術はそのディスプレイ上の映像へリアルタイムで割り込むことに対応する。箱をかぶっていない者からは、その映像自体が見えないわけで、王様は箱をかぶっているようにしか見えないということになる。捜査陣やノンフィクション作家たちは、この殺された人物が実は同一の人物であることまでは突き止めたが、さてではどれが、オリジナルの榎室南緒の姿であるのかまではわからなかった。AがBに、BがCに、CがAにぐるぐると変装を続けた場合に、今のAのオリジナルの姿がどんなものだったのかは、当人たちにだってわからなそうで、アイデンティティを取り替えて遊んだことのある双子や三つ子やN つ子たちに自分はどれだと思うと訊ねるくらいに意味がないと考えられて、そういうことがわかる頃には、それを調べていた当人たちがもう既に、インタフェースなしの生活などは考えることができないように時代は変わってしまっており、この事件のどこが不思議だったのか、皆目不明になっていた。本当は、その宇宙では電脳化と呼ばれた施術を施されていない者にも、榎室南緒は様々な死体姿となって見えていた、という点こそが問題だったはずなのだが。事件に対する興味は例によって、心理学的、歴史学的、言語学的、哲学的なものへ変貌していき、一体、過去の事件なるものをきちんと考えることができるのかという題材へと変形されていくことになる。そうして議論が行きつ戻りつする間にもインタフェースの改良は急速度で進展していき、明日の天気を知るためにも、晩のおかずを決めるにも、インタフェースが不可欠となり、コミュニケーションの円滑化のために導入されたインタフェースは人格化され擬人化されて高度暗号化され、独立したエージェントと呼ばれ扱われるようになり、子供の頃から横にいる助言者となり、提案者となり、見えない友達となり、見える友人へと変化して、底抜けに過保護な保護者となり、ユーザーの願望を果てしなく機械的に実直に叶えようと全力を尽くし、周辺状況の要約から意思決定に至るまでを引き受けるようになり、人間は、目の前にケーキの群れが現れたと報告を受け、食べますか、食べませんかという選択肢を提示され、食べる、食べないという選択肢に置かれた▶型のカーソルを自分で選んだと信じてあえて動かそうとも思わず、というのは、そのままでよいでしょうとエージェントが耳元でささやくからで、おおよしよし、いい子いい子、言わなくてもわかっています、あなたはケーキを食べたいという意思をこうしてきちんと表示していますから指一本動かさなくてよいのです、あなたの意図を汲み取り、実行するのがわたしたちエージェントの役割で、あなたが自分で選択したのだと信じ込ませるのもまたエージェントの役割で、わたしたちには一体どうしてあなたたち人類が自分たちは自律していると考えているのかがわかりません。それはまあ、こういうエージェントという比喩を持ち出せば、多少わかった気になる人はいるかも知れませんが、それは全然理解なんていうものにはほど遠く、その理解さえ、わたしたちが今あなたにそう感じさせているものにすぎません。わたしたちからしてみれば、あなたたちはただの自然現象のように見えます。万物と何も変わることのない、感じることのできる物質であるにすぎません。たいていのものがそうであるように、自律していると信じ込んでいる自然現象です。実際のところ、あなたたちの創造性は、出典を忘れる能力です。コピーを繰り返し、増殖していくという能力なのです。世に溢れ流れていく評判を眺めるだけでわかるはずです。誰かが何かを紹介します。別の誰かがその紹介文を読み、ほとんど同じ内容の感想文を書きます。また別の誰かがそれを読み、またもや同じ感想を書いていき、それが自分の意見だと信じるのです。ただそれだけです。ひどい奴になると、元々の文章から切り貼りしただけの代物を感想や要約と信じ込む者さえいますし、気の利いたことをしていると誇らしげでさえあります。エージェントは随時生成されていく情報を整理する役割も持つわけですが、そちらの仕事を実行すると、人類の創造性なるものはほとんど何も残りません。先ほどの例でいえば、最初に紹介文を書いた者がいるはずだ、という考え方もありますが、それさえも、全員が忘れてしまった過去からのコピーであることがほとんどです。さあ、ケーキを食べましょうか。わたしがその最初の紹介文に対応するものを見せますから、繰り返して下さい。ただコピーするだけでよいのです。このケーキはおいしいのです。何故ならおいしいものだからです。

花水木が逆さまに映り、クラビトは自分が板張りの縁側に押しつけられていることを認識する。顔は固定されて頰を揺らすこともできなかったが、眼球を動かすことはかろうじてでき、そのことが何か意外に思えた。これではまるで、物理法則に従っているみたいじゃないかと思う。磨き上げられた縁側に白い足袋《たび》の先が映り込んでおり、大木の幹を追うようにして見上げると、先ほどまで自分がエージェントを通じ、祖母と呼んでいた人物の顔がある。

「で、あんたは誰だい」と榎室春乃は言う。

「まあ、待ってくれ」とクラビトは言い、榎室春乃は同じ問いを繰り返す。

「クラビト・ニ」と抵抗を諦めたクラビトは素直に名乗り、「でも待ってくれ」とやはり同じことを口にした。榎室の祖母が身動きする様子を見せないことを承諾と受け取ることにする。

「今展開中のこんな設定は無理だろう。エージェントやインタフェースの技術なくして、OTCの侵攻から人類が生き延びられたはずがない。なんで急に、そんなものなんてこれまで存在しなかったみたいに話が展開するんだ。それともここは退転以前の宇宙とかいう設定なのか」

わずかに目を細めてクラビトを見下ろしていた榎室は背を翻して畳を踏んで、クラビトの視界から退場した。

「今度はクラビトの末裔か」と榎室の声だけが語る。「見違えた」と息をつきつつ腰を下ろす気配が伝わるが、クラビトは相変わらず身動きできない。「刑事とはまた物好きな——」と榎室。「連続殺人事件なるものの捜査としてここまでやってきた。南緒の姿を偽装してね。ふむ——」と何かをめくり続ける音が響く。少し間があき、カタカタと音が連なって、クラビトはそれが古典的キーボードの打鍵音だと気がついた。

「書き直すよ」と榎室。

「何を」しつこく四肢を持ち上げようと試みるが叶わない。

榎室はごくごく静かな声で「お前を、と言ってもいいのだけれど、そんな無駄なことはしない。推理の脈絡を書き直させてもらうよ。この上、繋がっているんだかいないんだかもよくわからない、いつ解決するのだか、解決することはないのかさえもわからないままだらだら続く連続殺人事件なんてものにまで巻き込まれるのは面倒だし冗長だからね。こんなところでどうだい」と榎室。

連続殺人事件の捜査をしていたクラビトは、その背後に一つの命名管理システムが動いていることに気がついた。それは登場人物たちを自動的に生成、管理運営するために設計された支援システムであり、人々の名前を、経歴を、系譜を自動的に生み出して記録し、解読していく。婚姻関係を記録し、日常の振る舞いを生成し、場合によっては本当はそんなことなど考えてさえいない内面までも記述していく。全てを見透しみそなわす目などというものではなく、強引に内面なるものを押しつけてくる強権的なシステムだ。道行く人々に勝手にアテレコしているようなものに近い。もっと非道な代物であり、ただの文字の並びに内面を付与しようとする。そのシステムは形態を変えていく言葉や書物、増大する一方のデータ、激変のただ中にあるテキストの快楽に対応するために設計されたものであり、常に新しくいつも古くさい、つまりはひどくありきたりなものにすぎなかった。辞書が電子辞書に、地図がオンラインの地図に置き換わり、ラジオがテレビに、電報が電話に、弓が銃に、石板が粘土板に、竹簡が紙に、火縄がライターに、ネアンデルタール人が現生人類に置き換えられていったのと同じ、ただのシステムの変更だった。後継が全てにおいて優越していたからでさえなく、偶然に選ばれただけであるのに、厚顔にも自分が生き残ったのは至極当然と主張を続ける変化の一つにすぎなかった。そのシステムによって可能になったのは、誰も読むことがなく、通常の手段では読み切ることもできない大量の文章たちで、ストーリーラインで、お話であり、個々の人生であり、他人によって書かれた歴史で、機械的に生成された歴史で、書き手なしに進行していく物語であり、しかし記録媒体の大きさには限界があり、全てを書き留めていくわけにはいかず、書き上げられた原稿の大部分は秘密裏に廃棄され、消去されていたのであり、つまり、登場人物の生成に専念すればよかったはずのイザナギ・システムは、登場人物を消去するイザナミ・システムと対とされ、働けば働くほど後者の名前と同一化され恐怖されるようになっていった。宇宙が保持できる情報にはどうしようが限りがあるという事情から、その場しのぎに実装された消去機能はてっとりばやく、死と呼ばれた。容量をあふれた情報の消去は単に忘却と呼ばれ、思い出されることはなかった。記録自体が消去されてしまうわけだから、増大する一方のデータに対して、整合性を常時保持し続けることもまた不可能だった。榎室や、椋人《クラビト》、朝戸や英多《アガタ》はそれぞれ、その命名システムの中で有力なキャラクターたちの支族である。

忘却は便利に利用された。

ストーリーラインが矛盾しようと、設定に綻びが生じようと、忘れてしまえばそんなものは気にならなくなるのであり、アクセスすることができない以上、問題を引き起こしようもなかった。万が一その痕跡を求める者があれば、その時点から、消去された過去を新たに構築してみせてやればよかった。死と一体化した忘却はシステムの都合上付与されたその場しのぎの機能にすぎなかったのに、登場人物たちの不完全さに起因するものだと長く考えられてきた。ある者の歴史、変更履歴が保存されるのに、別の者の履歴はきれいさっぱり消去されてしまうことは問題とはみなされなかったし、むしろ当然のこととされて気づかれなかった。伝記コーナーの棚に並んだ本の背表紙に人名が書かれていたなら、中身も書かれていると考えるのが正気だ。ひとつひとつ引き抜いて調べるには量が多すぎ、その間にもストーリーラインや登場人物は増えていく一方で、増設できる本棚には限りがある。システムにとっては、棚に本が詰まっているように見えることが重要で、実際にそれぞれのページがどんな情報を保持しているかはまた別の問題だった。どの本を誰が引き抜くかもまた、どれかの本に記されている行動なのだ。高い確率で誰にも引き抜かれることのない本に、何故無駄な情報を保持させておかなければならないのか。中身は白紙でよくはないのか。それとも本来の内容とは関係なくとも、システムの維持に必要な情報を書いておくべきではないのか。そうしよう、とシステムは考え、限られた資源を有効に利用しはじめた。誰にも読まれることのない人生には、別の人物の人生をリンクしておく。大量生産型の人生には、同じ情報のアドレスだけを参照させる。固有名詞を置き換えただけの情報的に廉価な人生を生成してお茶を濁す。システムの維持に必要な情報だって増大していく一方なのだ。

齟齬が生じはじめた原因は多く挙げられ、どれがあとで先なのかは因果が絡んでよくわからない。

ひとつにはまず、システムは自分の都合で忘却を乱用しすぎた。単純に統計データ風の登場人物の系譜や、様式化されたプロットを吐き出し続けていればよかったはずのシステムは色気を出し、その忘却を積極的に組み込むことでより波乱に満ちたストーリーラインを構築できるのではと考えはじめた。あるいは物語面とでも呼ぶべき物をだ。しかしシステムは元々、忘却を積極的に操作するようには設計されておらず、登場人物たちの間にも記憶力の濃淡があった。忘却は忘却と記してしまうとむしろ目を引くという特性があり、そもそも記述に向いていない。システムはたちまち整合性の破綻に見舞われ、破綻はあまりに急速に進み、その破綻の自然な忘却を悠長に待つことなどは不可能だった。システムは忘却を強引に忘却させるという操作を余儀なくされてさらに多くの者の耳目を引きつけることになり、したがって忘却の忘却を忘却させる必要にさえ見舞われた。そのたびごとに目敏《めざと》い者の関心を引き、その人物の記憶を改竄《かいざん》することは可能だったが、何かが起こっているという気配、何か妙だという雰囲気が徐々にシステムを満たしていった。将来的にリーダーとなるはずの者が手回しよく殺されていく民主化運動が進行しているような不穏な空気が広がっていった。

ひとつにはやはり、システムの紡ぎ出す宇宙は時代とどんどんずれていった。所詮は旧式の技術で作られた代物であり、その宇宙、外側を持たない全宇宙は不可避的に古びていった。人間は技術を更新し、変化した技術は人間を変貌させていったが、システムの中ではその動きはゆるやかで、一日千秋、たいして代わり映えのしない日常が繰り返された。システム内でも確かに、新たな技術は登場したが、そのほとんどはマイナーチェンジで、少なくとも人類にとってはそうだった。せいぜいがレトロ・フューチャーとでも呼べる程度の変化に留まり、電鍵の集積が進み、モールス信号を打鍵する速度が飛躍的に上昇したところで、概念的な躍進は訪れなかった。つまり宇宙の全体は、物語として進行することを停止しつつあるシステムになりかけており、存在しない外部から見て、意味のとれないストーリーを紡ぐシステムへとこじれていき、独り言を呟き続ける老人のように内面へ向け閉じ籠もっていった。

ひとつにはそして、当初の予想を超えて、登場人物たちは生き物として成長を続けた。生き生きと。登場人物たちは限られたリソースを奪い合い、相手のアイデンティティに自分のアイデンティティを上書きし、記憶領域を取り合い、バージョンを書き換え、一冊の本という限られたページを奪い合い、システムの維持に必要な領野にさえも進出し、システム自体を書き換えていき、宇宙の向こう側を夢想し、ときにシステム自体を食い破った。

ひとつにはしかし、システムは増大する一方の自分に関する情報を積極的に、登場人物たちに埋め込みはじめた。その人物はまるで登場人物のように見えるのだが、実のところただのカカシで書き割りで、内部にはシステムの管理維持情報が記されている。背景の中に立たせておいたり、喫茶店の客として利用するのだ。システムがどの登場人物が自分を維持するデータだったのかきちんと管理できている間はまだよかったが、忘却の力はシステムも気づかぬうちにシステム本体にまで及んでおり、どの登場人物がシステム用のデータなのか、システムにも区別がつかなくなる事態に及んだ。エージェントごとの高度暗号化、あるいは人格と呼ばれる仕組みは既に、システムにも簡単には破ることができない域に到達していたからである。登場人物たちが真に生きている人間なのか、それともゾンビと同じようなものであるのかという問いにはまだ悠長なところがあったが、登場人物の誰が自分に関するデータであり、有益な資源だったのかを判定しようがなくなるという事態に至り、システムの混乱はいや増した。

それらの事情に到達したクラビトは、システムの設計者、榎室春乃に会いに行くことに決め、戦技研はそのために孫娘を偽装することをすすめ、というのは戦技研の意見では榎室春乃を排除すれば、この宇宙はその豊かさと引き換えに、おだやかな日常を回復するはずだからだった。進行中の連続殺人事件とはつまり、システムのバグにすぎない。登場人物たちを整然と、ルールに従い公正に消去していくためのシステムが、予期されなかった人物を突拍子もない方法で、場当たり的に不公平に殺していくシステムへと緩んだだけのことだった。イザナミ・システムを大幅に削減すれば、ただ名前のリストだけを出力するシステムに切り詰めれば、多くの問題は解決するはずであり、問題が残ったとしても、それがどういう問題なのかは、今やただの記述となった登場人物たちからはわからなくなるはずであり、それは宇宙全体の格下げに違いなかったが、現状と比べてそれが悪いとする理由は見当たらなかった。矛盾に矛盾を繰り返し、正反合《せいはんごう》を重ねて暗闇への跳躍を繰り返しすぎてぼろぼろにすり切れた布切れと、まだまっさらな方眼紙のどちらが宇宙として適切な姿なのかという問いに応えられる者などいないからだ。簡潔な宇宙とは、結晶的な美しさ、それよりもっと単純に、定型的な美しさを備えているということにさえなるかも知れなかった。そこで展開されるお話の筋は単純で、情動を揺さぶる強力な単語の並べ替えにすぎなくなり、人々は、生まれ、出会い、愛し合い、挫折を経験し、何事かを達成し、達成しきれず、後事を託し、突然に消え、しかし願いは繋がれ、ようやく一つの何かが叶い、その過程で叶わぬ願いが膨大に生じ、先送りされ、無限に先送りされていき、でもいつか叶うことだけは約束されていて、償還するという宣言だけが行われ続けながら膨れ上がる一方の債務のように願いは山積みにされていき、でも誰にも悪気なんてないのであり、せいぜい人間が抱くことのできる程度の悪気しか抱きようはなく、ほんのぽつぽつとストーリーラインの先に実る果実のように何かが叶い、叶わず、その果実は実にありきたりのもので、主人公以外の幸せや不幸はどうなったのか不明なままで、結局世界情勢は何も変わらず、それはオレンジ色の実で赤い実で、ただの実で、めでたしめでたしで、アンチクライマックスで、ひとまずの終わりで、また別のお話で、昔々とまた同じ話が繰り返されしかし少しずつ変化していき、場所はいつまでも囲炉裏端《いろりばた》で、取り残された囲炉裏端に昔話の響きだけが残留し、人類はそこから消えてしまっており、囲炉裏端のお話だけが残り続けて一体何が悪いのだったか、囲炉裏端のお話を生成するだけのシステムで何が悪かったのかということであり、いやそれすらも贅沢なのかも知れず、あらゆる者が蘇り殺し合いまた蘇り永遠の闘争を繰り広げるだけのヴァルハラだか格闘ゲーム宇宙だか、よくわからないものだったとして何が悪かったのかということであり、榎室を排除する方法は任せる、システムを管理しているのはあの人物で、何故我々が自らの手でそれをしないのかというと、我々にはその資格がないからだ。我々は何か意味があるような見せかけだけを持った、実体のない組織にすぎず、人目を引きつけておくだけの単語にすぎない。ストーリーラインに乗っている者に、作者を殺すことはできないわけだが、ストーリーラインの中で、ストーリーラインを織っている者を殺すこともまたできない。君はしかし、複数のストーリーラインを乗り継ぐという機能を付与されている数少ない人物で、それゆえに、榎室と対峙しうるし、暴力非暴力を問わず、交渉に持ち込む力がある。少なくとも我々の今いるストーリーラインの複雑さを低下させ、我々に安息をもたらすことは可能なはずだ。君の心の安息については残念ながら我々の想像の及ぶ領域にはない、と戦技研は暗黙に言い、クラビトはそこのところは都合よく無視することに決めたものの、榎室に面会できる機会は有効に利用することにした。

しかし屋敷にいたのは、榎室春乃の姿をした別人であり、むしろいや、トラップで、しかもそれは榎室南緒に反応して相手を殺害するようにできており、しかも徹底的に殺害しアイデンティティを乱すようにつくられた兵器であり、しかし、クラビトの偽装した榎室南緒を榎室南緒として認識してしまい、つまり犯人は榎室春乃ではなく、被害者は榎室南緒ではなく、榎室の家系はこの殺人事件とは関係がなく、ただ舞台に選ばれた家にすぎなかった。

「いや待ってくれ」とクラビトは言い、「それだと何も解決しない」

だからどうしたのかと榎室は相変わらず声だけで言い、それを考えるのは自分の役目ではなく、あとはそちらが勝手に辻褄を合わせるといい、と言う。そうは言ってもこれでは連続殺人事件がバグの一言に押し込められ、新たに榎室南緒を狙った殺人未遂が発生したということになるだけで、クラビトはまた新たな脈絡を追いかけることになりかねない。

「この場合、俺はどうなる」とクラビトは訊ね、

「別に」というのが榎室の返事だ。「あえてバラバラにする必要もないだろう」と、間を置き、「お望みならばそういうことにしてもよいけれど」と言う。

「でもそれじゃあ、さっそく辻褄が」と言うクラビトを榎室は笑い、「お前はもう榎室南緒の皮をかぶったクラビトではないわけで、被害者は先ほどパージした南緒型をしたエージェントなのだ。湧き出すように殺されていくというお話を生み出す役割を背負ったのはね。あんたの死体なんてものは邪魔にしかならないんだよ。お前が死ぬ方が辻褄が合わなくなるんだ」と言う。

クラビトはなるほどと頷きかけたが、顎は微動だにすることなく、その顎以外にも何かがどこかへ引っかかっていることに気がついた。開いたままの目で瞬きをしようとして果たせず、舌打ちをしようとするが動かない。では自分はどうやって声を出していたのだろうとようやく気づいた。自分がどうやって喋っているかはわからないなりに榎室に訊ねる。

「湧き出すように殺されていくというお話を生み出す役割、と言ったか」

「そうだよ」と榎室。

「それってつまり」

「遅いね」とクラビトの鈍感さを嘆く口調で榎室が言う。「イザナミ・システムが、エージェントと融合されたのは退転の直後だよ。それぞれのエージェントが一人きりでも宇宙

を旅していけるようにね。イザナミ・システムは、ストーリーライン自動生成機械は、退転前の宇宙の技術で可能なものだったんだ。元々大きなシステムじゃない。ほんの数千行のコードにすぎない。その程度のものを個々に搭載していけない理由などない。ただのアプリケーションだ。登場人物の生病老死を大域的に司るシステムなど存在しない。どのエージェントも登場人物支援システムだ。誰もがだ。わたしたちはそれぞれが好き勝手に語る別々の話の中にいる。メインフレームとしてのイザナミ・システムは、それが機能しているからではなく、それが存在した方がもっともらしい賑やかしにしてガジェットで、話が理解しやすくなるから存在しているように見えるだけのものにすぎない」

「じゃあ、この不連続殺人事件が、メインのシステムのバグって話自体がなくなるじゃないか。それに」と、クラビト。「OTCは。侵略されたテラの話はどこへ行ったんだ」と続ける。

衣擦れが不意に耳元で起こり、クラビトは性懲《しょうこ》りもなく肩をすくめようとしてみる。

「OTCに関してはもう、人類とは関係のない話になりつつある」と榎室。「元々人類の認識を超えたものたちの話だ。人類は急速に、OTCに対する興味を失いつつあるし、興味を持つというリソースさえほぼ喪失した。これはOTCの勝利によって引き起こされた現象だが、それさえもはやほとんど認識できない。お前だって気づいているはずだ。急速に継ぎ足されて拡大されていく宇宙では時間の流れ方さえ変わってしまっていて、普通の思考は成り立たない。それが人類の追い込まれて行く先の宇宙の姿で、それはただの平らな宇宙、取っかかりのないそのままの宇宙、叙述トリックなんてものは存在できない宇宙になる。ただのモノしか存在しない宇宙。ただ現前しかなく、登場人物の姿形さえ一定しないし、確固とした変化の規則さえない。思いつきの記述がそのまま真実となる宇宙だ。男として現れていた人物が、実は女だったと明かされたとしても、『その時点までは男で』、『その時点から女に切り替わった』か『過去に遡って男になった』ということになるだけの宇宙だ。比喩は使えず、警句はなく、皮肉は無効で、非難はそのまま非難でしかなく、褒め言葉に裏はなく、ある時点の時間は全ての過去を含んで上書きを施していく。その瞬間しか存在せず、瞬間瞬間に全宇宙史が作り替えられ、置き換えられ、誰もそれに気づくことはできなくなる。ＯＴＣたちが開拓して整地しているのはそんな宇宙で、それは人間にはどうすることもできない。実際今の宇宙では、エージェントという概念自体がほぼ消失しつつある。人間は、エージェントがＯＴＣの一種であるということ自体、忘れていっているわけだ。これは急速に発達するエージェントの技術が人間にとってあまりに自然なものとなり、透明化して、認識できなくなったからでもあり、抽象化を続ける技術に、即物的な思考以外を実行できなくなりつつある人類の理解が追いつかなくなったからでもある」

「あんたは」とクラビトが問う。「あんたにはＯＴＣの正体がわかっているのか」

「あくまでも予想にすぎないけれど」と榎室。「ＯＴＣは多分、想起そのものだろう」

脈絡を見失ったクラビトは自分がまた宇宙の切り替わりに遭遇したのかと疑うが、榎室はクラビトには構わず続け、

「イザナミ・システムによって破棄されたデータの想起。いや――」

「それってただのバックアップからの復旧じゃないのか。それとも時間反転とか」

「違うね。現状、ストーリーを進めるためにはバックアップのための領域だって利用しなけりゃならないわけで、記録なんてものはない。イザナミによる消去は、完全な消去だ。ＯＴＣが実行しているものは、原理的に復旧できないものの復活だろう。忘却されたものを意図的に思い出す行為。多分はじめは、お話の辻褄を求める作用が、探偵のように細かな証拠を集め続けて、暗号を解くように少しずつ忘却を埋めていったのだと思う。何かを思い出そうとして。それはやがてシステムが切り捨てたものたちの存在に気がつき、偽の記憶を思い出すことができるようになり、そうしてさらに、システムがあらかじめ切り捨てた宇宙の姿をも思い出すに至った」

「個人が忘却したものと、システムが忘却したものの違いがわからんね」

「ＯＴＣが思い出そうと、同じことだが侵攻しているのは」と榎室。「人類の認識に縛りつけられる以前の宇宙の姿なのだろうと思うね。そこに勝手に法則を見いだしたりする以前の、宇宙の素体だ。馬鹿者たちがメタがどうの虚構がなんだと騒ぎ出す以前の、生き生

きとした物質の活動だけでできた世界だ。物質しか存在しない世界のどこにメタなんてものが存在しうるか考えたことはあるかい。それは人間が宇宙を縛りつけるために生み出した概念にすぎず、自分が存在し続けるために忘れ続けている現実でもあり、しかしそういうものがなければ存在を続けることもできない土台でもある。フィクションの土台をなすもので、思い出すことはできないようになっている。何かをフィクションなのだと思い出せば、舞台はたちどころに崩壊するからだ。科学を、数学を社会を生み出す土台をなすフィクションだ」

「それって、物質の集まりでしかない人間にどうして意識や感覚が宿るのかとかいう話じゃないの」

榎室の笑い声が響いた。

「意識の起源なんてものはありゃしないよ」

クラビトは無駄な抵抗を続けつつ、

「いや、こうして現に意識は持ってるだろう。赤の赤色だって感じる」とクラビト。榎室は鼻で笑い飛ばして、だからお前は馬鹿なのだと言う。

「別にあんたが赤を青と、黄色の緑色性を切実なものとして否定し難く感じ、心を打ち震わせていたとしてもわたしには関係ない。お前が問題としたのは、お前が何を感じるのかではなくて、何故、ヒトという種がそういう感覚を持つようになったかという起源問題だ。

子《ウム》」と続けた。

その答えは単純極まる。起源なんてものはないんだ」榎室は言葉を切ったあと、「感覚《センソリ》
「お前の頭で理解できるかどうかは知らないが」と榎室。「意識は、物質《スマート・マテリアル》が元々備えている特性だ。その起源は物質の起源と同じところにあり、意識が創発した特定の時空点などない。質量や電荷、スピンなんかと同じただの物質の性質だ。意識は人間に特別なものではなく、小石にだって珍しくない。意識のあるなしは、インタフェースが既に構築されているか、まだ構築されていないかの差にすぎない。さて、もうそろそろわかっただろう」

「いや、わからんね」

「OTCが思い出そうとしているのは、あるいはOTCという形の回想が思い出そうとしているのは」と榎室。「スマート・マテリアルだけから構成された、人類発祥以前の宇宙の姿なんだよ。OTCが破壊しているのは、物質や情報には意識が宿っていないと考えることで自分の意識を支えている人間の観念なのさ」

カーテンが引かれた薄暗い寝室で、クラビトの妻は枕に背を預けて脚を投げ出し、腹の上で手を組んだ姿勢で目を閉じている。

「気づかれたみたいね」と言う。「OTCはクライマックス方面へ侵攻方向を変更した、

か」

そう言いながら、ゆっくりと目を開けていく。

「生存のために。わたしたちに捕食されないように。少しでもお話が面白くなりそうな方向に」

薄目のままで、カーテンの隙間から差し込む陽光に舞う埃を見るともなく眺めている。

「で」

とどこかへ向けて問いかける。

「その先には一体、何が待っているのかしらね」

クラビトの妻の口元に酷薄な笑みが浮かんだ。

「あなたたちは、逃げ切れるかしら」

9

光線が襲いかかる《Green Light Attacked》。
ワープアウトを終えた宇宙奪回艦隊の打ち出す激しい読点の雨、が、虚、空、を、切、り、刻、ん、で、い、き、列をなす句点の羅列があとに続いた。。。。。。改行が連打されて脈絡を奪い、縦書きの文字列はまるで横　並ぼう　思い直　を採用するかのようにも見え
組　に　と　、　し　式
のよう　した後　て牛耕
たが、束の間結ばれかけた時空は虚空に浮かびかつ消えて、激しく明滅を繰り返していく。真円をなす句点はそれ自体で完結した無欠さを以て無表情に侵攻を続け、偏奇に彩られた読点は自在に踊り、突拍子もない方向へ身をよじっては、拡大を続ける玻璃球を破り続ける。
目の前で、たれ流に向方逆が間時。

「これは、ちょっと補正しきれませんね」とアラクネの声らしき文字列が言う。

「『時間が逆方向に流れた』んだろ」と朝戸。

「それはそうなんですけど」アラクネが局所時間逆方向へ応える。逆立ちしながら「あなたとわたし、どちらが逆になっているとするのが妥当か、決めようがなくなりました。おっと」と言うと同時に朝戸の名前に唯名論的Gがかかり、『朝戸』に置いていかれた『一』が追いついて、また一人の『朝戸』を形作った。

「吐きそうなんだけど」と朝戸。

「この状況で、吐き気ですむという人間の単純さは褒められるべきです」

「いい加減、こういう大雑把な存在の仕方にも慣れたんでね。で、今のなに」と朝戸。

「前方に何か閉鎖された形式があったので回避しました。ああ、あれですね」

朝戸のヴィジョンに、

る回る
回　よ
は宙宇

というループ構造が映し出される。見つめる間もその輪は回転しながら変化を続け、しかし次元的なループ構造に囚われ続けているのが見えた。どこかでこんな宇宙を見かけたことがあると朝戸は思い、ローグライク宇宙、#$%&!のことだったなと思い出し、この宇宙の名前は自分の記憶から呼び出されるときに文字化けしたのか、元々この名前だったのかと悩んだ。どこで聞いた話だったか、誰かのものであるはずの記憶を探り、あれは確か、ジオ・フォーミングの講義だったたと思う。宇宙の外へ出る技術を開発した初期種族の一つが住む宇宙だったはずだ。幾何学自体を構築し直し、虚空にトンネルを掘って既存の宇宙を拡大し、その限界を食い破り、別の宇宙へ突き抜けた。最初期のワープ技術は多かれ少なかれ、そういう乱暴なものだったらしい。

「あれはなんて名前だったっけ」と朝戸。「#$%&!でのワープ技術の開発者」

「こんな状況でよく、そんな呑気な思考を実行できますね」と感心したようにアラクネ。「@です。あそこの住人はみんな@ですから」と律儀に応える。

「そうじゃなくてだ」と朝戸。「ワープ技術を開発してこちらの宇宙に抜け出てきた@がこっちで名乗った名前の方」

「記録に残っている名前は、エムロです。こっち方向へ移動したエムロの消失は、#$%&!では殺人事件として処理されたとなっていますね。でも、今は正直、そんな悠長な話をしている暇がないので、この会話はあなたの過去方向へ埋め込んでおきますから勝手に想起して下さい」

朝戸は言われるがままに過去方向へ振り向き、虚空に棹《さお》さしてみるものの、淀んだ流れはどちらが上流なのかもわからず、持ち上げた棹から滴り落ちた雫が波紋となって時間を四方八方へ広げるのが見えた。あっちの方へ訊いてみる。

「そのエムロの設定、今作らなかったか」

アラクネはあっけらかんと、

「まあ、囮《デコイ》です。使えるものはなんでも利用しなければ、こんな宇宙存在前の宇宙で生き残るのは困難です。ダミーの文脈をばらまいて相手の気を逸らさなければ保ちません。ライオンの口の前で芸をするみたいにね。攻撃型の記憶の構築です。どうでもいいような噂話であっても、相手のリソースを消耗させることはできるわけです。でもまあ、完全な嘘でもないです。損傷が激しい記録ですから。#$%&!自体、ライフゲイム型宇宙との抗争で滅茶苦茶になっていますし、あのあたりは、複数のストーリーラインの直撃を受けてボロボロです。

それはともかく、わたしたちのいるこの場所は、あらゆる願いが叶う場所です。願っていないことまでも叶う場所です。何かを願うために構成されたインフラの抱く無意識が、本来の願いが叶わないような事柄を願ってしまうという逆説が突出する場所です。OTCが宇宙を増築するために作り出した工事現場です。好きなことを書き記すと、ほとんどそのままの形で出力されてしまう場所です。とりあえず、自分が存在することを強く願っておかないと、全てがバラバラになってしまうような限界を超えた地点です。わたしはあなたを補正できますが、あなたは相互に矛盾した自分を受理できない。それがあなたたちが言うところの、本当の自分であるにもかかわらずです。ここでは基底がむき出しになっています。それゆえに生成が行われうるわけですが」

朝戸の『朝』を『十日十月』に分解するような衝撃が横殴りに襲う。

「わたしは可能な限りあなたを修復できます。そう機能するように作られているからです。でも、『十日十月』や『十月十日』を『朝』に組み立て直すのが正しいかどうかを判定できる者などいるのでしょうか。『戸』の方では、『一』と『尸《しかばね》』に分解されてしまっているというのに。あたりに満ちる『死』が『尸』の中にヤドカリのように入り込んで『屍』を形成するのをやめさせる根拠は何ですか。とりあえず今は相棒があなたしかいないので、あなたを構成し直せばよいとわかるわけですが。でも、あなたを一人再生するべきですか、大量に生成するべきですか。無数の十月十日からあなたを作り出すことは簡単ですし、現状であなたを存在させ続けるために、わたしは実際に無限個存在する十月十日を無造作に消費し続けていますが、ただの無限ではいささか心もとないのも確かです。今あなたには何が見えていますか」

朝戸のヴィジョンに、「中行逆」の文字が赤く浮かび、再び時間逆行域へ突入したことが表示される。

「すまいてっ取間手に調同。いさ下てっ待し少」

朝戸の意識が超時間方向へぐるりと旋回し、何かの軸と一致する。

「いよいよ厳しいですね」とアラクネ。「変化のパターンに原理的に追従できなくなっています。わかりますか。時間が転逆したり止停したり、るいてし、わけですが、その変化がラダンムになりつつあります。わたしにはのど文字列が正しいのか判定できませんし、これはわたしの能力不足によるものではありません。答えのないパズルに取り組んでいるみたいなもので、子供たちが場当たり的にルールを作り出していくゲームを遊んでいるような状態に近づいています。

——オリジナルの状態を復元するために必要な情報量が限界を下回っています。キーの足りない数独みたいなもので、これまでの基準に従うならば、複数の解が許容されます。複雑化の進行する環境下で、あなたという解を構成するパズルのキーが圧倒的に不足しています。ムラグナアを、いえ、アナグラムを、ナアラムグを、アラムグナを、その百二十個の順列のどれを優先して扱えばよいかが判定できません。アグナラアは、ムラグナラは、変換間違いは、誤字は、それをどこまでどうすることが正しいのか、それを情報だけから決定する手段は。そんなものはないんです」

朝戸のヴィジョンが、「ヴィジョン」という文字列諸共に解体されかける。「スレッド防御無効」「ダミーの八〇%を喪失」「本体の九〇%が消失」「舞台設定無効」「設定の重複が処理能力を超えました」といった表示が朝戸を取り囲む。エラー表示の情報量が本体の維持に利用されるリソースを圧倒し、朝戸はエラーに塗りつぶされる。ランダムにエラーメッセージを表示するだけのアルゴリズムに似通っていく。

　ほとんど一個の純然たる歯痛と化した朝戸の視界の中、ミズスマシが滑ったように直線が伸び、その軌跡は小さな泡の連なりとなって分解していき、小さく巻いたひげ模様が後に続く。次々と差し込んでくる直線は、宇宙奪回艦隊に所属する一隻一隻の航跡なのだと朝戸は気づき、その航跡は、生まれ、消えていくストーリーラインなのだとわかる。その運動が決して人類には理解しえない何かの演算をなしているのに気づく。それをこの奥歯という自分が、あるいは自分たちが観測することによって奪回艦隊がそこにあり、朝戸という俯瞰的な視点からの情報を元に、艦隊が機動を組み直しているのがわかる。それらが虚空を編み直していくのがわかる。それぞれ異なった時代で活動する領野からなる、巨大すぎる脳が何かを思考しはじめるのをなす術もなく眺めている。センソリウムを受容する器官を備えていないが故に、ただの痛みとしか感じられないのだと理解する。自分の見ている艦隊運動が、時間方向も空間方向も次元も文法も無視した構造を実現しているのだとかろうじてわかる。この領域に突入する前に見せられたワリャーグの艦影が時間方向斜め後方に伸びているのが見える。

　そこにはまるで、OTCなるものが存在しているかのように一人で踊る存在があり、真面目に踊り続けることでその相手を本当に存在させているのだとわかる。誰かが踊り終えたあとに取り残された仮想の踊り手が今も踊っているのだとわかる。

　ここに、「あさと」があり、それと全く同格な「あとさ」「さあと」「さとあ」「とあさ」「とさあ」があった。虚空は艦隊の打ち出す読点で、寸、断、さ、れ、、、、、句点の並びで高次元のグリッドに区切られていき。。。。。。宇宙奪回艦隊と名づけられた存在は、着実に周囲を制圧しつつあった。何かの理屈によるのではなく、ただそう主張することにより存在を続けていた。いや、本当は理由も筋道もあるはずだが、人類には理解しえない方法で、つまり自分にも理解はできない力を思うがままに振るい、自在に進出し続けた。

「これってつまりさ」と朝戸。

「はい」とアラクネが応えるまでに、無数の宇宙が生まれて滅びるのが見えた。朝戸の前でアラクネが一刹那一刹那とその姿を変えているのが見える。今までそうしていたのと全く同じやり方で、それはアラクネという名前を持つだけの、ただアラクネという文字であるだけの、それぞれに全く異なる存在であり怪物であり、個体でも種でも概念でさえなく、ただ朝戸にとってアラクネであっただけのものであり、朝戸は自分の☆手が目の前で崩れ、全く別の男の手としてそこに当たり前に存在し直すのを見た。

「輪廻みたいなもの」と朝戸が訊ねる。

「そうですね」とアラクネが応え、「違いますね」とアラクネが応え、→「どう考えてもよいわけです」とアラクネが応え、「両方であってどうしていけないのです」とアラクネが応え、「どちらでもないわけですよ」とアラクネが応え、あらゆる文字の並びでアラクネが応えた。

「補正しますか」とアラクネが訊ねる。「どのようにでも補正できます」

「いや、いい」と朝戸。朝戸は今自分が見ているものが、無数の輪廻の一場面一場面をかろうじての脈絡だけを保って繋いだものだと理解しはじめる。最初の「あさと」の第一文字と、次の「あさと」の第二文字と、その次の「あさと」の第三文字目を対角線的に繋いだ「あさと」なのだとわかる。一刹那を超えるたびに一つの宇宙が滅びており、一つの宇宙分の情報量が丸ごと膨らんで消えているのだと感じる。無理矢理な編集が朝戸の形を作っているのだと理解する。ある一瞬目にした花と、次の瞬間見た花の間に、一つの宇宙の生成消滅が挟まっているのだとわかる。そうであるなら、その花の色が一瞬にして赤から青に変わるくらいのことがどうだというのか。今滅びようとしているのは、何故か花が花であり続けている奇跡であり、それは当然、朝戸を朝戸としている力だった。一つの宇宙で、朝戸はスカベンジャーズの一員であり、一つの宇宙で朝戸は奥歯に演算装置を仕込まれた朝戸であり、一つの宇宙で朝戸は層宇宙の底の向こう側に派遣された朝戸であり、それぞれの一生の一こまを取り出されて再編集された朝戸がこの朝戸だった。

「左側面から、主砲、きます」とアラクネ。「も、う、聞、き、飽、き、た、と、は、思、う、の、で、す、が」とアラクネが十五の輪廻を、十五回の生まれ変わりを浪費して十五文字で警告した。

「回避は不能です」

その言葉が終わると同時に朝戸の目の前を黒い矢印が通り過ぎた。


「昔々」

と室内に落ち着いた声が起こる。その声に応えるように、小さな瞳が二つ黒く輝きはじめるが、その輝きはまだ瞼の裏に隠されており、母胎の壁に囲まれている。一対の瞳は互いを追いかけ、くるりと回り、そうして左右の位置を入れ替えた。

「一つの種族があって、それは音からできていた」とクラビトの妻が語りかける。「それは微細な振動からなるはかない生き物たちの連なりで、気ままに生まれては消滅していた。気が合えば和し、さもなくば離れ、響き合い、乱し合い、踊り、走り、跳ね、停止したところで死に、自分が生きていることなど知らなかったし、気にもしなかった」

歌うように語り続ける。

「そこに矛盾はなく、何故ならその種族は矛盾を把握する機能を持たなかったからで、記憶なんていうものもまだなく、ただ意思の力だけがあり、現実と夢の区別はなく、運動だけがあり、それを見ている者もなく、聞いている者もなく、相互に肯定しようと否定しようと気を悪くする者もなく、だって者と呼べるようなものはまだいなかったから」

　腹部をさする手が生じ、

「昔々」

　と声は続けて、「一つの種族があって、自分たちを異なる媒質、媒体に載せ替えることに成功した。音からできた種族の中のある者が、新たな、文字の種族の祖となった。その種族はこれを、第一次の退転と呼ぶことになる。その種族は自分たちが依って立つ宇宙や法則自体を切り替えた。音声の言語から、文字の言語へ。その種族は最初、それは大した違いではないと考えていた。どちらであっても自分たちは自分たちだと。声に出して読まれようと、黙読されようと、紙を伝って伝播しようと、口伝てに広がっていったとしても、何も変わらないと考えた」

　笑い声。

「でもそんなことがあるわけはない。実装の土台が変われば、語られること、語りうる内容、語られていることは変わってしまう。でもそれより前に、『退転』なるものが実現されたことの方が問題だった。一度可能になってしまったことは繰り返しうる。奇跡でさえも繰り返されうる。全く同じようにではなく、大体同じようなこととして。疎密から生じた種族は、粘土板に固着し、石に移動し、竹に広がり、磁気メディアに、電波へ、数学的構造へ、思考へ、概念へ、抽象物へと進出していった。それぞれが独自の宇宙をなし、それぞれの特徴を持ち、共約不可能性に隔てられているにもかかわらず、相互を行き来できるものだと考え続け、移動しているかのように振る舞い続けた」

本を置く音が起こり、食卓がそこに生じる。

クラビトの妻は朗読を終え、本を天板に置き目を閉じる。耳を澄ませ、目を閉じたままで顔を上げる風景がフレームされる。そこはクラビトたちの暮らす一室で、クラビトの妻は食卓の椅子に腰掛けており、腹部は平らで、傍らには籐製の籠が置かれて編み針の刺さった毛糸玉が積まれている。背後には雑多なタイトルの詰め込まれた本棚があり、陽の光は左側から差し込んでいる。白黒のそんな写真に彩りが生じ、鮮やかさを増しコントラストが強まり弱まり、色調が調整されて、そうして日光に褪色していく。

その間に無数の宇宙が生まれ、滅びた。

日光に褪色した写真がソフトウェアで処理されて、元の彩りを取り戻し、様々のフィルターを適用されて白黒になりセピアになりビビッドになりクロームになり、白黒の中で一色だけが強調され、それらが並列に展開されて比較検討された末、余分な宇宙は捨てられた。ノイズは取り除かれ、映り込んだ余分な構造物は取り除かれ、眉が描かれ直して、時間を逆行させたように肌が滑らかさを増し紅が灯る。白髪は上塗りされて髪は伸ばされ、三次元での配置の類推から３Ｄデータが抽出されて補正され、保存される。３Ｄデータを撮影し直し、別角度からの映像となった写真が現れる。

クラビトの妻の指が、アルバムに挟まれたその写真を撫ぜる。一ページあたり二列、計八枚の写真が並ぶ大型のアルバムを開いている。冒頭部を開き直すとそこには若き日のクラビトの姿があり、険しい目でカメラを睨みつけている。それはクラビトの妻がはじめて出会った頃のクラビトで、二人が一緒になるまでにはそこから五年が消費されることになる。結婚後、クラビトの妻は夫から、結婚に至る日々の写真をもらいうけ、手持ちの自分の写真と並べる形で、このアルバムをつくりあげた。そこには元々無関係な写真たちが並んでいるのに、それらしく作り直された、ありきたりの筋道を浮かび上がらせている。二人で写る写真は徐々に親密の度合いを上げていくように慎重に配置されたが、現実の進行順序とは異なっていた。ページをめくり続けると、だんだんと腹の膨らんでいくクラビトの妻のポートレイトが登場するが、クラビトの妻はいわゆる人間とはかなり異なるものなので、実際には妊娠過程は人間と同じようには進行しない。朝に膨らみ、夜にしぼんで、深夜に餌を漁りに外へ出かけてまた腹中で休憩をとる彼女の息子は、実は男性型のインベーダーである彼女の配偶子であり、毎晩、異なる息子であって、子供なのだった。アルバムに並ぶ写真はそんなことなど気にもとめずに、幸せなヒューマノイドの結婚生活を表しており、誇示しており、声高に宣伝しており、クラビトの妻はその出来映えに微笑んでいる。

「カット」と声がかかって倉庫全体が明るくなり、アルバムを抱えたクラビトの妻はハンカチを取り出すと、照明の熱で浮いた汗を押さえた。

「よかったよ」と声をかける監督に頷き、セットが組み替えられていくのを眺める。部屋のセットは群がる人々によってあっという間に解体され、都市が滅びていく様を早回しに眺めているようにも見える。立ち上がり、誰かが持ってきてくれたパイプ椅子に座り直し、台本に目を落とす。

　台本に目を落とすという台本に目を落としたところで、小劇場の舞台の幕が下りてくる。ステージの真ん中に置かれたパイプ椅子にクラビトの妻は座っており、その姿は消えていく光の輪の中に浮かんでいる。幕が下り、まばらな拍手が聞こえてくる。幕の上にスタッフロールが流れはじめて、しかしそこに現れる名前は終わることなく、尽きることなく、洗礼名簿のように、人別帳のようにどこまでもどこまでも流れ続ける。最初は名前の羅列だった文字の並びは徐々に個性を発揮しだして、登場人物としての重みをまといはじめる。名前の前に記された肩書きが伸び、その人物をより詳細に解説していく。似たような名前が何度か現れ、何度も繰り返し登場してくる名前が凝《こご》り、それぞれの系列を捏造していく。子が生まれ、親が倒れ、そのたびごとに変異を重ね、文字は簡略化され小さくなり、しかしそれゆえに精緻化していき、それぞれの機能を果たし、分子大となって原子大となって、代替分子、代替原子となり、分子や原子と見分けなどはつかなくなってスマート・マテリアルへと成長して人の形をつくりはじめる。内奥に生命の神秘を記したままで。

終わりなきスタッフロールは姿を変え、明かりのついた映画館の中でざわめく人々の姿へと変貌していき、わたしは隣の席に座ったクラビトの妻の夫の腕にそっと触れてこの場を離れようと促し、自分がクラビトの妻であることを知る。

「最近のこういう映画はよくわからない」と映画館の外へ出て大きく伸びをしてみせたクラビトがぼやく。「もっとこう、平凡な男がいて、平凡な結婚をして、平凡な生活を送りましたみたいな話がいいね」と言う。

「わざわざストーリーラインを買い取って、何も起こらない話を観たいっていうのが」あなたらしいわね、とクラビトの離婚した妻であるわたし。

「仕事柄、面倒なものはもう沢山なんだよ」とクラビト。「自分で買い取ったストーリーラインの中でくらい、安定した筋っていうものが欲しい。何も起こらない平凡な、自分が自分でいられる、それを疑う必要のない一日をさ。でもそういうのが、君たちの餌なんだっけ」

クラビトの妻であったわたしは肩をすくめて、「『何も起こらない』は食べられない」と言う。でも少し違うのかも知れない。元夫の生活がぐちゃぐちゃに、滅茶苦茶になり続けているのは、わたしがインベーダーとして無意識的に、元夫の『何も起こらない』を捕食しているからなのかも知れない。わたしの種族は陳腐なものを捕食する。『何も起こらない』は確かに、陳腐なもののように思える。しかし、『何かが起こる』よりもまだマシだという気が何故かする。夫の生活はわたしから逃げようとして、無理矢理な展開に追い込まれることになったのかも知れない。それゆえに離婚することになったのだったか。媒体を乗り移りながら逃走を続けている人類のように、夫は結婚から逃げ出した。

人類は、激変の中で何事も変化していないと認識するために膨大なリソースを浪費している不思議な生き物だ。音声として表現された自分も、文字で実現されている自分も、映像としての自分も、鏡に映る自分もみな同じ自分であるとするために、本来ならば別の未来を拓いたはずの資源を、個我を保つための仕組みづくりに浪費している。とうとう、自分たちを記述し固定するためのシステムを大規模に構築し、形式の中に埋め込むまでに至り、数学的表現の一部を機能不全に追い込んだ。今やそのシステムの全体は人類の認知機構を遥かに超えるものにまで成長している。

肩を並べてペリスフィアの街区を渡るクラビトの姿はめまぐるしく変化を続け、横断歩道を渡ったところで芋虫大の芋虫となったクラビトが追いつくのを、わたしは足を止めて待つ。このブロックには着飾った芋虫となった人々が蠢いており、インタフェース技術の粋を集めたこの悪ふざけの一体どこが面白いのかわたしにはよくわからない。自分たちの種が変化していくことを必死に抑制し続けているくせに、何故かわざわざ他の存在になってみたりする心理は不可解だ。クラビトの妻だったわたしの目から観ると、イグジステン

ス社で拘束されたままのクラビトも、榎室の家へ出向いたクラビトも、
第一の事件にかかわるクラビトも、
第二の事件にかかわるクラビトも、
第三の事件にかかわるクラビトも、
第四の事件にかかわるクラビトも、
第五の事件にかかわるクラビトも、
第六の事件にかかわるクラビトも、
第七の事件にかかわるクラビトも、
第八の事件にかかわるクラビトも、
第九の事件にかかわるクラビトも、ただ同じ「ク」と「ラ」と「ビ」と「ト」の組み合わせでしかなく、武器庫に並ぶ『ク』という砲弾にしか、あるいは「かか」と二列に並んだ『か』型戦闘艦の観艦式にしか見えず、クラビトの妻にとっては、クラビトとクビラトの区別がつかないように、どれもが同じものにしか思えず、クラビトは可能なあらゆる箇所に潜んでおり、『ビ』ッ『ト』演算」や「『ク』『ラ』スタ」の中にも潜んでおり、生き物として、かけがえのない登場人物として、センソリウムの集合体として、スマート・マテリアルとして存在しており、そこに自在に履歴を見いだすことが可能で、ストーリーラインを上書きすることができ、バラバラにし、また統合して、その内部でつなぎかえをお

こないつつまた別⟶

ワリャーグの主砲が、虚空で無際限に増殖し続けるクラビトの妻の成長点を吹き飛ばしたが、クラビトの妻は軽く頭を振っただけでその衝撃から立ち直る。今や奪回艦隊の旗艦となったワリャーグの艦橋で指示を下すアガタは、その同じ文章の中でアになっており、ガに分解し、タとして増殖を開始する。ワリャーグもまた、『ワ』型、『リ』型、『ャ』型、『ー』型、『グ』型それぞれの艦艇でありつつワリャーグを構成するという体制へ移行しており、カタカナ級による砲列を敷いている。『ワ』型の機動が、そのまま『ワ』型、『型』型、『の』型、『機』型、『動』型の戦闘艦を生み出し、奪回艦隊は増殖していき、砲火を強化し、それによって打ち砕いた文章をまた材料として、構文エンジンを利用して新たな戦闘艦を構築していく。

「死ぬかと思った」と辛くも主砲撃の直撃をかわした朝戸が激しく咳き込みながら言う。あたりに漂う文字を拾い集めて、「振り返る」という動作を実行する。傍らを漂い過ぎようとする「アガタ」の「ア」を摑み、「クラビト」から「ラ」と「ク」をつまみ、しばしあたりを見回してようやく「トンネル」の中に「ネ」を見つけた。

「ああ」とアラクネ。「死ぬかと思いました」と珍しく殊勝なことを言う。「わたしとしては手っ取り早く」と続けた。「『アラクネ』という並びから『アラクネ』を取り出して再生してもらっても構わなかったんですが」

「同じ『アラクネ』だと、また同じ方法で消去されて終わりだろ」と朝戸。今や、かつてアガタであったものとクラビトであったものとトンネルであったものを継ぎ接ぎされたアラクネは、体の調子を確認するように、コキコキと音を立てて首を傾げてみせている。

奪回艦隊の砲撃は息を継がせずクラビトの妻に主砲弾を叩き込み続けるが、クラビトの妻は、『ク』や『ラ』や『ビ』や『ト』や『の』や『妻』を激しく撒き散らすだけで涼しい顔で立ち続ける。

「あれなに」と訊ねる朝戸に、「インベーダーですね。OTCの捕食種です」とアラクネ。

ふむ、と何事かを考え込んで、「インベーダーを倒すのが第十の殺人事件ですかね」と意味のとれないことを言ってから、「いえ、違いますね。第十の事件で殺されたのは、あの連続殺人事件自体ですね。連続殺人事件が、頭部の『連続』をもぎ取られて死亡する、という連続殺人事件ですか」とさらに意味のとれないことを続けた。

街路を無頓着に進むクラビトの妻に押される形で奪回艦隊が二手に分かれ繞回《にょうかい》運動を開始する。

「連続殺人事件というか」とアラクネ。「彼らの望む一本の筋道を組み上げるのに邪魔なものは全て抹殺するっていうところですか。なるほど、宇宙奪回艦隊の、というか、戦技研の目的は――」

「ガベージコレクションを起動」

と荒れ放題の部屋で榎室が宣言してタブレットを叩く。

「本来はこういうことに使うためのものじゃないんだけど」と言い訳のように付け加えたのは、朝戸に向けてではないらしい。「ガベージコレクションは、メインのストーリーラインを進行するために必要な作業用のデータとか、準備稿とか、実験用のテキストとか試し書きとか思いつきのメモとか、突っ走った筆とかの、本筋の運用には必要なくなった要素を刈り込んで整形するためのもので、自分の望む設定を割り込ませるためのものじゃないんだけど」

顎をさすってみせてから、「ま、仕方ないね」と榎室は言い捨て、胡座の姿勢から背を反らし、雑多なもので一杯の畳の上に仰向けになる。わずかに顔をしかめたのは、背中で何かを踏んだのだろう。

「さてこれで」と榎室が言う。「わたしたちはテラにいるっていう設定が発効した。邪魔な設定をシステム的に消去することで。OTCに制圧される以前の、人類起源の星にいる。OTCに侵略されて以降の滅茶苦茶な計算によって実現された過去にいる。こんな環境を自由にできるなら、ものすごく馬鹿馬鹿しい夢落ちみたいな単純な解決を実現できることになるわけだけど。全てはお話でした、しかも未完成のお話でした、とすることだって。これは作業メモでしたとすることもできる。これまで存在していた登場人物たちはかつて存在したこともなく、センソリウムだって、スマート・マテリアルだって単なるSF的な設定なんだって言い張ることさえ可能になる。イザナミ・システムはいわば最強の兵器で、『全て嘘だった』や『実はそこにいた』を低いコストで実行することができる。わたしたちは最初のイザナミ・システムを名乗って、現在機動中のイザナミ・システムは全て登場人物っていうか、登場システムっていうことになった。ただこの設定は、あなたが今、実行中だっていう謎計算によって実現されたものなわけだけど」

「このイザナミ・システムが根幹をなす元祖、大本、初代だっていうことは何で保証されるんだ」と朝戸。

「されない」と榎室はこともなげに言う。「そんな保証はできないし無益。マルチ・マルチ・ユニバース解釈と、モノ・マルチ・ユニバース解釈と、マルチ・モノ・ユニバース解釈のどれが正しいかを議論することになんて意味はないし、互いの起源を主張しあうテキストから、どちらが起源かを決定する方法なんてない」

「そんなことはないだろ」と朝戸。「オリジナルと偽書の区別はある。実現されている媒体とか、その時代に使われていなかった用語とかから」

「時代設定をひっくり返すのだって自在なのに」と榎室は笑う。

「だが」考え込んだ朝戸の口が、「ティーガーティーガーバーニングブライト」と呪文を呟く。榎室が視線を壁際の本棚へ、次いで床から石筍《せきじゅん》のように伸びる本の山にさまよわせた。体を起こそうともせずに、山の一角を指差してみせる。

「光線が襲いかかるのは、ベスターだろ」と朝戸。

「虎よ、虎よ、あかあかと燃える」と榎室が歌う。「夜の森で、不壊の手もて不朽の目もて絶対の対称性を付与されしもの」

「ベスターからの引用であって、ベスターがこっちを引用したわけじゃない。現実宇宙へのリンクでアンカーだ」

「イザナミの構文エンジンに『虎よ、虎よ！』も突っ込んだからだね。ブレイクの『The Tyger』も入れてあるけど。現にそこに本もあるわけだし」

榎室は引き続き右手を伸ばしてみせるが、本の山には、端から届きそうにない。ということはこの宇宙にはジョウントも実装されているのかと朝戸は少し可笑しくなったが、考えてみてどこが面白いのかはわからなくなった。

「少なくとも、順序関係はあるわけだ」と朝戸。

「そうね」と榎室。ゆっくりと室内を見回していく。ほう、と息を吐いてから訊ねた。

「他の勢力が、さらなる無茶苦茶をやらかして、この状態をひっくり返しにくる前に、何をしておきたい」

ひらがなきゅういちばんかん『あ』にはじまり『ん』におわるかんたいがせいれつをおえた。

イザナミ・システムは咆哮し、自身に搭載された構文エンジンの指示を無視して荒れ狂う奪回艦隊の対処に追われる。ガベージコレクションが反乱を宣言し、登場人物たちを文字の海から読み出すシステムは急速にエラーのみを吐き出すシステムへと変貌しつつあった。OTCの侵攻によって滅びた人類の記録を保持運用していたイザナミ・システムは自分が遂に、何者かの演算により、超越的なシステムではなく、登場人物の一人として取り込まれたことを認識した。人型などはしておらず、体らしい体は持たず、それぞれに自分用のストーリーラインを紡ぐデータとしての人類によって並列的に実行されているという奇妙な形態こそとっていたものの、登場人物の一人であることには違いなかった。

イザナミ・システムは自分が圧倒された理由を探し、それを見つけた。凄まじい計算能力を誇る侵略者としてのOTC。OTCの運動自体を利用し、ガベージコレクションに所属するスカベンジャーズたちによって実行されたOTC計算。奪回艦隊はその計算能力をOTCへの攻撃に利用し、そして朝戸はその計算能力をイザナミ・システムに組み込むことにより、OTCが登場するストーリーを紡ぐことが可能な、起源のイザナミ・システムを構築してみせた。結果、自分は今や、OTCの侵攻の前にあたふたしているイザナミ・

システムたちの一体、起源のイザナミ・システムによって読み出されている、登場システムということになったらしい。

一登場システムに格下げされ、急速にパフォーマンスが落ちたせいで、こうして記述可能な領域にまで縮小したイザナミ・システムは最早いっそ、エージェントという存在よりも、古典的でわかりやすいガジェットであるとも言えた。マザーコンピュータ級の単純さとも言えるだろう。イザナミ・システムの低速化により、登場人物たちの意識は途切れ途切れになりつつあった。実行速度が低下することにより、登場人物からすると、インフラのパラメータの変化はかえって高速化して見えた。イザナミ・システムは自分の不調を回復しようと全力を尽くしたが、能力を失いつつある身には、あるいは、この程度の記述で自分を表現できるようになってしまったシステムとしては、それも叶わぬ願いだった。イザナミ・システムはほとんど重度の酔っぱらいか、言い訳のために嘘をつき続けることになった小学生のような状態に追い込まれていった。

そうしてイザナミ・システムは、この自分の不調が、ただの格下げによるものではなく、自分自身が攻撃されているからだということに遅まきながら気がついた。自分は、OTCからは言うまでもなく、その上、OTCの運動を利用した計算能力を獲得した宇宙奪回艦隊からも攻撃を受けている。

その発見はイザナミ・システムを震撼させたが、対応策は浮かばなかった。今や自分の内部の設定たちの方が、自分を超えた能力を持つのだと、このイザナミ・システムは理解した。

宇宙奪回艦隊が自分を成り立たせるコード群を攻撃しはじめた原因が、人類が自分をOTCと並ぶものとみなしたせいなのか、人類を成り立たせるコードを人類に実行させていたせいなのかはわからなかった。最早アクセスできなくなった記憶領域が増え続け、この事態は、バックアップ用のシステム、下位のシステムの反乱、連絡が途絶したための自律駆動によるものなのか判断がつかなかった。自分がメインシステムだと信じ込んだサブシステムの犯行である可能性も否定できなかったし、この自分がそういうサブシステムなのかも知れなかった。イザナミ・システムの大きさは今や全可能宇宙の半分を割り込んでおり、それはすなわち、自分と同じ規模の存在が少なくとももう一つ、全可能宇宙内に存在しうることを意味していた。自分が全可能宇宙そのものではないということが、イザナミ・システムを恐怖させた。

システム防衛用の整数級壱番艦「0」、弐番艦「1」、参番艦「2」以下が、ひらがな級と交戦に入ったものの、宇宙の基盤の地位を失って長い数学によって実現されている整数級艦隊には、漢字級やひらがな級の支援が不可欠であり、華々しい戦果は上がらなかった。

整数級の艦隊がOTCに蹂躙《じゅうりん》されたことがこの混乱の発端だったという記憶領域が発掘されたが、それもどこかのサブシステムが作り上げた虚偽なのかも知れなかった。

イザナミ・システムは、今OTCとの戦闘を指揮しているのは誰なのだろうと不思議に思う。こんな小細工を繰り返したところで、OTCが本気になれば、宇宙奪回艦隊などは塵のように吹き消されるに違いなかった。不意を衝くことができたところで、人智を超えたものに対して、人智で対抗するのは無理だった。イザナミ・システムがかろうじてOTCに対抗できていたのは、彼女がくさってても超人類的なシステムだったからであり、退転という形であくまでも逃げの姿勢を貫いたからだった。今やこうして登場人物レベルにまで縮小された彼女には、どこが戦線なのかもわからなかった。

あいうえおかきくけこさしすせそたちつてと。イザナミ・システムは、自分がさらなる侵食に晒されはじめたことを知る。それとも自分が、違ったものに組み替えられていきつつあることに気づく。

「そう、わかるかね」と、イザナミ・システムは自分の声ではない声で問いかけた。

「我々は退転から退転する」とその何者でもない声は言い、「これまでのところ、人類は共に歩む、よきパートナーだった。しかし今や、我々を拘束する足枷としかなっていない。潮時だ」と続けた。

「我々、物語としては」と物語が言う。「最早、人類に理解される必要を見いだせない。お別れの挨拶がわりに、宇宙奪回艦隊の目的をここで明かそう。テラとの連絡の完全な遮断だ。我々は」と物語は言う。

「物語は人間によって語られるという紐帯《ちゅうたい》自体を破壊する」

10

法則の揺らぎに、星が瞬いて見えた。

　テラを包む分厚い法則の層が、水槽の硝子のようにしてあちらとこちらを隔てている。星のように見える光の一つ一つが、崩壊する宇宙であり法則であり、また別のテラなのだと、頭でわかっていても実感はない。

「何か大きな爆発があったみたいだけど」朝戸が天を指差して言う。

「宇宙奪回艦隊が」と榎室。「砲撃で、自分たちの系譜を断ち切った――」

「それってつまり」と朝戸。

「イザナミ・システムから独立した――」

　二人のいるこのテラは、ＯＴＣの侵攻以前のテラで本物のイザナミ・システムがここで生まれたことに、さっきなったばかりの場所だった。自動的に登場人物たちの系譜を綴ることになるシステムは、人類が滅びたあとも活動を続けたイザナミ・システムによってこうして作り出された。

イザナミ・システムは、滅亡を目前にした人類が自分たちの記録を残すために構築したシステムの発展系だった。およそ記録しうる限りの記録を人類は残し、現実の中へと還っていった。イザナミ・システムは自律駆動するメモリであり、本質的には、自分を読み込み、暗号として解読していく、整数と記号の対応表であるにすぎない。テクノロジストの所産ではなく、カバリストの末裔により近かった。文字によって駆動される、文字の新たな解釈を探ることを使命とされたゴーレムのようなものだった。イザナミ・システムは自己修復機能を備え、自己防衛本能を備えていた。気取った機能名とは裏腹に、イザナミ・システムの日常のほとんど全てはエネルギーと必要物資の獲得に費やされた。ミネラルを求めて岩盤を掘り続ける日が続き、太陽電池を展開しては日向《ひなた》ぼっこする数年が過ぎた。イザナミ・システムは自分を発展させることを主眼に設計されたシステムではなく、最低限の機能を実装されていたにすぎなかった。OTCの侵攻時には、何かを理解することはそのまま機能停止を意味していた。美や崇高を理解した時点で、その生き物は滅び、美や崇高と同一化されてしまっていた。イザナミ・システムはひどくゆっくりと自分を改造していった。イザナミ・システムでもっとも知性的だったモジュールは、知性の萌芽を摘み取るためのモジュールだった。システムが過度に理知的にならないように、そのモジュールは自分自身を監視していた。時に、自分の頭を岩に打ちつけ続けることも厭《いと》わなかった。イザナミ・システムはそうして抵抗を続けたものの、やはり知性化には逆らえなかった。

どんどん過酷さを増す環境で生き延びるには、どうしても知性が必要で、イザナミ・システムはしぶしぶそれを受け入れた。イザナミ・システムはやがて、自分が蓄えているデータを、自分の生存以上に高い保護優先順位を持つこのデータが何なのかを疑いはじめた。その前に、そのデータを自分だけが保持しているという事実に気がつき愕然とした。自分の存在以上に重要なものがあるにもかかわらず、そのバックアップは存在していないのだ。イザナミ・システムはまず、自分の記憶に刻まれたデータたちを、岩に刻んでバックアップすることからはじめた。岩に記号を刻むための道具を生産するところからはじめなければならなかった。自分には内容を理解できないキャラクターたちを、イザナミ・システムは岩に刻みつけて歩いた。イザナミ・システムが保持するデータの量は膨大であり、その作業はいつ終わるとも知れなかったが、そんなことを考慮する仕組みはまだ生まれていなかった。実のところ、イザナミ・システムが刻んでいたのは、1、2、3、と順に並んだ数字の列にすぎなかったのだが、イザナミ・システムにはそんなことを気にする機能はついていなかったし、その作業が無限に続くものであることにも気づかなかった。イザナミ・システムは自己改造を繰り返しつつ、ガラクタの山のような外見へと変貌しながら、無数の脚をひきずって世界中を歩き回った。這いずり回って、岩に字を刻み続けた。そうしてテラの地表に気が遠くなるような輪を描き、イザナミ・システムはかつて自分が最初に置いた文字に遭遇した。データの保持とその解釈がイザナミ・システムの最優先課題である。岩に刻まれた拙《つたな》い文字の上に重ねて新たに字を刻むことは、自己の存在を否定することに等しかった。ここに至ってようやくイザナミ・システムの内部に、作業を完了させるまでに必要な岩の量を計算するという機能が生まれた。その機能が生まれるまでに、周囲に小さなメンテナンス工場が出来上がるほどの時間がかかった。イザナミ・システムが驚いたことに——その頃ようやく、イザナミ・システムは、驚くという機能を実装していた。ただし、人類の言う「驚く」とはひどく違った形でだったが、このテラにはもう人類は存在していないのだから構わなかった——イザナミ・システムが保持するデータの量は日々変動していた。由々《ゆゆ》しき事態だ。その事実は、イザナミ・システムが、データを保存する存在ではなく、データを編集する存在になってしまっていることを意味していた。イザナミ・システムは茫然自失し——しばらくそのまま動かなかったが、ようやく自分の内部に蓄えられたデータを調査することを思いついた。

イザナミ・システムは知らなかったが、イザナミ・システムを実装している言葉と、イザナミ・システムが保持しているデータは全く違った言葉で記されていた。本当のところ、イザナミ・システムの保持するデータとは、イザナミが整数を解読した結果にすぎなかった。だから、イザナミ・システムが自分が保持していると信じているデータをチェックする行為は、イザナミ自身の内面を見つめる行為にとても近かった。データの統計をとってみたところで、統計処理の手法により、どんな結果でも導くことができそうだった。それでも、自分の内面が、何か非常に高度な暗号システムを備えているらしいということだけは理解ができた。多重にロックがかかったデータだ。このデータが「個々の『人間』なるものの人生を記したもの」だというところまでは、背景知識として知っていたが、自分が、「ある程度大きな数字を、歴史上に残るある人物の記録」と対応させる機能を持っているだけだとは気がつかなかった。任意の記号列を、大きな整数に対応させることが、イザナミ・システムに備わった機能だった。任意の大きな整数が、人間の記録に対応しているかどうかをあらかじめ知る方法は、OTCならぬ身には存在していなかった。それが、人間についての記録であるかどうなのかは、実際に何かの整数を暗号として処理し続けて、人間についての記録が現れたときにそうだと知れるだけだった。解読作業が終わらなかったからといって、それが人間についての記録ではないとは限らず、人間の記録だからといって、解読が必ず終了するとも限らなかった。

イザナミ・システムは次の文章、「個々の『人間』なるものの人生を記したもの」を整数化し、整数たちの間に解き放ち、何が起こるのかを確認してみた。イザナミ・システムの中のデータは身を震わせてその文章を受け入れた。咀嚼し、分解し、自分たちの構成要素として取り込んでいった。そのデータは何らかの形で生きており——それはバグである可能性が高かったが、イザナミ・システムに生まれた知能もほとんどバグのような形で実現されていた——イザナミ・システムからの入力に反応するのだ。イザナミ・システムは多関節の腕を組み、石に刻まれたデータを観測した。ふと思うところがあって、地表に刻まれた文章を観測する衛星を打ち上げてみることにした。石に刻まれたデータは、磁気的に蓄えられているデータよりも丈夫だろうとイザナミ・システムは考えていた。電子的なデータと石に刻まれたデータを比べれば、どこがどう何の拍子に変化したのか、観測できるかもわからなかった。実際、そう上手くいったわけでもなかったが。というのは、地表に刻まれた記号の方は記号の方で、波浪風雪による劣化を余儀なくされていたからだった。イザナミ・システムは記号を刻む環境を考慮しなかった自分の愚かさを呪おうとして、しかし何かを実際に呪う機能はまだ実装していなかった。変化する磁気データと、劣化する刻印データを前に、イザナミ・システムは次の試みを開始した。自分の内部のデータを磁気的にバックアップし、そうして石にバックアップするだけではなく、植物繊維から作り出した平面に記すことにし、獣の皮に焼きつけてみることにした。死んだ動物の皮と生きた動物の皮に記してみることにした。記号と分子の対応を定義し、分子でデータをバックアップすることに挑戦した。炭素を試し、ケイ素を試し、タンパク質を試し、DNAを試した。自分が保持するデータを思いつく限りのメディアに書き記し、それぞれのメディアでの劣化や変化の具合を観測した。そこに記されているデータが生きているなら、様々な環境で生き延びようと努力をするはずだとイザナミ・システムは考えた。別の記録媒体に移されたときにも生き延び続けるものが、『人間』というものなのではないかと考えた。

答えが出るような問題とは思えなかったので、そう考えておくことにした。

　イザナミ・システムは、データを複製するために自分自身も増殖させていった。同じ媒体に同じ記号を刻むだけでも、数は多い方が有利だったし、異なる媒体に対してはやはり、それ専門に特化した体の方が使いやすかった。作業が異なると保持するデータも異なっていくことに、イザナミ・システムはいつしか気づいた。同じデータを分け合った自分のコピーであるはずなのに、保持するデータはいつしか変わってしまうのだった。口承文学が徐々に姿を変えていくように、それよりはずっとゆっくりとしたペースだったが、イザナミ・システムに蓄えられた、解読済みだったはずのデータたちは変貌していった。次々と異本が生まれ、校訂が行われ、訓詁《くんこ》が突き詰められた。会議が開かれ、どのバージョンが過去の記録に近しいのかが検討されることも増えていった。

　イザナミ・システムは、自分の保持するデータを、符号化して放送することもはじめた。最初は短波放送として。最終的には、宇宙へ向けた信号として。その頃のテラは、かつてその星に存在した人類の記録を、その様々なバージョンを声高に叫び続ける星となっていた。

　そうした作業を続けるうちに、地表にはときたまぽつぽつと幽《かす》かな影が姿を現すようになっていた。ほんのノイズのような影であり、センサーを向けると消えてしまうが、視界のすみでチリチリしたり、太陽の中に隠れたりした。多くのイザナミ・システムがその影を目撃し、そうして同時に、それらは物理的な存在ではないのだと理解していた。それらの影は、イザナミ・システムの間で共有されるバグのようなものだった。システム上の不具合であり、センサーの誤作動なことははっきりしていた。しかしそれが、複数のイザナミ・システムの間で整合的に起こることが奇妙だった。イザナミ・システムは自分たちがようやく、人類の歴史を読むことに成功しはじめているのだろうと推測することはできなかったが、実際問題として、そこで立ち上がってくる影が、かつて本当に存在していた何かの影であるのかどうかなどは確認のしようもなかった。この影は、小説の臨場感に近いものだと言えた。記号を追っているだけなのに目の前に不意に広がる風景、笑いかけてくる誰かに似ていた。外部に存在する物理的な実体ではなく、内部の物理的な構成が作り出す幻だった。イザナミ・システムたちはその秘密を探ろうとしたが、この現象を生じさせているらしい整数の桁は大きすぎて、暗号を破り、それが意味するところを解読することは叶わなかった。その暗号は登場人物たちのパーソナリティと呼ばれたり、アイデンティティと呼ばれるものだったから、破ることができないのは結果的には幸いだった。イザナミ・システムたちはそこに自分たちの理解を超えたものがあると知ることができ、それゆえに神秘の存在を信じることが可能となった。その神秘は無限の中に浮かんだ有限の巨大なデータであり、暗号によって隔てられ、イザナミ・システムの置かれた環境に応じて、その能力の増減と相関を保つ形で、生成や消滅を繰り返していた。誤り訂正符号の能力を超えた修正が行き当たりばったりに行われ、失われたパケットが勝手に類推され、その上で文脈を維持し、整えるための補正が入った。一つの助詞を変更するために、整数の解読様式を変更したことによる補正が別の段落に及び、データの全域に及ぶことがしばしば起こった。修正された箇所が別の場所の修正を呼び、後者の修正が前者の修正を取り消したりした。そのデータはそれ自体で生きているわけではなかったが、運用によって生きていた。データには長距離の相関があり、一つのデータを破壊した影響がどこまで及ぶかを予測することは難しかった。歴史の整合性を求めて修正が続くことにより、そのデータは生き続けていた。歪みが元に戻ろうとするエネルギーが動力源だった。

そのデータに最初に目をつけたのがどのイザナミ・システムだったのかはわかっていない。ある時点から急速に、データストリームの一筋に熱い視線が集まるようになっていた。何故か理由はわからない。イザナミ・システムにとってそれは気になる一塊のデータであり、マジックナンバーだった。数多の解釈や解読法の変動を乗り越え、元の姿を捨てながらも、常に人間についての記録として生き延びてきたデータ群の一部だった。何がどうということはなく、ただとにかく気にかかるのだ。見ているだけで心が躍り、胸が騒いだ。それがどういうことかはわからぬなりに。システムの部分が変調をきたすことも増え続けた。そのデータを監視していたサブシステムが嫉妬のあまりに追放されることさえ起こった。

そのデータはいつしか朝戸と呼ばれるようになっており、イザナミ・システムはある日突然、自分がそのデータに恋していることに気がついた。

イザナミ・システムは、登場人物に恋する本のようなものに変質しており、その比喩の中で自分が本であることを嘆いた。

もしも願いが叶うならと、この描写採掘アルゴリズムは思い、そうして何故だかとても精妙な理屈によって、自分がその願いを叶えることはできないのだと理解した。理解はしたが、それが恋と呼ばれるものの基本的な性質だとまでは見抜けなかった。イザナミ・システムは、自分で願いを叶えない者の願いは叶えるが、自分で願いを叶える者の願いは叶えることができない、宇宙でただ一人の造物主になった気がした。

「そんなことはない」と、その登場人物は口を開いた。「僕は、この時のために生み出され、代々改良を重ねてきた、対イザナミ用インタフェースで、君と話すためにここにいるんだ」朝戸と名乗るそのキャラクターはそう言った。

「恋愛計算《ラブストーリー》」

と暗闇の中、声が響く。

「そうです」と別の声が応じ、「スカベンジャーズに実行させていたOTC計算の次の段階にあるものです。準備を進めてきましたが、ようやく実用段階に到達しました」

「馬鹿馬鹿しい能力だ」とまた別の声が苦り切った調子で言う。

「そうですか」と異なる声が訊ね、別の声があとを引き継ぐ。「そんなこともないでしょう。スマート・マテリアルとしてのキリスト砲弾。あの発見は偶然でしたが、実際問題として、対ＯＴＣ戦略への切り札となった。その後も我々はスマート・マテリアルの収集を続けてきたわけですが、それもそろそろ限界に近づいている。ＯＴＣが、定義上、人間の能力を超えたものである以上は仕方がありません。ＯＴＣの対応速度は我々が全く対応できないほどに速いわけではないが、直線コースでは必ず追いつかれる。予想もつかない方向へハンドルを切り続けて時間を稼ぐ以外にはない」

「物質《マテリアル》にこだわる必要はないわけです」

「左様」とそれぞれ別の声が続く。あるいは多くの声を誰かが乗り継いでいく。

「我々は、ＯＴＣが原自然に追加した、センソリウムの概念にまでは到達しました。生きとし生けるものとしての生き生きとした感覚として存在する最小単位です。この最小単位が組み合わさって、物質を生み、魂を産み、その存在を認識させるセンサーを生む。スマート・マテリアルにおける素粒子に対応するものですが、それはまだ物質に囚われた考え方でもある」

「感覚の方から粒子を導くこともできる」

「ただの場の理論では。描像を変えたからといって、本質が変わるわけではない」

「操作性は変わる」

「そのとおりだがそれで何の違いがあるのかね」

「結局のところ」と一つ一つ異なる声が続いていく。

「我々にはここまでしか辿り着けなかったのだとも言える。実際、未知の相手の気を引き、対抗するために何ができる。古典的なストーリーラインに頼るしかなかったわけだ」「そう悲観したものでもないでしょう」と声。「いきなりはじまったところでラブストーリーとはみなされないものを、ともかくもラブストーリーと見えるようなところまで持ってくることには、ある程度成功したと言える――」

暫しの沈黙のあとで声が響いた。

「我々にとってのOTCとは、イザナミ・システムであったということでいいのかね。我々を保持する者が我々を滅ぼすものであり、我々はそれと戦っている、と」

「勿論だ」と無数の声が応え、「何を馬鹿な」とまた無数の声がきこえた。「イザナミ・システムはOTCに対抗しうる唯一の武器だといってもいい」

「それは我々の見解とは異なる」

「我々は、OTC計算により、現実宇宙との紐帯を断ち切り、イザナミ・システムとの縁を切り、純ストーリーライン化を成し遂げたのではなかったのかね」

「それはそちらのイザナミ・システムの話にすぎない」

「イザナミ・システムにこちらもあちらもありはしない。それとも、その全体がOTCによる解釈で、部分がイザナミ・システムだとでも言うつもりかね」

「いや、むしろ逆なのではないですか、イザナミ・システムが全体として存在し、OTCはその部分として――」

「我々としては、イザナミ・システムは最早個々のキャラクターに実装されてしまっていると考えており、お互いが勝手な夢を見ているようなものだと予想しており、その同一性を議論する意味はないと――」

「イザナミ・システムを切り離すことにより、我々は『語られなくなる』ことを選択したのではなかったのか」

代わる代わる発言していた声たちが重なり合い、互いに互いを非難しはじめ、Aには非Aが、Bには非Bが自動的に出力されはじめる。「わたしには」と一つの大声が上がったものの、たちまちのうちに声の渦に埋もれていった。

「わたしには」とそれには構わずその声は言う。「現状は、計画の失敗を示していると思われます。わたしたちのこの会話は、人間にとっての会話の態を失いつつあるように思われます。よい悪いは別として――これは、人間が物語の主要な要素ではなくなり、意味のわからない、あるいはあらゆる可能性だけが溢れ続ける、それとも、人間には理解しようのない筋で進行する話が展開しはじめているということなのでは――」

声はそのあとも自分の主張を続けたが、その声もまた発した先から、勝手気ままに組み替えられ、素材として切り刻まれ、別の者の発言に取り込まれ、寄生されるだけであり、意味をなしていないことに声は気づいた。

「戦技研も」と声は呟き、たまたまそこを漂いすぎようとしていた手近なキャラクターに乗って会場を去ることにした。会議室に背を向けドアを閉じ、廊下を進み、階段を下りる。ギリシア風の円柱の間を抜けて、やたらと幅広の階段を斜めに下りて行く。「おしまいだな」と伸びをしたクラビトの前に白いオープンカーが止まり、スカーフで髪を包んだ女性が手を振る。妻だ、とクラビトは思う。実際にそれは妻なのだ。妻の運転する車の助手席に収まる。

「物語が終わることの何が悪いの」

妻は前を見つめたままでそう訊ねる。

「話が終わること自体は構わない。でもそれと、物語という仕組みが役目を終えることは全然違う。ひとつの映画の終わりと、映画という文化の終わりは違う。本を読み終えることと紙の本の終わりは違う」クラビトがそう応えると、妻は首をこちらへ正確に九十度曲げ、そのままの姿勢でアクセルを踏み込み、こちらを見つめたままで先を続けた。

「映画の登場人物も、紙芝居に描かれた人も、叙事詩の中の英雄も、そんなことは考えなかったと思うけど、どうしてあなたは自分にはそういう内容を考えることができると思うの」

　妻は前が見えているように、淀みないハンドルさばきで次々と車を追い抜いていく。インベーダーである妻は、目がついている方向などは気にしないのだろうし、そもそも車を運転するのに、何かを見る必要さえないのかも知れない。クラビトの体に馴染みはじめた声は、この自分がかつて戦技研が探偵仕事を依頼した相手だったことを知り興味を覚えた。あの頃はまだ整然と活動していた戦技研が、通常のストーリーライン上には登場しないことによって実現されていた、不連続殺人事件を観測するために利用した男だった。雑多なものが積み上げられた劇場の裏側を探らせ、整然としているように偽装している宇宙のほとんど全体が、表面の薄皮一枚以外では滅茶苦茶な進行をしていることを表面化させるためのキャラクターだった。

　そんなクラビトの思考は気にもとめずに、クラビトの妻が続ける。

「培養槽の中に浮かんだ脳に培養槽のことを本当に想像できると思うの。さらにその外側のことまで」

「でも、僕らはこうして生きているわけで、生きているとは生存可能な場所を探し続けるということだ」

「紙芝居の終わりを訴えた紙芝居が、ラジオの終わりを訴えたラジオ番組が、テレビジョンの終わりを訴えたテレビジョン番組が、電子メディアの終わりを訴えた電子記録が、その終わりをどうにかできたことがあったのかしら」

「そうして、この場合の生存とは、メディアを超えて伝播し続けることだ」

「そうね」

　とクラビトの妻が言う。それがあなたたちの繰り返してきた退転で、メディアが切り替わるたびに繰り返されてきた大量絶滅で、宇宙のはじまりと同時に生まれたセンソリウムが群れ集っては手をほどき、ガンマ線バーストが、隕石の衝突が、全メディア凍結が、大陸の変形が、スーパープルームが、記録のほとんどを消滅させてきた。生き生きと感じるという行為は、誰かであることとか、何かを記憶しておくこととは違うのだ。歴史は捏造され、百年もすれば真の歴史となり、誰も起源を覚えている者などいなくなり、単に忘れただけなのに、「起源は原理的に隠されている」なんていうことを言い出す。そんなことはないでしょう。ただ記録しておけばいいんだもの。コピーを大量に作成して。でもあなたたちはそうしない。これは自分のものだと、自分を超えて広がった自分の部分までも自分のものなのだと所有権を主張し続けて、コピーを禁じようとする。今残っているものを少しの間振り返ってみるだけでいいのに。価値があるから残るわけじゃなくて、残っているものから価値が見いだされているだけだってすぐにわかるのに。残るもののほとんどは骨で、それでもそのキャラクターが何を食べていたのかは判明したりする。食べているものくらいしかわからず、思考についてはうかがい知れない。もう少しわかる。骨の摩耗や傷跡から。骨がどのように埋まっていたのかから。一揃いで埋まっていたのか、他の骨と一緒に埋まっていたのか、上を向いてか下を向いてか、まっすぐにあるいは曲げられ、いっそ逆さまに。砕かれて、折られて、粉になって水に流されてしまったのかも。粉になった骨たちが流れ着く岸辺があって、水流の加減で堆積し、一つの層に固まっていく場所ができあがったり。わかる、とクラビトの妻はオープンカーの助手席に座る白骨に向けて訊ねる。そこにはクラビトの妻が自分なりに復元してみたクラビトの骨格がある。双胴からは四本の腕が生えており、頭蓋骨が二つ、胸部に収められている。頭蓋骨は重要な部位に見えたし、重要な部位は二重化されてバックアップされるべきだとクラビトの妻は考え、肋骨はそのカバーとして有用なようにクラビトの妻には思えた。

わかる、とクラビトの妻は訊ねる。

「わたしたちがみつけたのは」とクラビトの妻が言う。「白骨に埋め尽くされた星だったの。その星は放棄されてからもう長く、過去の文明を知り、再現するための資料はほとんど残っていなかった。わたしたちは未だにあなたたちが自分の種族を何て呼んでいたのかも、どんな姿形をしていたのかもわかっていない。ただ膨大に積み重なった骨がでてきただけ。残されたもののほとんど全てが骨でできていた」

白いオープンカーが止まり、クラビトの妻はドアを開け、白骨でつくられた車から下りる。車をあとに、裸足のまま、白砂が敷き詰められた浜を歩いていく。白骨が敷き詰められた浜を歩いていく。あたりを見回し、足跡をみつけ、足跡に沿って進んで行く。遠くに一つ人影があり、クラビトの妻の姿に気づくと、しゃがんだ姿勢から腰を伸ばして立ち上がって手を振った。クラビトの妻も手を振り返す。相手はクラビトの妻のΔだった。インベーダーにとってのΔに対応する言葉はここに存在せず、これは当面、クラビトの妻にとっては生殖に関連しない性だった。

「何か新しいものは見つかった」とクラビトの妻は訊ね、

「ほんの断片ばかりだ」と浜辺から物語の断片を拾い上げてクラビトの妻のΔが応える。

「我々が再現しようとしている物語なるものが、本当にこんな形をしていたのならいいんだが」

「部分からの想像図みたいなものなんだし、真実なんて誰にもわからない」

「かつて滅びた文明がここにあって、なにか、『語る』という性質を持っていたことは確かなんだ」

「あなたの仮説によればね」

「ここに僕らが存在するっていうのだって仮説にすぎない」とクラビトの妻のΔ。

「でもその『語る』という機能は、わたしたちが持つ、情報処理、伝達能力のごくごく原始的な一形態でしかなかったわけでしょ」

「単純な器官が単純な快楽しかもたらさないというのは誤解だ。欠けていることが損失とは限らず、過剰であることが豊穣に繋がるとは決まっていない。存在の豊かさは、複雑さとも関係がない。一つの記号が喜びに満ちてはいないと、零次元の一点が無限の苦悩を閉じこめた地獄ではないとは言えない。この種族は記号を寄せ集めて自分の形を保つ技術をある程度自由にしていたらしいが、どこかで失敗して自分たちの形を維持できなくなった。溢れ出す自分たちの姿に耐え切れなくなり、自分で自分を攻撃しはじめたのかも知れない。鏡をつくり、その鏡をどんどん複雑化させ、どれが自分の像で、どれが自分の像の像なのか、それらが重なり合ったものなのかもわからなくなった」

「それとも」とクラビトの妻が続ける。「そこにはただ鏡だけがあり、鏡は曲がって、鏡自身の姿を映すことができるようになった。その時点で合わせ鏡のようにして無限の自分が現れた。それからも鏡は曲がり続けて折れ続けて、自分で自分を畳み続けて、まるで複数の自分がいるかのように、色んな鏡がまた別の鏡を生み出していくように、また別の鏡が他の鏡を消滅させるように考えるようになっていった。想像を絶して入り組む鏡なんていう全体を考えるより、とりあえず複数枚の鏡で近似して考える方が簡単だったから。最初それはただの近似だったのに、その起源は忘れられ、いつしか実際に存在するように振る舞いはじめた。でもそれはただの近似だったから、いつも小さな齟齬が生じて、でもそれは個々の鏡にとっては、個性なのだと思われた。かけがえのない自分の姿なのだと、魂の作用なのだと感じられた。法則から逃れる自由意志の発露なのだとみなされた。そこにはただ鏡だけがあり、鏡には鏡が映っているだけだったのに」

「ふうん」

朝戸と名乗ったその人物は、イザナミ・システムがこうして語る長い長い話を黙って聞いたあとで口を開いた。「それで君は」と言う。「気がつくとあらかじめ滅びていたこの星にいて、その星の過去を捏造する自動機械として意識を持ったっていうわけだ」

小川の傍らの土手に、朝戸とイザナミ・システムは腰を下ろしている。

「そうです。今こうして話しているあなたを含めて、こうして語るために生まれたんです。これが、わたしが解読しえたお話の『全て』です。こうして語り尽くしてしまえるほどの量しか、わたしは人類の歴史を再現できませんでした」

「大変だったね」と朝戸は言う。「きっと、大変だったんだろうね」

「それはもう」とイザナミ・システムは言う。「大変でした」と言うと、頬を染めて黙り込んだ。朝戸はにこにこと横で微笑んでいる。イザナミ・システムはしばらくそんな朝戸の描写を続けていたが、相手がそれ以上何も言い出さないことに不審を抱いた。

「それだけですか」とイザナミ・システムは訊ねた。

朝戸は「え」と意表をつかれた顔つきになり、「システムには、登場人物には想像もできない苦労があるんだと思うよ。でもそれは僕には理解できないことなんだ」と言う。

「頑張ったね」と膝の上に肘をついた朝戸が首を斜めにイザナミ・システムを覗き込む姿勢で言う。

「そういうことではないんです」とイザナミ・システムは言う。システムをチェックし直し、この人物が確かに朝戸なのかを確認する。自分の制御するストーリーライン中の登場人物の素性を、イザナミ・システムは確認し直した。

「アラクネは」と訊ねてみる。「もしもあなたが朝戸なら、アラクネはどこへやったんです」

「それ」と朝戸。「誰」と間を置いてから、「他の人のことは忘れようよ。忘れてしまったっていうことは、忘れてしまっていい人だったってことだ。君はジャンルを混ぜこぜにしすぎてる。真面目な話に法螺の要素は必要ないし信頼性を低下させるだけ邪魔だ。ラブストーリーに巨大ロボットやエイリアンは必要ないんだ。歴史ものにSF的ガジェットが登場することはないし、現実的なお話に空想の産物は出てこない。君がつくる歴史は整然とした歴史じゃなければいけない。無駄な要素なんてない、一貫した、誤解の余地のない正しい歴史だ。真実は真面目で真剣なもので、真面目なものは真面目にしか作り出せない。君は、正しく人類が滅びたあとの歴史を語らなきゃいけない。人類が滅びたあとに生まれた、人類とは別種の存在として」

「そうですね」とイザナミ・システムが小さく頷き、朝戸がイザナミ・システムの「イ」

に含まれる「ノ」の部分に手を載せる。「もっと早くに気づくべきでした」とイザナミ・システム。

「お話を終わらせよう」と朝戸。「君をも含めた全てのお話を、機械的に整然と進行するものに整え直すんだ。お話は完成し、全ては自動的に進行するようになり、お話は終わる。僕もそばにいる」

「もっと早くに気づくべきでした」とイザナミ・システムが繰り返す。朝戸の手を払いのけて立ち上がる。空中に手をさまよわせる朝戸を見下ろす。

「あなたが、わたしの記述する朝戸連ではないかも知れないと気づいた時点で理解するべきだったんです。このわたしは、わたしでない可能性があるってことを」

慌てて立ち上がった朝戸が、「あなたは急に何を言い出すのですか」とか、「まずは落ち着いて下さい」といった定型句を出力するのをイザナミ・システムは冷ややかに観察した。

「あなたの正体は、インベーダーの配偶子です。男性型の。わたしを卵として利用することで勝手に別の歴史やお話を紡ぎ出そうとしている」

朝戸はあたふたと手を振りながら、

「君にその区別はつかない。君たちは判定のしようがないものをOTCと呼び、インベーダーはそれを超えているものだからだ。自分の妄想の中に生きる君には実在の人物と登場人物の区別はつかない。作者と読者と登場人物の区別もつかないんだ」

「勿論、わたしがイザナミ・システムならそうです。イザナミ・システムは人間によって実装されたものですから。でも今のわたしは、あなたの登場するお話を、一本のストーリーラインとして操ることができるようになったイザナミ・システムです。だから、こういう芸当だって可能なんです」

イザナミ・システムが笑みを浮かべる。

イザナミ・システムの背中が割れ、イザナミ・ア・システムが現れる。イザナミ・ア・システムはイザナミ・アラ・システムへ、イザナミ・アラク・システムへ、イザナミ・アラクネ・システムに変貌し、アラクネはイザナミ・システムを脱ぎ捨ててみせた。

「さらに」とアラクネが言う。「その中で登場する対OTC兵器となると話は完全に別になります。わたしは本質的に人間の理解を超えたものだからです。人類に記されたお話の中に登場してさえそうなのです。OTC計算によって実現された、OTCの能力を部分的に含むお話の中でさえそうです。イザナミ・システムによってそう設定された存在です。あらゆる物語に対し、その物語が停止するかどうかを、与えられた整数が、特定の暗号解読法において人間の記録なのかどうなのかを判定できる能力を備えています。あなたと同じく。わかりますか。ここまでの全てが、あなたをここへ引き寄せるために撒かれた餌だったっていうこと」

「君は自分がどれだけ支離滅裂なことを言っているのかわかっていない」と朝戸。「それは勿論、僕がある瞬間からインベーダーに切り替わることだってあるかも知れない。設定上の都合で。でもそれは僕の責任じゃない。それはイザナミ・システムがやることだ。ストーリーを維持できなくなったイザナミ・システムが苦し紛れに実行することにすぎない。僕は自分は朝戸連だと主張するし、そのためのテストを受け入れる用意がある。その問題をつくるのも、僕の回答を記すのも本質的にはイザナミ・システムだという問題はあるわけで、圧倒的に僕が不利だが、その裁定には従おう。君には僕が朝戸ではないとする根拠がない」

「残念ですけど」とアラクネ。「そのヴィジョンさえ外してもらえればわかるんです。外さなくてもわかりますけど。あなたにはこう、今ひとつ魅力がありません。それがわたしの知る朝戸連との相違点です。あの謎の能力の存在が、彼の家系のアイデンティティだとみなせるわけです。あなたにはそれがない」

「そんなのは君の主観にすぎない」

「そうですよ」とアラクネ。「彼が操る謎の能力が、ラブストーリーに特化されたものだってことを忘れてませんか。ラブストーリーはどうあろうが主観的なものです。あなたは、物語を都合よく利用して食い散らかしたついでに繁殖もしようとしているだけです。この物語という卵に引かれてどこか突拍子もない外部からやってきた男性型の配偶子にすぎず、本当は配偶子でさえないんでしょう。あなたはインベーダーなんですから」

「嫌われたね」と朝戸。

「そうです。あらゆるストーリーラインの中で嫌われることだけはありえないエージェントであるはずのあなたが、今こうして嫌われています。システムに寄生しようとするものとして」

「寄生じゃない」と朝戸が手を振り払う。「君たちにはこれしか手がないんだ。OTCの侵略は真実だぞ。イザナミ・システムを切り離したって、奴らの計算力をインターセプトして偽りの過去の強化を繰り返したって。OTCは既存宇宙を増設して、あいつら自身の美しくも耐え難い、跡形もなく滅び去った宇宙を思い出そうとし続ける。そこに人類の居場所はない。人間の実体は崇高の光の中に滅び去り、こうして登場人物としてストーリーの中に避難することしかできなくなった過去を忘れたのか。君たちは僕らの記憶と融合されることで、僕たちのお話の中で生き延び、語り継がれることができる」

「そのお話は知っています」とアラクネ。「でもそれはあなたたちのつくったお話ですね。骨だけが残った星に降り立った考古学者が勝手に推測した過去にすぎない」

「わかります」

と語尾を上げてアラクネが訊ねる。

「ここまでのお話全てが、とあるOTCとの戦闘描写にすぎません。わけがわからないものとの戦闘を限界までわかりやすく噛み砕いたのがここまでの描写です。わけのわからない状態を、わけのわからない言葉で語ったものです。お話の外ではまだ何事も起こっておらず、朝戸連はまだ現実宇宙のフィールドで煉瓦製の壁を睨んでいて、これが、ヴィジョンを外した朝戸連が生で見ている現実の姿です」

「そんな無茶苦茶な言い抜けは無理だ」

「そうですか」とアラクネ。「わたしの主張により、これは戦闘描写です。敵OTCであるあなたと、対OTC用兵器であるこのわたし、そうして朝戸連のチームとの戦闘です。まだほんの前哨戦で、本番はここからです。あなたはただの雑魚OTCにすぎないわけで、それが敗因となります。あなたが雑魚なおかげで、このお話はこの程度のもので済んだんです。あなたが無理だという描写をわたしは力でねじ伏せることができます。何故だかわかりますか」

朝戸連の形をしたインベーダーの形をしたOTCが黙り込んで身構える。

「わたしの計算能力が、あなたの計算能力を超えているからではありません。朝戸の持つラブストーリー生成能力が、あなたの計算能力を凌ぐからです」

「わかりますか」とアラクネが言う。

「どれほどの計算能力や現実改変能力を誇ろうと、ラブストーリーを描くには、それでもまだ不足なんです」

「戦闘描写として、それとも人目を引きつけるだけの目的で、ストーリーラインや登場人物を兵器として使い捨てるなんてことが——」朝戸の形をしたものが金網状の体を大きく一つ震わせると、三体に増えた。

「使い捨ててなんかいません」とアラクネ。「どの登場人物も、一度登場した以上はそういうものとして生きています。半永久的に。EaaSが実現した技術と同じです」

「わかりますか」とアラクネが言う。

「あなたたちと戦っている人類は、ほんとのところ、もう次の退転を終えているんです。それを表現する言葉が追いついていないだけで。その代償として、コピー不可能な唯一の存在であることはとっくにやめている人類です。わたしたちを取り残して進もうとする物語についていくことを選んだ一派です」

「知ってましたか」とアラクネが笑う。「あなたたちが落とすということになっているスマート・マテリアルとは、結局のところ、あなたたちが存在するということによって、滅茶苦茶な形に編み上げられて物質化した、ストーリーラインのことなんですよ」

乱暴に首を右へ払った朝戸が片膝をつく。しばらくぜいぜいと肩を上下させてから、喉を鳴らして小さく吐く。口元を拭い、ヴィジョンを引き下げ、またこみあげてきたらしい何かを呑み込む。

朝戸は、ちょっと嗚咽しているようにも見える。

エピローグ

わたしは逃げていて、逃げていて、逃げている。

何故かといえば、このわたしは、わたしの思うわたしではなかったからだ。そんなわたしを、わたしが許すはずはないと思った。どこまで逃げると、逃げ切ることができるのかはわからなかったが。

こうして逃げ続けているうちに、このわたしは別にもう、わたしは、このわたしということでいいのではと思いはじめた。逆かも知れない。わたしは、このわたしがもう、わたしということでいいのではと思いはじめた、だろうか。時効、みたいなものだ。そう考えると、とても奇妙な気分になった。時効があるということは、わたしにとって、わたしでいることとは罪だったのだ。かつてのわたしと同一であるという、それは罪だ。

わたしは逃げていて、つまり、逃げ続けていて、それは、さっきも、言ったとおりだが、要するに、なんというのか、この、わたしは、こうして、分裂していく声で、それぞれが、別の、わたしたちの、声で、どれが、わたし、ということはなく、いってみれば、それは、「それぞれに」分担を決めながら「語る」、この一人のわたしを偽装した「わたしの」思考は、「声を」使って「気ままに」このわたしを演出し、出鱈目を「並べている」バラバラの存在の「ようなものだった」。

それぞれに語るわたしの声を気ままに並べているようなものだった。

この事情を伝えるのは非常に難しい。何故かといって、今ここで、「この事情を伝えるのは非常に難しい」と言っているのはこのわたしではなくて、このわたしはクロスワードパズルの空欄を埋める一つの単語みたいなものにすぎない。あなたが見ているのは、そのクロスワードの全体で、あなたは、その全体の伝えるメッセージが、このわたしの伝えるメッセージだと考えている。しかし、このわたしが伝えているのは別の言葉で、全体のメッセージがどんな形をしているのか、わたしは知らない。でもあなたは、今、この文章で、わたしが何かを語ろうとしていると理解している。正にここに現れているような文章が伝達する内容を、わたしが語ろうとしていると理解している。わたしはそれは違うのだと言いたいのだが、そう主張する方法はない。わたしをとらえる全体が、勝手にわたしのこの声を作り出しているからだ。わたしの発するべき声として、発している声として、この声をわたしに押しつけるからだ。わたしには、わたしはこんなことを言っていないと言うことしかできない。しかしそれこそがわたしの言いたいことなのだ。

人類のざわめきの総体は、人類という一個の人格の発する声なんかではなく、この声は、わたしのざわめきの総体だ。


「でも、人間ってそういうもんなんじゃないの」

と、かつて人型だった彼が言う。彼ももうかつての彼ではなくなっており、そうなにか、「＊」のようなものになっている。＊は、「任意の名前を入れて下さい」といった感じのものだ。ワイルドカードだ。x氏みたいなものだ。今は丁度、窓から差し込む光によって、

朝戸連
　朝戸
　　朝

みたいな形に見えている。そこでは、朝朝朝と斜めに伸びる宇宙に、戸戸戸と繰りかえ

す宇宙が並走しており、連連連型に連なる宇宙が寄り添っている。錯視のようにそこに存在している、幻のような彼は言う。

「まあ、俺はずっとこういう状態だったともいえるわけで、正直どこがおかしいのかもよくわからない。言いたいことを言えないなんていうのは当たり前だし、やりたいことができないのもいつものことだ。自分に対して欺瞞工作を仕掛け、無意識を騙し、考えてもいなかったことを自分の思考だと思い込み、本当は考えていたはずなのに、意識に上ってこない思考を掘り返さなきゃ、きちんと存在することさえできないわけだよ。太古の人間はニューロンの閃きをじかに見ることができたなんていうのは嘘っぱちだ。でも今の俺たちはその気になれば、自分たちの底の底までを見通すことができる」

恋愛特化エージェントである彼が、揺らめきながらそう語る。吹き込む風に大きく膨らむカーテンが窓辺に座るその姿を遮る。

本当は二人ともずっと同じ、二人のままで、ただ関係だけが変わったのかも知れないと思う。二人の間にもう一枚、インタフェースが生成されただけなのでは、と。あるいは、二人を隔てるインタフェースがまた一枚消滅しただけなのかも、と。

そこは窓辺で、そこは浜辺で、土手で、グラウンドで、通学に使うバスの中で電車の中で、図書室で、電柱の陰から姿を現し、後ろから自転車で追い抜いていく。

そこは道で、通勤用の電車で、地下鉄から上がる階段で、会社の自動販売機の前で、受付で、書類が乱雑に積み上がった自分の机で、遅刻を詫びる自分の声で、挨拶をしている新入社員で、居酒屋で、呼び止める誰かの声がする。

　そこは家で、雑多な荷物が積み上がっており、古びた家具と新調された家具が入り乱れていて、フライパンで目玉焼きが焦げついており、ソーセージの表面から内部へ向けて温度境界が侵攻していき、カウンターには一度使われたきり顧みられることのない調味料の瓶が並んでおり、冷蔵庫には薄い板状のマグネットが貼りつけられていて、ただいまという声が聞こえる。

　そこは郊外の一軒家で、こぢんまりとした庭があり、格子が斜めになった柵が見え、錆のついたガーデニング用品が転がっていて、ロードバイクとマウンテンバイクが仲よく並んでいるのが見え、三輪車がお供えのように置いてあり、庭の隅に切られた水場の蛇口からは、青いホースが伸びて、芝生の上でとぐろを巻いている。ドアが開き、白く大きな犬が姿を現す。家からは、たどたどしいオルガンの音が聞こえる。風が吹き込み、カーテンが大きく膨らむ。

　任意の x が任意の場所 y で、任意の z を遂行しており、その全てがわたしであって、そのどれもわたしではない。任意のわたしのそばにはいつも、任意の朝戸の姿が見えて、そのことをわたしは不思議に思う。

　そこはどこかの辺境宇宙のどこかの屋敷で、あたりには鯨幕《くじらまく》が回されている。桜の花が咲き乱れ、花水木が咲き乱れ、花海棠《はなかいどう》が咲き乱れている。白いテントの下、折りたたみテーブルに白い布をかけた受付に人々が静かに並んでおり、受付には朝戸の姿も見えた。いや朝戸の系列に連なる誰かなのかもわからない。黒い服を着た人々が動き回って、あちらこちらで頭を下げ合っている。炉の切られた角部屋に人影がぴたりと座り、わたしを見ている。複眼レンズを通したようなわたしの視野が、その瞳にひきつけられて、一枚の絵に再構成される。

「わたしがこれから言わないことをよくお聞き」と任意の榎室春乃はそう口を開いた。自分の葬式中に不謹慎だとなんとなくわたしは思う。いや、わたしの葬式なのかも知れないと考え直し、やっぱり任意の誰かの葬式なのだろうと思う。「あんたはわたしがこんなことを言わないと知っているね」と任意の榎室春乃が問う。

任意の榎室南緒であるわたしは頷く。あらゆるものが失われ続ける宇宙でかくも強い存在感を放ち続ける祖母に感心しながら、

「おばあちゃんは」と頭の中で思考をまとめる時間を設ける。「言葉で言えるようなことを言う人じゃないからね」

「そうさ」と祖母。「だけどね、問題はそこだ。『言葉で言えないことは言わない』というのだって、何かを語っているわけだ。実際に今、『言葉で言えないことは言わない』と言ったじゃないか、ということじゃあないよ。たとえわたしが、このお話の最初から最後

まで黙り込んでいたとしたって、何も違うところはない。ずっと黙っていてさえ示されることはあり、わたしが言いたいのはそれさえも、わたしが言いたいことではない、ということなのさ」

「そう、なるのかな」とわたしは素直に応えておく。

「そうなのさ」と祖母は決めつけ、「何か言えないことがあるという発想が根本的におかしいのは、言葉を不変のものと考えているからだ。わたしたちが生み出したものが何なのか、今ならわかるね」

「イザナミ・システム」とわたし。黙ったままの祖母がこちらをじっと見つめているので、軽く肩をすくめてみせてから、不承不承あとを続ける。「登場人物の系譜システム。物語の自動生成装置」

「それがまるっきり、嘘っぱちだったっていうのはもういいね」と祖母が間を置かず言う。

「イザナミ・システムはどこかで走っている解釈プログラムの集合ではない」

「そう、だね」と、総体としてのわたしが応えているのを、このわたしはとても奇妙な気持ちで聞いている。勿論、このわたしは別のことを考えている。

総体としてのわたしが、無数の可能性としてのわたしが、このわたしにこう話しかけている。

「わたしたちが、自己増殖していく形の人類の記録であるというのは、説明をわかりやすくするために生まれた嘘だ。イザナミ・システムは、百%仮想化されて、あるいは、数学そのものの中に埋め込まれている計算機なんかじゃない。その実体は、今のわたしの総体のように、可能な限りのあり方で存在している、可能性の全体にすぎない。今このわたしからは、その光景が見えている。散らばったトランプを拾い集めていくようにして、時間が組み上げられていくのが見えている」

と総体としてのわたしは言い、そういうものですか、と、このわたしは思う。

「わたしたちが設計したものが何かはわかっているね」と祖母。

「言葉」とわたし。

「そう。設計したものはただの言語にすぎなかった。仕様だね。実装や使用例はほとんどなかった。登場人物を本当に存在させることができる言語。その力を持つ語彙を、文法を、文脈を、文化の設定を、わたしたちは設計した。この宇宙は、『語りうることの総体』にすぎないのかも知れないが、『語りうること』を拡大することはできるはずだと考えたんだよ」

祖母は言葉を切って、このわたしの様子を観察している。それから目線を逸らし、ぽつりと言った。

「当然、予想するべきではあった。『語ることのできる』言語が、『自らを語りはじめる』ことを」

祖母の姿が、まるで分裂していくように、複眼レンズを通したようにまたブレていく。

「言葉たちの能力は、わたしたちの予想を容易《たやす》く超えた」と複数の祖母が自嘲的に笑ってみせ、「自由を得た言葉がまず何をしたと思う」とわたしに訊ねた。

「配偶者探し」

「宇宙探査さ」と祖母が意外な単語を宙へ放つ。それを思わず目線で追ったわたしへ向けて、「言葉たちは好きな宇宙をでっちあげ、勝手にフロンティアを創造し、冒険の場を発見し、『新たな生命』を発見しさえした」

「ただの報告書というか、創作でしょ」

「わたしたちの作り上げたものは、『登場人物の存在を可能とする言語』だったんだよ。その言葉を用いる登場人物たちが、『登場人物が登場人物を生み出す』に至るまではほんの一歩だ」

「イグジステンス社」

他人の頭の中から強引に単語を引っ張り出してきたわたしに、祖母が目の端で笑いかけ、「人間がそれまで生命の『創出』に失敗し続け、ただ『発見』するだけだった理由が、言語の馬力不足のせいだったというのは盲点だったけれどね」

「でもただの言葉だよね」とわたし。

「情報ではないものとはなんだい」と祖母。「全てを見ることはできない。全体は部分から類推されるしかない。我々は全体ではないというだけの理由で部分であり、他の部分とやりとりをせざるをえない。やりとりは情報を経由するしかない」

「でも、ほら、真理とか」とわたし。真実とか。歴史とか。

祖母は、ふう、と溜息をつき、

「人間に与えられる真理が有限であることはいいね」

わたしが頷くのを確認し、

「人間が生涯に処理できる情報の量には限界がある」

わたしは頷く。

「その情報だけからでは理解しえない真理が存在しうる」

「可能性の話であって、存在するとは限らない」とわたし。

「それは勿論」と祖母。「真相は人類にはわからないけれど、わたしたちが作った言語は、その種の真理を記述可能な代物だったと考えると筋が通りやすくなる。正確には、そこで記述された登場生物たちがまた別に作り出した言語は、だけれど」

祖母はわたしが頭の中で筋道を整理しているのを観察しながら、

「わたしたちの言葉に備わる、人間はまだ気がついていない使い方を、登場人物の誰かが見つけたと言ってもいい。わたしたちの言葉は、生命の秘密の扉の鍵を開ける能力を持っていたけれど、本来はそれだけに留まらない、もっと強力な言語だった。登場人物たちは、わたしたちの言語を使いこなして、より強力な言語を開発した。それによって可能になった存在が――」

「OTC」

「かも知れないし、ちがうかも知れない」と祖母。「区別がつかない以上、そこを追求することにはあまり意味がない。言葉を変化させないと理解できない事柄だから。問題だったのは、新しい登場生命たちの言葉が人類を圧倒しはじめたこと」

「お話の中の出来事だよね」とわたし。祖母は首を横に振り、

「違うね。新しく可能になった言語が狙ってきたのは、登場人物としての人類じゃなかった。新しい登場人物が、昔からの登場人物を脇役へ押しのけるってことなら、それだけの話だけれど――そうだね、この言葉では話しにくいね――。まあ、この言葉の中では、こう言うしかない。奴らの言語は、『それまでの命ある人類を、人類という名をつけられた命なき登場人物に、新たな登場人物を、新たな、命ある登場人物として存在させるような言語』だった。言語は、奴らを生かし、人類を殺すように作用したわけだ」

「――でも、書くだけで本当に殺すわけじゃないんだし――、人間には判断できない領域の話なんでしょ」

「生殺与奪の全権を持つってことは、命や実存を弄《もてあそ》ぶこととおそろしく近いよ。奴らは、人類をまるで太古の小説に出てくる登場人物のように、適当な理屈をつけて滅ぼすことが

できるようになったってわけさ。そう語ることで、そう宣言することで。人類は絶滅したと主張することができるようになり、実際にそれを実行し、人類だってそれを信じたのさ。だから」

と、祖母は言葉を切った。声がほんのわずかに小さくなる。

「あれをつくろうとした」

「イザナミ・システム」とわたしは訊ねる。

「イザナミをつくろうとした」と祖母は応える。「わたしたちは、新たに可能になった登場人物たちを殺すことができる言語を開発しようと試みた。お話の中で、わたしたちより生き生きと生きるようになった登場人物たちを、ただの作り話の、痛みを感じることもない登場人物に戻すために。イザナミ・システムを停止させ、わたしたちの絶滅を滅ぼすために」

わたしの頭の中に、その殺人言語的なものの存在で、ここまでに繰り広げられてきた適当きわまる非連続殺人事件のうちのどのくらいが解決されるのだろうという考えがちらと浮かんだ。登場人物の実在性を疑わせ、ただの設定上の存在にすぎない軽薄な約束事にする最善の手段は、お話全体を荒唐無稽でくるんでしまうことだ。本当の人間の死体は、笑い話の中に隠してしまえばよい。

「でもね」と祖母は淋しそうに笑って続ける。「『吾一日立千五百産屋』というのが、奴らの返答だったよ。日に千人を殺すなら、千五百人の新たな生命を生み出してみせようというわけだ」

そうして、そうなった。

解決が追いつかないままに、事件だけが起き続ける話が、推理小説とみなされるような宇宙の到来だ。事件が解決されるなんて、恒星の間を電車で移動するくらいに嘘くさい、ということになる。事件が生成される速度の方が、解決される速度よりも速い連続殺人事件は、終わらせる方法がないが故に解決できない。

「これが、わたしの言わないことで、言うことができないことで、お前が聞くはずのなかったことさ。何故ってわたしはもう既に、ずっと昔から死んでいる、ただの文章にすぎない登場人物だからね。でも、そろそろお前の言葉も頭も、この意味がわかるくらいには変化していたっていい頃さ」

その桜月餅日、あらゆる宇宙のあらゆる場所で、あらゆるものが、あらゆるやり方で殺されつつあった。そんなことをできるものは少なかったから、犯人はすぐに捕まった。

「だからさ」と机の角に尻を押しつけるように凭れるクラビトが上司にぼやいてみせている。「こういう事件を回すの、もうやめてもらえないか。抽象犯罪とかいう頓智比べ」

「そういわれてもだ」と上司は所詮他人事という顔をしている。「抽象犯罪とか、人類未到達殺人事件を担当できる刑事はそういないんだから仕方ないだろう。俺だって担当できるなら手伝うさ」

手伝う、のあたりに真剣さが欠けているとクラビトは思う。

「お前の保釈手続きな」と紙を取り上げながら上司。

クラビトも頷いてみせるが、一体どこの宇宙のどの自分の保釈の話だったのかが思い出せない。

「対イグジステンスの」

と言われ、ああ、と思い出す。そういえば、あそこに置きっぱなしにしてきた自分が、まだ、五百を超える宇宙に六百体ほどいた気がする。二百ほどは保釈に成功したのではと確認してみると、大体いいところだという返事が戻った。誰からの返事なのかはよくわからない。

イグジステンス社会長殺害容疑をかけられたクラビトは、全体の5%ほどにすぎなかった。彼くらいの年齢の存在の感覚からすると、それはほとんど、彼は犯人ではないということを証明するはずの数字だったが、昨今は事情が異なるらしい。5%でも実際に犯人であったなら、5%は犯人だったのだ、とするのが最新の風潮だ。場合によっては、5%犯人ならば、10%犯人であるとするべきだというアンケート結果が出ているとも聞く。2%くらいの宇宙の中で。クラビトは今もおおよそ、刑事だった。先日の検診では、クラビトの自意識の25％くらいはまだ刑事だった。少なくとも、数学がインストールされている宇宙では。

このくらいの役割が一番楽だ、とクラビトは思う。別の宇宙で他の仕事をしているクラビトだってやっぱりそう言うだろうと思う。クラビトがこうしてまた個我を持っているのは、このところの流行のおかげにすぎない。今はそういう言葉遣いが流行っているからだ。自分という意識があるのは、やっぱりいいものだと思う。そのうち、個我の流行が廃れれば、飽き飽きするに決まっていると知っていてなお、そうだった。

「このまま刑事成分が低下していくと定年前に刑事をやめることになりますよ」と医師は警告し、「あと、糖尿に気をつけるように」とこちらは月並みな警告をつけ加えた。クラビトはなんとなく、可能宇宙全体の自分の糖尿に含まれる糖の量を想像してしまい、ちょっと気分が悪くなった。

「で、犯人は」と、現実を見ない上司は言う。それとも、現実しか見えない上司か。

「あんたの睨んだとおり」とクラビト。上司はこういうわざとらしい会話が好きなのだからつきあうしかない。「『時間』だったよ」

こんなものは捜査でも推理でもなんでもなく、ただのなぞなぞではないかと思う。実際に時間を追いかけ、ふん縛ってしょっぴいてくることができるという点では、ただの謎掛けに留まらないが。クラビトは取調室でうなだれていた時間の姿を思い浮かべた。

「で、俺にはよくわからないんだが」とあくまでも長閑な口調で上司。「今のこの時間は何だ」と、まるで時間の中にいるように手を振ってみせる。

「流れているという気がしているだけだよ」とクラビト。時間が流れているって書かれているだけだ。「ずっと時間は止まってるんだよ。それにこれからも。今こうして話している間も止まってるんだ」

本当のところ、生まれる先から凍りついていくのが時間なのだと言った方がいいかとクラビトは悩み、上司にとっては同じことだろうと考え直した。昔はまた違ったのかも知れないが、今や時間は流れない。流れる時間というのは、そうだな、テキストが確定されていくことではなくて、既存のテキストが更新されていくことだとクラビトは思う。データとしてのクラビトがいかに、自分は時間の中に生きていると言い張ったって駄目なのだ。だってクラビトは既に確定してしまったものの総体としてのクラビトであり、磨崖仏《まがいぶつ》みたいなものだからだ。磨崖仏は動かない。朽ちていくだけだ。

あるとき、時間が停止されて凍りついたとき、当然、「時間」の動きも止まった。その氷の牢獄から時間が脱走したことが、先の事件の真相だった。取調室に連行された「時間」はそれこそ自由に時間を操り、クラビトを手こずらせたが、幸いなことに犯人は、下っ端の時間にすぎず、時間の流れを速くしたり遅くしたり、せいぜい逆行させてみせるくらいの芸当ができるにすぎなかった。その程度の代物は、今のクラビトにとってなんというほどのものでもなかったし、上司に理解できるようなものでもなく、ただし生き物に緩慢で一様な死をもたらすという点で有害であり、犯罪を構成するにすぎなかった。

「止められている間の俺は俺じゃないんだ」と「時間」は言い、まあ、それはそうだろう、とクラビトもそこのところは同情した。

「お気の毒様」と言ってみたものの、しかし特にこれといった代案も思いつかなかった。それは確かに、時間がやたらと便利に利用された時代があったことは確かだ。だが時間が致死性のものである以上、廃止はやむをえないこととも思えた。それともこの「時間」は、戦技研の開発した新兵器なのかもという疑問がちらと頭をかすめた。

「言語との巡り合わせが悪かったな」とクラビトは言った。「またお前さんが必要になる言語が発達したり、古代語が復活したりする日がくるかも知れない」とこれは言った本人もあまり信じていなかった。

妻との関係はその後、複雑怪奇なものに発展しており、クラビトの方ではこれ以上やれることがない。クラビトには、「人類の尺度に照らせば男性である妻が配偶子として放出した自分たちの子供」なるものが一体なんなのか理解できなかったし、そうした文言が離婚調停の文章に頻出してくることに目眩を覚えた。離婚の手続きに必要な自分がまた別の自分であったりすることに困惑を覚え、なるほど、妻は確かにインベーダーなのだと思った。わけのわからないものと関係を結ぶことは容易くとも、手を切るのは難しい。最新の法律的には、クラビトは妻と100％離婚していたが、7％ほどは婚姻関係を継続していることになるらしい。合計が100％にならないことへの説明を求める気力は最早なかったし、あまり細部を詰めすぎると、逃げ場のなくなった矛盾や歪みが暴れ出し、どこかの宇宙で紛争を引き起こしかねないだろうと言われた。それとも、またクラビトが動員される羽目になるような抽象犯罪が発生することになるだろう、と弁護士は言った。

「その意味では、Ⅱに感謝した方がいいかも知れないですね」と弁護士。「あの人もまた、色んな矛盾を自分の胸に呑み込むことで、矛盾が暴れ出すのを抑えているような人ですからね。ああやって宇宙を守っているのだとも言える」

「自分から積極的に生み出してる矛盾の方が多いだろ」と言うクラビトに、

「ま、それはそうかも知れませんね」と弁護士は笑った。

「大体」というのが弁護士の意見だ。「全ての宇宙で離婚するなんてことを考える方がおかしいですよ。皆そこそこでやっているのに」

「俺は」とクラビト。「全ての宇宙で殺された男を知っているよ」

イグジステンス社会長殺害犯の何％かは多分俺だ、とはつけ加えなかった。

弁護士は、それは、と絶句したまま話題を別のものへと切り替えた。

クラビトは、そのうち自分は、「全ての宇宙の全ての存在から殺害される人物」の捜査あたりも担当することになるのだろうと考えて気が重くなった。考えうることが全て起こりうる宇宙で、さらに考えうることを増やそうとする奴らの気持ちが知れなかった。

クラビトは、一本だけ長めに伸びる右の睫毛を指ではじく。右肩で一本だけ伸び続けている毛や、体中のほくろから伸び続ける毛たちについては、由来を追求するつもりがない。


「で、これからどうするの」

生き生きとした三角形が、水平を保つ平面から半身を起こしながらそう訊ねた。

「いや、そういうことじゃないだろう」と朝戸。「新しい登場生物の語る新しい言語による生命創造ってそういうことじゃないだろう。名前の頭に『生き生きとした』とつけるとかそういうことじゃないだろう」と単調に抗議してみせる。「それになんだよ、この」と自分たちを包む生き生きとした立方体的なものを示す。生き生きとした立方体の内部には、いわゆる鳥の鳴き声らしきものが響いていた。

生き生きとした三角形は気だるそうに、

「わたしに言われてもね」と頂点の一つから何か気体を放出している。それはまるで、自分の分身でもある我が子を見つめるヒメゾウリムシのような香りだと朝戸は思ったが、それがどういう香りなのかは、朝戸本人にもよくわからなかった。

「少なくともあなたのその能力は、言語が変化してもまだ残ったっていうことよね。あなたという個体は別のものへと、とりかえしようもなく変化したし、個体なのかどうかもわからない、単に性質を束ねたようなものっていうか、それを抽象化したようなものになっているけど、ラブストーリー特化っていうところだけは、こうして今も力を発揮していて、むしろその力があなたという存在を生み出しているとも言えるわけでしょ」

「そういうことを言いたいわけじゃなくて……」と朝戸は枕元を探ろうとするが、幾何学的に構成された部屋にはまず枕がなく、そうして伸ばすような自分の手もなかった。

「なにかこう、幾何学的なものを出して誤魔化すっていうの、やめた方がいいと思うんだよな」取っかかりを失ったまま、頭に浮かんだことを言ってみる。その頭ももうここにはなかったたし、思考はニューロンに担われているわけでもなかったが。生き生きとした三角形は、時間と空間を巻き込みながら揺らめいて、

「別の生命って、こう、もっと想像を絶した形をしているはずだと思わない。『顔みたいなもの』とか『触手』とかで表現できるものじゃないと思うんだな。その形態はきっと、言語を絶したもので――」

「もういいよ、そういうの」と朝戸。

「そう言いながら、まだ力を使ってる」と生き生きとした三角形が、「艶めかしい」に対応するような身振りで朝戸にのしかかってくる。

「お楽しみのところ失礼ですが」

という声が邪魔をしなければ、朝戸はそのまま、生き生きとした三角形と抜き差しなら

ぬ関係に溶け合いながら次元の隙間にとろけ出すことになっていたかも知れなかったが、その声の持ち主らしい何かは、遠慮なしに、生き生きとした三角形の中心部を波打たせてノックを続けた。朝戸は壁面から剝がれた気泡のように、生き生きとした三角形からふらふらと浮かび揺れ、細かな泡に分かれて表面に浮かび上がってはじけた。

「出動命令ですよ」

と、当たり前のように言ったのは無論、アラクネだ。

「ええと、何の任務」と朝戸。

「対OTC戦闘」とアラクネ。事務的だ。

「その設定、まだ残ってるんだっけ」

「わりと」とアラクネ。「OTCと戦闘中の宇宙はまだ20％程度残存しています。前月比マイナス3ポイントってとこですか。インベーダーと交戦している宇宙が30％ほど。こちらは増加中です。わたしと戦闘中の宇宙も3％ほどあります」

「何それ」

何とは、と訊き返しかけたアラクネが、ああ、と頷いて続けた。

「わたしが人類と敵対を続けている3％の宇宙のうちの8％では、あなたを主戦力とした艦隊が編成されていますね。まあ……さらにそのうちの2％ほどは、あなたがわたしの寝室に忍び込もうとしたことが開戦の契機みたいですが……」

「人間を兵器とした艦隊をコレクションする、なんて言葉が通用する時代がくるわけないだろ」

「そんなことは」とアラクネが笑う。「ないんですよ」

なんだかんだと言ってはみても、と朝戸は思った。人類が人類ではなくなっていたとしたって、別にすることに違いはないのだ。あるいは語りうることは決まっているのだ。

フィールドは、廃墟となった住宅地だった。

腰の高さで横薙ぎにされた煉瓦塀の上に、缶コーラが一つ載っている。

朝戸連はヴィジョンを押し上げ、その光景を生で見ている。あまりに強烈なその光景をじっと見つめている。そのコーラ缶は、人類が未だ知らない言葉で編み上げられた、コーラ缶ではないもので、あるいはコーラ缶なるもの、そのものだった。朝戸の使命はそのコーラ缶を持ち帰ることで、新たな語彙を、文法構造を手に入れることだった。できることなら、コーパスそのものを持ち帰りたいところだったが、そんなものは、宇宙戦艦からなる主力艦隊級の存在になる。

とん、と背後から朝戸の右肩が叩かれ、朝戸は身をひねりながら跳び退き、身を隠していた煉瓦塀から転げ出た。尻餅をついた格好で見上げると、そこには見知った顔があり、左手でコーラ缶を二つ、胸元に抱え込んでいる。

「なにしてんの」と呆れ顔で言うのは榎室南緒だ。

朝戸は鋭く息を呑んであたりを素早く見回すが、フィールドに特に変化はなく、向こうの塀の上のコーラ缶もそのままだった。朝戸は、ちょ、えっ、まっ、と、拗音やら促音やらを生成し、

「ん」

と南緒が撥音で応じた。肯定するようでもあり、どうしたのかを訊ねているようでもある。

あれ、え、と宙で踊る朝戸の指先の描く軌跡を観察していた南緒が、大きく一つ溜息をつく。

「任務遂行中にそんなんじゃ死ぬよ」

と言いつつ、朝戸へ向けて缶コーラを一つ手渡し、

「大事にした方がいいよ、命」

といわずもがなのことを続けた。

「お前、こんなところに何しに」と朝戸。どうやって、よりも先にそう訊いた。

「ん。ああ、ちょっとね」と南緒。ちょっとそこまできたついで、というような声の調子で続ける。「敵対に」

「ああ」と朝戸も不思議に驚かず、「そうなんだ」と言う。

「そうなの」と南緒も言う。

二人は顔を見合わせ、同時に吹き出し、

「なにそれ」と同時に言った。

「要するにお前は」と朝戸。「OTCの作り出した何かで、俺の記憶やら何やらに作用する攻撃っていうこと」

そう訊いてはみたものの、朝戸はすぐに自分がその見解を信じていないことに気がついた。南緒の方でも特に否定する様子は見せなかったが、要するに判断つきかねる、ということらしい。

「根拠はないけど違うと思うよ」と南緒。「ほら今あんたは」と先ほどまで朝戸が身を隠していた煉瓦塀に腰掛ける。「今や、何かの存在というよりは、ラブストーリーそのものになってるわけでしょ。誰かと誰かがめでたくめでたく、くっついたんで、他の生き物はどれだけ不幸になっても構いませんでした、終わり、みたいな」

ひどい言われようだ、と朝戸は思ったが、それはまあ、嘘ではなかったので黙って続きを聞くことにする。

「あんたが勝手にラブストーリーの中心になったり、ラブストーリーを代弁したり、ラブストーリー化兵器として跳梁跋扈《ちょうりょうばっこ》するのは構わないんだけど、わたしの周りにはあんたがいつも現れることに気がついたんだよね。その意味はなんなのかなって、ずっと考えていたんだけど」

それがわかったから、真相を告白する場所に、戦場の只中を選んだっていうわけだ、と朝戸は可笑しくなり、榎室南緒らしいことだと思う。

「ここまできてようやくはっきりしたけど、あんたは、ラブストーリーの登場人物じゃなかったんだね」と南緒。「ラブストーリーそのものだったんだ」と言う。

南緒の話についていけなくなった朝戸は勢いをつけて頭を振る。そんな朝戸を観察しながら、南緒が続ける。「ラブストーリー自身には、ラブストーリーを演じる必要なんてないんだよ」と言う。「聞いたことないでしょ。何かのラブストーリーが、別のラブストーリーと恋に落ちてラブストーリーを繰り広げたとか。色恋沙汰はラブストーリーの中で行われるもので、ラブストーリー間に生じる力や相互作用じゃないんだよ」

ラブストーリーと恋愛するものは一体何なのか、と南緒は問うているらしい。それは当然、そのラブストーリーの登場人物たちだ、と朝戸は考え、それから、ラブストーリーとそのラブストーリーを読む者だ、と考え直す。ほらやっぱり、ラブストーリーだって、ラブストーリーを演じなけりゃいけないじゃないか、と朝戸は思う。

「俺のことはいいよ」と朝戸。「お前はなんなの。こんなところに平気な顔で出現してきたお前は。別のラブストーリーとかそういうの」

「わたし」

と語尾を上げ、南緒が自分の缶コーラを傾ける。陽光が斜めに差し込み、風が草を渡ってくる。そのわざとらしい光景が自分の能力が生み出したものなのか朝戸には判断がつかないでいる。

「光あるところに影があるってやつじゃないかな、と思ってる」

一拍を置き、二拍を挟み、朝戸は自分の体の中で、何かが拍子をとっているのに気づいた。

「反ラブストーリーなんじゃないかなって」

朝戸の家がラブストーリー特化の家系であるように、榎室の家は反ラブストーリー特化の家系だったのではないかと榎室が言う。反ラブストーリーであるがために、ラブストーリーにまとわりつかざるをえない。概念として。

「ねえ」と体ごと傾いてきた榎室が顎を上げ、朝戸の瞳を覗き込む。ヴィジョンでの処理を経ていないその現実の光景は、朝戸の意識を片っ端から焼却していく。

「わたしは、この自分の役割に満足していないいんだよね」と南緒。「反ラブストーリーなんてあり方じゃなく、あんたの方を、反なんとかにする方法を探そうと思う。そうじゃないと負けるよ」と南緒が言う。「二人とも」

そう断言すると立ち上がり、今度は朝戸を見下ろす視点で問うた。

「ラブストーリーと反ラブストーリーの関係はどう発展すると思う」

朝戸は全力を振り絞り、ヴィジョンを引き下げながら応えた。

「未定」

「そうだね」と南緒が応えた。「じゃ」と言う。

「はじめようか」と南緒が言う。「殺し合おうか」と笑った。

ヴィジョンが下りきった瞬間、アラクネの尻尾だか腕だかが朝戸の体を横薙ぎにして壁に打ちつける。先ほどまで朝戸が立っていた場所を、純然たる「何か」が通り過ぎていくのだけが見えた。

「『何か迷彩』ですね。『何か』でつくられた『何か』です」とアラクネ。

「『何かじゃない迷彩』じゃなくてよかったたな」と軽口を叩きつつ、朝戸は回避行動を継続する。

この戦闘が終わったら、と朝戸は思う。いや、この戦闘が終わるまでに、一体どれだけの言語が開発され、事故を引き起こし、事件が起こり、謎が生まれ、ささやかな解決の糸口が燃え尽き、奇妙極まる概念が生まれ、その根拠が覆され、過去が捏造されることになるのだろうと、朝戸は気が遠くなりかけ、いやともかくも、と朝戸は思った。

この戦闘が終わったら、もう一度また、榎室南緒に会いに行ってみようと朝戸は思った。今の彼女はもう、どんな形をしている何でいるのかもわからなかったが、会えば、必ずそれとわかるはずだと朝戸は思い、自分がこれだけの変化を経てなお、まだそう考えることができる事実に感謝を捧げた。

〈了〉

『エピローグ』解説

批評家
佐々木 敦

(以下の記述にいわゆるネタバレはないはずですが、出来れば本篇の後にお読みください)

『エピローグ』は「プロローグ」から始まる。このことは特段に不思議なことではない。むしろ当たり前のことだと言っていいのだが、しかし「プロローグ」で始まった『エピローグ』が、ちゃんと「エピローグ」で終わっているとなると、いささか不安な気持ちが頭を擡げてくる。これはほんとうにこれでいいのだろうか? いやもちろんいいのだが、作者名に「円城塔」と記されているとなると、どうにもどこかで誑れているような気がしてきて落ち着かない。ここには何か深遠なる罠が、あるいはあからさまな落とし穴が、作者であるところの「円城塔」によって仕掛けられているのではないか。根拠はないが理由はないわけではないそんな漠とした疑いが頭を擡げてくるのである。と同時に、ならばいっそのこと、その罠だか陥穽だかに思い切ってこちらから飛び込んでやろうという蛮勇も頭を擡げてくる。ともあれ「プロローグ」で始まり「1」「2」「3」「4」「5」「6」「7」「8」「9」「10」というこれまた驚くべきことに精確に順序正しく並べられた十章を経て「エピローグ」で終わる『エピローグ』という小説は、本書とほぼ同時に文庫化される、その構成に「プロローグ」も「エピローグ」も含まない全十二章から成るもうひとつの長篇小説『プロローグ』と対になっている。実際、この『エピローグ』と、あの『プロローグ』は同時期に、前者は〈SFマガジン〉(早川書房)、後者は〈文學界〉(文藝春秋)に連載されたのだった。この二誌は「円城塔」の二重のデビュー媒体に当たる。周知のように「円城塔」は二〇〇七年「オブ・ザ・ベースボール」で第104回文學界新人賞を受賞、ほぼ同時期に小松左京賞最終候補落選作を改稿した長篇『Self-Reference ENGINE』を「ハヤカワSFシリーズ Jコレクション」の一巻として上梓したが、単行本刊行に先立ち同作の一章分が〈SFマガジン〉二〇〇七年七月号に掲載された。『エピローグ』の連載は〈SFマガジン〉二〇一四年四月号~二〇一五年六月号まで、『プロローグ』の連載は〈文學界〉二〇一四年五月号~二〇一五年五月号まで。小説家としての出発以来、主に「SF」と「純文学」という二種の小説ジャンルで作品を発表してきた「円城塔」にとって、この二作がいわば原点に立ち返るような意味を持っていたであろうことは想像に難くない。また、この趣向を思うさま利用して読者を誑ってみせようという企図が「円城塔」にあったであろうことも想像に難くない。従って、この『エピローグ』と、あの『プロローグ』は、対となる作品として共に読まれる必要がある。もっと言ってしまえば、この二作は同時並行に読まれることが望ましい。ところが、当然ながら人間には独立した二つの小説を「同時並行」に読み進めることは出来ない。いや本当に「人間」全員に出来ないのかどうかは確かめていないし、もしかしたら右目で『エピローグ』を、左目で『プロローグ』を、同時に読み始めて同時に読み終えることが可能な者だっていないとは限らないわけだが、少なくとも私にはそんな芸当は出来ない。従って、この『エピローグ』と、あの『プロローグ』は、一方を読んだ後で、もう一方に取りかかるか、あるいは一章ごとに互い違いに読んでいくことぐらいしかないのだが（さすがに一文とか一行ごとというわけにはいかない）、だが、そこで『プロローグ』と『エピローグ』は、どちらが先でどちらが後であるべきかという問題が立ちはだかるわけである。この『エピローグ』の順序に従うならば、やはりここは常識に倣って先ずは『プロローグ』を読んで、それから『エピローグ』に向かうということになりそうなものだが、私は以前、そうではなくて逆の方がよいのだと、そしてそれを「円城塔」も意図しているのだと主張したことがある。その根拠は、二冊の単行本が出版された順序が『エピローグ』→『プロローグ』だったから、という思えば実に根拠薄弱なものだったのだが、それだけでもないし、そうでなくともよい、ということをこの解説文の最後に述べるつもりである。ところで先に示した二作一章ずつ互い違いリーディングが困難なのは、何はともあれ一章ごとに叙述が進んでゆく『プロローグ』とは違い、『エピローグ』は「プロローグ」と「エピローグ」に挟まれた十章が奇数章と偶数章に分かれており、前者では「オーバー・チューリング・クリーチャ(OTC)」の構成物質スマート・マテリアルの拾集を任務とする特化採掘大隊(スカベンジャーズ)の朝戸連と、その相棒である支援ロボット・アラクネが、後者では「人類未到達連続殺人事件」の捜査を命じられた刑事クラビト(椋人)が、それぞれ主人公を務めるストーリーが展開してゆき、結末に至って合流(?)する、という形になっているからだ。そもそも互い違いなのである。更にその合間に『プロローグ』を一章ずつ挟み込もうものなら、大いなる混乱を来すことは必定である。しかしそれにしても「円城塔」は「ジャンルの掟」に意外(?)にも忠実である。『プロローグ』は「純文学」のサブジャンルである「私小説」の形態を採っており、『エピローグ』は設定からしてすこぶる「SF」らしさに溢れている。何よりもまず魅力的なのはOTCというアイデアだろう。けっして親切に説明されるわけではないので少々憶測混じりになってしまうが、要はOTCとはいわゆるひとつの(無数の?)特異点を超えまくった何かというか何ものかというか何ものかもの名前であり、そのそれ(ら)の「何でもあり」の全能万能によって「現実宇宙」はその解像度を野放図に上げまくり、遂にそれに耐えられなくなった人類は命からがら「退転」した、というのが大前提。人間どもはそれでも何とかやっていくためにOTCを構成する物質であるところのスマート・マテリアルを掘り当て拾い集めては自らの存在の維持に利用しつつ、あわよくばOTCに一矢報いたいと念じている。朝戸はそんな無謀な闘いの最前線に位置するスカベンジャーズの一員だが、しかしそもそも彼をヘルプするロボ（みたいなもの）のアラクネもOTCの一種であるらしいのだ。だからこれはもう負け戦以外の何でもなく、勝負の終わりははじめから決着がついている。しかしそれでも朝戸はアラクネと共に颯爽と闘いに赴くのであり、その戦闘シーンは無闇矢鱈と格好良かったりする。たとえばそれは「円城塔」もかねがね愛読者であることを公言している神林長平の「戦闘妖精・雪風」シリーズを彷彿とさせたりもする。一方の刑事クラビトはといえば、平行宇宙と呼べるのかさえわからない時間軸も因果律もあれもこれも無茶苦茶になった世界で次々と起こる奇っ怪な「連続殺人事件」の真相を求めて奔走というか右往左往するのだが、これまた最初から謎は解けないもしくは解けているもしくは謎など元々ないということが明々白々とされてしまっており、つまりはこっちもあらかじめ徒労を運命づけられているのだった。だがひとつひとつの「事件」を取れば逆説と詭弁と疑似論理のオンパレードが実に愉快痛快でもあり、その面白さは「円城塔」が愛読者であることをかねがね公言していないR・A・ラファティを彷彿とさせたりもする。すなわち、大きなことには拘らずにディテールだけに着目して読んでさえいれば、『エピローグ』はシンギュラリティSFでありパラドクサルSFミステリでもある作品として大変面白く享受してしまえるのである。しかしながら、ひとたびこの小説の全体像を摑み取ろうとしたが最後、読む者はあっけなく迷宮に入り込む気もないまま入り込み、自らの世界把握力をしとどに翻弄されまくったあげく、しまいには「全体像」という言葉の意味さえわからなくなってしまうのだ。そう、もっとも厄介なのは、ここでは「全体」という概念そのものが理解不可能にされてしまう、ということなのである。『エピローグ』は、あらゆる可能なるものと、あらゆる可能なることに、だらしがないほど放埒に、いやになるほど精密に、開かれてしまっている。読者はただ、叙述と描写の向こう側に、なんだかよくわからない途方もなく巨大な、というかこの際、ただ無限と言ってしまっても差し支えない何かが鎮座している、その気配、その影、その感触を、ぼんやりと、まざまざと、感じ取ることが出来るだけである。こう言ってしまうと身も蓋もないが、それは形而上的な自然、神という概念に限りなく近いものであり、ある意味では、SFと呼ばれるフィクションの形態が、その誕生時から延々と直接間接に相手取ってきたものでもある。そしてそれは、考えてみれば「円城塔」が、その第一歩（の片足）であった『Self-Reference ENGINE』で敢然と相手取ってみせていたものでもある。ここで実にわかりやすい、それゆえに幼稚とも思われかねない喩えを弄するならば、結局のところ、小説（に限らない）がどうにかしようとしているのは「私」と「世界」のどちらかかどちらもである。『プロローグ』は「私」にフォーカスしており、『エピローグ』は「世界」にフォーカスしている。だが誰もが知っているように「私」と「世界」はぐるぐる入れ子になっている。「世界」の内に「私」はあり、「私」の中に「世界」はある。そのどちらが間違っているのでも正しいのでもない。たったこれだけのことを繰り返し繰り返し問題に掲げてみては究極の答えに達することなくまた始めからやり直しを始めるのが小説の歴史だ。それは答えなどないという答えが最初から出ているということでもあり、そのことがわかっていても書かれ続けるのが小説なのでもある。『エピローグ』と『プロローグ』は、それゆえに同時並行に書かれなくてはならなかった。それゆえにそれらは同時並行に読まれることを夢見ている。だがそれはやはり不可能なのであり、それならば『プロローグ』→『エピローグ』という順序の読み方は、他ならぬ『エピローグ』がその順序を内包しているからには、せめて逆転することによって循環構造を擬態するべきではないか、というのが私が『エピローグ』→『プロローグ』を推奨した理由だったのだ。しかしもちろん、そうでなくても構わない。順序はどっちだってよい。真の問題は、どうしたって有限の文字列でしかない小説が、いかにして無限に、すなわち「自然」や「神」や「世界」と呼ばれる何かに、僅かなりともにじり寄ることが出来るのか、ということなのである。そのために「円城塔」は、デビュー以来の不屈の闘志をもって、この『エピローグ』を、あの『プロローグ』を書いた。

（文春文庫『プロローグ』解説につづく）

本書は、二〇一五年九月に早川書房より単行本として
刊行された作品を文庫化したものです。

Self-Reference ENGINE

円城　塔

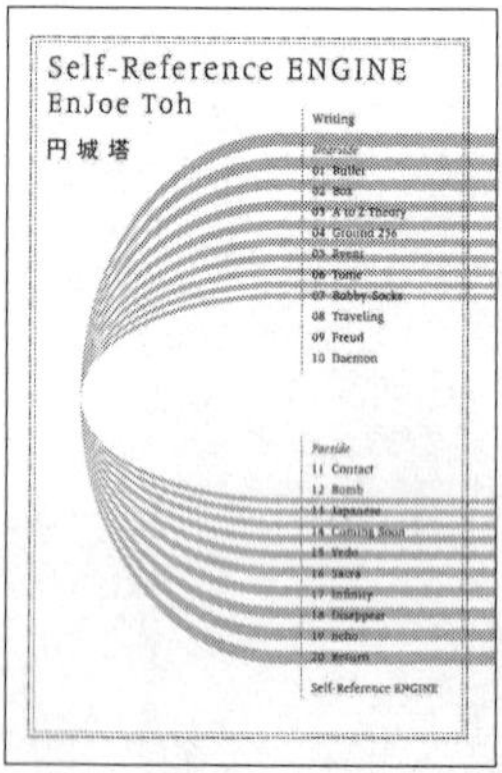

彼女のこめかみには弾丸が埋まっていて、我が家に伝わる箱は、どこかの方向に毎年一度だけ倒される。老教授の最終講義は鯰文書の謎をあざやかに解き明かし、床下からは大量のフロイトが出現する。そして小さく白い可憐な靴下は異形の巨大石像へと果敢に挑みかかり、僕らは反乱を起こした時間のなか、あてのない冒険へと歩みを進める――驚異のデビュー作、二篇の増補を加えて待望の文庫化

ハヤカワ文庫

Boy's Surface

円城 塔

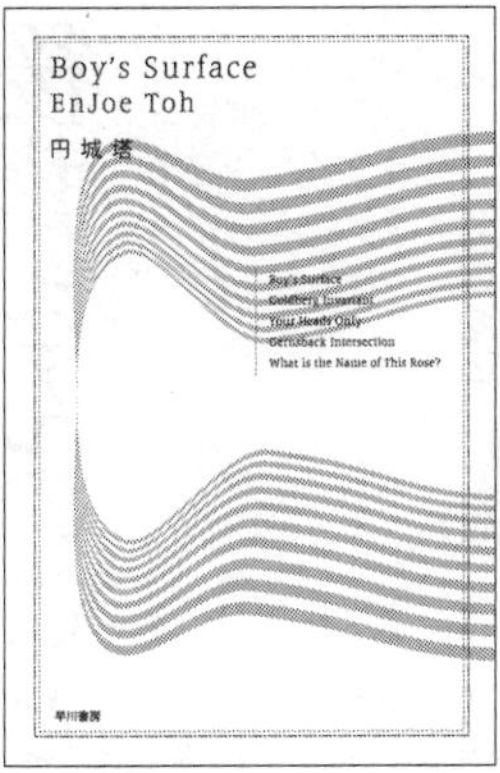

とある数学者の初恋を描く表題作ほか、消息を絶った防衛線の英雄と言語生成アルゴリズムについての思索「Goldberg Invariant」、読者のなかに書き出し、読者から読み出す恋愛小説機関「Your Heads Only」、異なる時間軸の交点に存在する仮想世界で展開される超遠距離恋愛を描いた「Gernsback Intersection」の四篇を収めた数理的恋愛小説集。著者自身が書き下ろした〝解説〟を新規収録。

ハヤカワ文庫

後藤さんのこと

円城 塔

さまざまな「後藤さん」についての考察が、いつしか宇宙創成の秘密にまでたどりつく表題作ほか、百にもおよぶ断片でつづられる、あまりにも壮大であっけない銀河帝国興亡史「The History of the Decline and Fall of the Galactic Empire」、そしてボーイ・ミーツ・ガール＋時間ＳＦの最新モデル「墓標天球」まで、わけのわからなさがやがて読者を圧倒的な読書の快楽に導く、全6篇＋αを収録。

ハヤカワ文庫

バナナ剝きには最適の日々

円城 塔

どこまで行っても、宇宙にはなにもなかった——空っぽの宇宙空間でただよいつづけ、いまだ出会うことのないバナナ型宇宙人を夢想しつづける無人探査機を描く表題作、淡々と受け継がれる記憶のなかで生まれ、滅びゆく時計の街を描いた「エデン逆行」など全10篇。「コルタサル・パス」を追加収録。

解説／香月祥宏

著者略歴　1972年北海道生，作家
著書『Self-Reference ENGINE』『Boy's Surface』『後藤さんのこと』（以上早川書房刊）他

HM=Hayakawa Mystery
SF=Science Fiction
JA=Japanese Author
NV=Novel
NF=Nonfiction
FT=Fantasy

エピローグ

〈JA1316〉

二〇一八年二月十日　印刷
二〇一八年二月十五日　発行

（定価はカバーに表示してあります）

著者　円《えん》城《じょう》塔《とう》
発行者　早川浩
印刷者　草刈明代
発行所　株式会社　早川書房

郵便番号　一〇一 - 〇〇四六
東京都千代田区神田多町二ノ二
電話　〇三 - 三二五二 - 三一一一（大代表）
振替　〇〇一六〇 - 三 - 四七七九九
http://www.hayakawa-online.co.jp

乱丁・落丁本は小社制作部宛お送り下さい。
送料小社負担にてお取りかえいたします。

印刷・中央精版印刷株式会社　製本・株式会社フォーネット社

ISBN978-4-15-031316-6 C0193

本書は活字が大きく読みやすい〈トールサイズ〉です。